한국 대표 단편선 03

해설과 함께 읽는 **빈처 / 벙어리 삼룡이** 외

한국 대표 단편선 03

해설과 함께 읽는 빈처 / 벙어리 삼룡이 외

초판 1쇄 2018년 11월 30일
2판 1쇄 2019년 6월 25일
지은이 전도현

펴낸곳 서연비람
등록 2016년 6월 29일 제 2016-000147호
주소 서울시 강남구 도곡로 422 5층
전화 02-563-5684
팩스 02-563-2148
전자주소 birambooks@daum.net

ⓒ서연비람 2018, Printed in Korea.

ISBN 979-11-958474-7-1 (54810)
ISBN 979-11-958474-4-0 (전6권)

값 12,000원

해설과 함께 읽는

빈처/벙어리 삼룡이 외

전도현 엮음

서연비람

이 책을 추천하며

이 책이 청소년들을 위해 만들어졌다는 말을 듣는 순간 내 귀가 번쩍 뜨였다.

한창 자라는 청소년들에게 좋은 소설을 읽어주겠다니 참 아름다운 인간교육이라는 생각을 해본다. 소설은 그 시대가 창출한 가장 강렬한 정신적 유산이자, 미래를 지향하는 상상적 공간일 텐데, 커가는 청소년들로 하여금 그걸 성장의 발판으로 삼게 하겠다니 반갑지 않을 수 없다. 대학에서 소설을 가르치고 연구하고 또 직접 창작을 해온 사람으로서, 문학이 인성개발에 미치는 영향을 높게 평가함은 당연하며, 한바탕 성장과 발육을 향해서만 치닫는 청소년기야말로 좋은 소설을 많이 읽을 때라는 생각을 늘 해온 사람이다.

강소천 선생의 「꿈을 찍는 사진관」을 읽으면서 자랐다. 중학생이 되어 처음 도시로 나간 시골소년 앞에 갑자기 나타난 이 동화집은 나로서는 세상에는 없던 신대륙이나 마찬가지였다. 어떻게 이토록 아름답고도 신비한 글 세상이 존재할 수 있을까. 나는 그동안 모르고 살았던 책들을 찾아 읽기를 계속하였다. 그리고 훨씬 훗날 미국에 가서 한국문학을 소개할 기회가 있었는데, 무엇을 가르칠까 고심하다가 나는 결국 나의 성장기에 읽은 「꿈을 찍는 사진관」을 갖고 가서 읽어주기로 하였다. 그때 그들은 대학생이었지만 그들이 한국을 이해하는 정도는 아직 중학생이었을 것이기 때문이다. 그렇게 한 학기 수업을 마치고 귀국했을 때 나는 내가 미국에 다녀왔다는 생각보다 그들의 세상이 태평양을 건너 우리 대한민국까지 뻗친 것을 보는 것 같아 마음 뿌듯했던 기억이 있다.

　이번에 〈서연비람〉이 엮어낸 『해설과 함께 읽는 한국 대표 단편선』이 오늘의 청소년들에게도 같은 즐거움과 보람을 안겨줄 것으로 기대한다. 읽어라! 모르겠거든 알 때까지 읽어라! 이것이 내가 대학에서 가르치고 연구하고 또 소설을 쓰면서 얻은 올바른 소설독법 가운데 하나다. 여기에 친절한 해설까지 곁들였으니 서연비람의 독자들이야말로 천군에 만마를 얻은 셈이다. 모두 6권 40편의 아름다운 단편소설 모음집이 될 것이다. 새로운 작품을 발굴한다는 등의 이유를 걸어 괜히 낯설거나 정체가 불명한 책을 만들기보다는, 좀 해묵어보이더라도 우리 조부모 때부터, 부모 때부터 대를 이어 읽히고 검증을 받아온 모범적인 작품들을 선별하고자 노력한 책이다.

　편편이 '작가 소개 - 작품 해설 - 작품 - 선생님이 들려주는 그 시절 이야기'의 순서를 밟아 읽는 이들로 하여금 쉽게 이해할 수 있도록 완벽을 기하였다. 그중에서도 특히 '선생님이 들려주는 그 시절 이야기'는 이 책이 고안한 아주 특별한 코너로서, 그동안 그 어떤 책에서도 보지 못한 선생과 학생의 실체를 여기서 만나게 될 것이다. 학습은 꼭 배워서만 안

다기보다 그것을 가르치던 선생님의 회초리와 함께 기억된다는 말이 있다. 배우고 가르치는 일에서 그만큼 교사의 역할이 중요하다는 말일 것이다. 여기 실린 단편들도 그렇게 선생님이 들려주신 그 시절 이야기와 함께 오래 기억될 것을 바라는 마음이다.

송하춘 고려대학교 명예교수

책머리에

이 책은 한국 현대 소설의 세계에 첫발을 들여놓는 청소년들을 위해 만들어졌다. 이제 청소년기에 접어드는 중학 시절은 자아와 세계에 대해 눈떠가는 때이다. 감수성이 예민하고 주변 환경의 영향을 많이 받으며, 신체적 성장과 함께 정서적·사회적 발달도 활발히 이루어진다.

이러한 시기에 접하는 소설 작품들은 다양한 삶의 간접 체험을 제공하여 인생과 세상에 대한 폭넓은 인식을 자극하고 세련된 정서를 길러 준다. 또 예비 수험생들인 학생들로서는 작품에 대한 지식과 감상 능력을 갖추기 위해서라도 반드시 읽어야 하는 대상이다.

소설의 이해와 감상에서 가장 중요한 것은 많은 작품을 직접 읽는 일이다. 그러나 학생들이 막상 현대 소설 작품을 집어 들고 독서를 시작하면 적지 않은 곤란을 느낀다. 초등학교 시절에 접하던 동화 위주의 이야기들과는 현격한 차이가 있기 때문이다.

우선 수많은 낯선 단어들이 학생들에게 당혹감으로 다가온다. 교과서 수록 소설 중에는 거의 100년 전의 작품을 비롯하여, 지금과 상당한 시간적 거리가 있는 시기에 창작된 작품들이 많다. 이들 작품의 어휘와 표현은 웬만한 교양을 갖춘 어른들에게도 쉽지 않다.

또 작품 내용들도 자상한 설명이 없으면 잘 이해되지 않는 부분이 많다. 삶과 사회에 대한 경험 자체가 많지 않은 데다 시대적 격차가 크기 때문이다. 식민지 피지배와 극도의 가난, 분단과 전쟁, 급속한 산업화와 도시화로 이어져 왔던 우리의 근현대사는 아직은 어린 학생들이 자연스 럽게 받아들이기에는 무거운 내용이 아닐 수 없다.

필자는 이 같은 학생들의 어려움에 주목하여, 눈높이에 맞는 해설로써 작품 이해를 돕고자 하였다. 책의 제목을 '해설과 함께 읽는 한국 대표 단편선'으로 삼은 것도 이 때문이다. 책의 구성과 체제는 다음과 같다.

우선 첫머리에서 '작가 소개'를 통해 우리 문학사에 기록된 대표적인 작가들의 생애와 소설 세계를 소개하였다. 작가들의 삶과 창작 경향에 대한 이해가 작품 감상의 발판이 되어줄 것이다.

다음으로 줄거리와 주제, 기법적 특징 등을 정리하여 '작품 해설'란에 실었다. 특히 주제와 핵심적인 특징에 초점을 맞춰 기술하여 작품 이해 를 돕고자 하였다. 이 해설은 작품 감상 전에 읽어도 좋고, 독서 후에 자신의 느낌과 견주어 보며 읽어도 좋을 듯하다.

그리고 작품의 원문 아래에는 어려운 어휘에 대한 '뜻풀이'를 각주 형 식으로 제시하였다. 지금은 잘 쓰이지 않는 옛말과 난해한 한자어, 시골 사람들의 토속어와 방언 등에 대해 그 말뜻과 쓰임새를 가능한 한 쉽고 자세하게 풀이하였다. 이를 통해 학생들이 어휘력을 키우면서 원문의 의 미를 정확하게 파악할 수 있을 것이다.

마지막으로 작품 말미에는 '선생님이 들려주는 그 시절 이야기'라는 코너를 통해 작품 이해의 바탕이 될 내용들을 설명하였다. 시대적·공간 적 배경, 당시 사람들의 관습과 생활상, 기타 작품에 등장하는 요소들의 이해에 필요한 내용을 대화체로 기술하였다. '서연'과 '태환'이라는 가상의 학생이 질문하고, 선생님이 답하는 형식이다. 이처럼 또래 친구들이 질문하는 형식은 학생들로 하여금 친근함을 느끼면서 주체적인 문제의식을 갖고 작품을 대하게 만들 것으로 기대한다.

아무쪼록 학생들이 이러한 해설과 도움말을 통해 한국 현대 소설 읽기의 어려움과 부담을 덜고, 재미와 감동을 만끽하면서 작품 감상 능력을 키워 나가기를 바란다.

엮은이 전도현

인간 욕망의
다양한 모습과 결말

나도향「벙어리 삼룡이」/ 김유정「금 따는 콩밭」/ 황순원「독 짓는 늙은이」

인간의 다양한 욕망과 그것이 가져오는 숭고하거나 비참한 결말을 그려
낸 작품들이다. 억눌린 욕망의 각성과 승화, 탐욕에 이끌리는 어리석음,
욕망이 지배하는 현실 속 장인의 예술혼을 느낄 수 있다.

벙어리 삼룡이

나도향(1902~1926)

작가 소개

나도향은 서울에서 태어났다. 배재고등보통학교를 졸업한 후, 경성의학전문학교에 진학했으나 문학에 뜻을 두어 중퇴하고 일본 유학을 떠났다. 하지만 가업인 의술을 잇기 바라는 할아버지의 고집으로 학비를 지원받지 못해 귀국하고 만다.

이후 그는 1922년부터 작품 활동을 펼치며 문단에 두각을 나타내다가 1926년 문학 공부를 위해 다시 일본으로 건너갔다. 하지만 이번에도 뜻을 이루지 못하고 귀국한 후 얼마 지나지 않아 폐병으로 사망하였다.

나도향은 1922년 박종화, 박영희 등과 함께 창간한 동인지 『백조』에 「젊은이의 시절」을 발표하며 작가 생활을 시작했다. 그리고 같은 해 『백조』 제2호에 단편 「별을 안거든 울지나 말걸」을 발표한 데 이어, 당시 19세의 나이로 『동아일보』에 장편 『환희』를 연재하여 문단의 주목을 받았다.

이들 초기작들은 작중 인물들이 사랑과 꿈, 슬픔 등의 주관적 감정을 애상적으로 토로하는 감상적 낭만주의의 경향을 보였다. 이러한 경향은 3·1운동이 실패로 돌아간 뒤 당대를 지배하던 좌절감과 허무주의적 정서에 영향을 받은 것이었다.

하지만 그는 1923년부터 「행랑자식」, 「여이발사」, 「자기를 찾기 전」 등의 작품을 발표하며, 초기작들의 감상성과 미숙성을 극복하고 객관적인 필치의 사실주의적 작품 세계를 보여주기 시작하였다.

1925년에 이르면 이 같은 사실주의적 경향이 완숙한 경지에 접어들며 「물레방아」, 「뽕」, 「벙어리 삼룡이」 등의 대표작을 창작하게 된다. 이들 작품에서 나도향은 가난과 본능의 문제를 다루면서, 낭만적 요소를 지니면서도 냉정하고 객관적인 사실주의적 수법으로 인물의 성격을 창조하여 당대 농촌의 현실과 풍속을 인상 깊게 그려냈다.

나도향은 어린 나이부터 재능을 발휘하며 1920년대를 대표하는 작가 중 한 명으로 평가받았으나, 25세의 젊은 나이에 자신의 문학적 재능을 모두 펼쳐보지 못한 채 요절하여 많은 이들의 안타까움을 불러일으켰다.

작품 해설

이 소설은 비천한 신분과 신체적 불구를 지닌 인물이 보여주는 순수한 연정과 죽음 이야기를 통해, 현실 속에서 성취할 수 없는 사랑의 승화와 구원의 의미를 그려낸 작품이다.

남대문 밖 연화봉이라 불리던 작은 동네에 오생원이라는 사람이 살았다. 그 집에는 삼룡이라는 벙어리 하인이 있었는데, 땅달보에다가 얽은 얼굴에 입도 커서 못생겼다. 하지만 그는 충성스럽고 부지런해서 주인의 아낌을 받았다.

오생원에게는 삼대독자인 열일곱 살 난 아들이 있었는데, 버릇이 없고 성격이 포악했다. 삼룡이는 이 주인 아들에게 수시로 괴롭힘과 굴욕을 당했으나 언제나 참으며 주인으로 섬긴다.

그해 가을 주인 아들은 장가를 든다. 하지만 신랑은 열등감에 사로잡혀 아름다운 색시를 구박하고, 삼룡이는 선녀 같은 주인 아씨가 학대받는 것을 안타까워한다. 그러다가 삼룡이는 새아씨를 사모하게 되고, 이로 인해 죽도록 매를 맞고 쫓겨난다.

그날 밤 오생원 집에 불이 난다. 삼룡이는 집 안으로 뛰어들어 주인을 구해낸 후, 다시 들어가 아씨를 찾아냈으나 나갈 곳이 없자 지붕으로 오른다. 타오르는 화염 속에서 삼룡이는 주인 아씨를 안은 채 평화롭고 행복스러운 미소를 지으며 죽어간다.

이러한 이야기에서 가장 주목되는 것은 인물의 성격이다. 주인공 삼룡이가 작품의 전개 과정에서 성격의 큰 변화를 보이며 독자에게 놀라움을 안겨주는 입체적인 인물이기 때문이다.

그는 순수하고 진실된 마음을 지녔지만, 벙어리인 데다가 신분적 굴레와 볼품없는 외모로 인해 천대받는 존재이다. 스스로도 자신의 처지를 운명으로 받아들여, 주인 아들에게 학대를 받으면서도 체념적이고 순종적으로 살아간다. 이런 차별과 불평등을 감내하는 생활 속에서 본능적인 정욕마저 억눌려 있다.

하지만 주인 아씨에 대한 연정이 싹트면서 변화를 보이기 시작하다가, 결말에 이르러서 그는 휴화산처럼 감춰져 있던 정열과 분노를 분출한다. 주인집에 불을 지르는 적극적이고 충격적인 행동을 벌이는 것이다.

이 대담한 행동은 결국 죽음으로 귀결되지만, 이런 죽음이 단순한 파멸을 의미하지는 않는다. 그것은 삼룡이의 내면에 잠재된 강렬한 사랑의 감정을 부각시키면서, 동시에 그가 온갖 사회적 소외와 억압으로부터 벗어나 자기 정체성과 삶의 근원적 의미를 깨달았음을 보여주기 때문이다. 불길 속에서 죽어가면서도 평화롭고 행복한 미소를 짓는 마지막 장면이 이를 암시한다.

작가는 이처럼 인물의 극적인 성격 변화와 충격적 사건의 결말을 통해, 현실에서는 불가능한 사랑의 승화와 진정한 삶의 동경이라는 주제 의식을 인상 깊게 형상화하였다.

벙어리 삼룡이

1

내가 열 살이 될락 말락 한 때이니까 지금으로부터 십사오 년 전 일이다.

지금은 그곳을 청엽정(靑葉町)이라 부르지만 그때는 연화봉(蓮花峰)이라고 이름하였다. 즉 남대문(南大門)에서 바로 내다보면 오정포(午正砲)[1]가 놓여 있는 산등성이가 있으니 이쪽이 연화봉이요, 그새에 있는 동네가 역시 연화봉이다. 지금은 그곳에 빈민굴(貧民窟)이라고 할 수밖에 없는 지저분한 촌락이 생기고 노동자들밖에 살지 않는 곳이 되어 버렸으나, 그때에는 자기네만은 행세한다[2]는 사람들이 있었다.

집이라고는 십여 호밖에 있지 않았고 그곳에 사는 사람들은 대개 과목밭[3]을 하고, 또는 채소를 심거나 아니면 콩나물을 길러서 생활을 하여 갔었다.

여기에 그중 큰 과목밭을 갖고 그중 여유 있는 생활을 하여가는 사람이 하나 있었는데, 그의 이름은 잊어버렸으나 동네 사람들이 부르기를 오 생원(吳生員)이라고 불렀다.

---

1 오정포 : 낮 열두 시를 알리는 대포
2 행세하다 : 정치상으로 권력과 세력을 부리다.
3 과목밭 : 과수원, 곧 과실나무를 심은 밭

얼굴이 동탕하고4 목소리가 마치 여름에 버드나무에 앉아서 길게 목 늘여 우는 매미소리같이 저르렁저르렁하였다.5

그는 몹시 부지런한 중년 늙은이로 아침이면 새벽 일찍이 일어나서 앞뒤로 뒷짐을 지고 돌아다니며 집안일을 보살피는데, 그 동네에는 그가 마치 시계와 같아서 그가 일어나는 때가 동네 사람이 일어나는 때였다. 만일 그가 아침에 돌아다니며 잔소리를 하지 않으면 동네 사람들은 이상히 여겨 그의 집으로 가 본다. 그는 반드시 몸이 불편하여 누워 있었다. 그러나 그와 같은 때는 일 년 삼백육십 일에 한 번 있기가 어려운 일이요, 이태나 삼 년에 한 번 있거나 말거나 하였다.

그가 이곳으로 이사를 온 지는 얼마 되지 아니하나 언제든지 감투를 쓰고 다니므로 동네 사람들은 양반이라고 불렀고, 또 그 사람도 동네 사람들에게 그리 인심을 잃지 않으려고 섣달6이면 북어쾌7, 김 톳8을 동네 사람에게 나눠 주며, 농사 때에 쓰는 연장도 넉넉히 장만한 후 아무 때나 동네 사람들이 쓰게 하므로, 그 동네에서는 가장 인심 후하고 존경받는 집인 동시에 세력 있는 집이다.

그 집에는 삼룡이라는 벙어리 하인 하나가 있으니 키가 본시 크지 못

---

4 동탕하다 : 보기 좋게 살이 찌고 잘생긴 데가 있다.
5 저르렁저르렁하다 : 목소리가 크고 깊게 서로 부딪쳐 울리는 소리가 나다.
6 섣달 : 음력으로 한 해의 맨 마지막 달인 12월을 이르는 말
7 북어쾌 : 북어 스무 마리를 한 줄에 꿴 것
8 톳 : 김을 백 장씩 한 묶음으로 묶은 덩이

하여 땅딸보이고 고개가 달라붙어 몸뚱이에 대강이를 갖다가 붙인 것 같다. 거기다가 얼굴이 몹시 얽고[9] 입이 크다. 머리는 전에 새 꼬랑지 같은 것을 주인의 명령으로 깎기는 깎았으나 불밤송이[10] 모양으로 언제든지 푸하고 일어섰다. 그래 걸어 다니는 것을 보면 마치 옴두꺼비[11]가 서서 다니는 것같이 숨차 보이고 더디어 보인다. 동네 사람들이 부르기를 삼룡이라 부르는 법이 없고 언제든지 '벙어리', '벙어리'라고 하든지 그러지 않으면 '앵모[12]', '앵모' 한다. 그렇지만 삼룡이는 그 소리를 알지 못한다.

그도 이 집주인이 이사를 올 때에 데리고 왔으니 진실하고 충성스러우며 부지런하고 세차다. 눈치로만 지내 가는 벙어리지마는 말하고 듣는 사람보다 슬기로운 적이 있고 평생 조심성이 있어서 결코 실수한 적이 없다.

아침에 일어나면 마당을 쓸고, 소와 돼지의 여물[13]을 먹이며, 여름이면 밭에 풀을 뽑고 나무를 실어들이고 장작을 패며, 겨울이면 눈을 쓸며

---

9 얽다 : 얼굴에 우묵우묵한 마맛자국이 생기다. '마맛자국'이란 천연두를 앓고 난 후 딱지가
    떨어진 자리에 생긴 얽은 자국을 말한다.
10 불밤송이 : 다 익기 전에 말라서 떨어진 밤송이
11 옴두꺼비 : '두꺼비'를 달리 이르는 말로서, 두꺼비의 몸이 옴딱지 붙은 것처럼 보인다고
    해서 생긴 말이다. '옴딱지'란 옴벌레가 옮기는 피부병을 앓고 난 자리에 피나 진물 따위가
    말라붙은 딱지를 가리킨다.
12 앵모 : '벙어리'의 사투리로 추정됨.
13 여물 : 말이나 소를 먹이기 위해 말려서 썬 짚이나 마른풀

장 심부름과 진일, 마른일 할 것 없이 못하는 일이 없다.

그럴수록 이 집주인은 벙어리를 위해 주며 사랑한다. 혹시 몸이 불편한 기색이 있으면 쉬게 하고, 먹고 싶어 하는 듯한 것은 먹이고, 입을 때 입히고 잘 때 재운다.

그런데 이 집에는 삼대독자로 내려오는 아들이 있다. 나이는 열일곱 살이나 아직 열네 살도 되어 보이지 않고 너무 귀엽게 길렀기 때문에 누구에게든지 버릇이 없고 어리광을 부리며 사람에게나 짐승에게 포악한 짓을 많이 한다.

동네 사람들은, '후레자식14! 아비 속상하게 할 자식! 저런 자식은 없는 것만 못 해.' 하고 욕들을 한다. 그래서 그의 어머니는 아들이 잘못할 때마다 그이 영감을 보고,

"그 자식을 좀 때려 주구려. 왜 그런 것을 보고 가만 두?"

하고 자기가 대신 때려 주려고 나서면,

"아뇨. 아직 철이 없어 그렇지. 저도 지각이 나면 그렇지 않을 것이 아뇨."

하고 너그럽게 타이른다. 그러면 마누라는 왜가리처럼 소리를 지르며

"철이 없긴 지금 나이가 몇이요. 낼모레면 스무 살이 되는데, 또 며칠 아니면 장가를 들어서 자식까지 날 것이 그래 가지고 무엇을 한단 말이요."

---

14 후레자식 : 배운 데 없이 제풀로 막되게 자라 교양이나 버릇이 없는 사람을 낮잡아 이르는 말

하고 들이대며,

"자식은 꼭 아버지가 버려 놓았습니다. 자식 귀여운 것만 알았지 버릇 가르칠 줄은 모르니까……."

이렇게 싸움만 시작하면 영감은 아무 말도 하지 않고 바깥으로 나가 버린다.

그 아들은 더구나 벙어리를 사람으로 알지도 않는다. 말 못 하는 벙어리라고 오고 가며 주먹으로 허구리15를 지르기도 하고 발길로 엉덩이를 찬다.

그러면 그 벙어리는 어린것이 그러는 것이 도리어 귀엽기도 하고 또 힘없는 팔과 힘없는 다리로 자기의 무쇠 같은 몸을 건드리는 것이 우습기도 하고 앙증맞기도 하여 돌아서서 툭툭 털고 다른 곳으로 몸을 피해 버린다.

어떤 때는 낮잠 자는 벙어리 입에다가 똥을 먹인 일도 있었다. 또 어떤 때는 자는 벙어리 두 팔, 두 다리를 살며시 동여매고 손가락 발가락 사이에 화승불16을 붙여 놓아, 질겁하고 일어나다가 발버둥질을 하고 죽으려는 사람처럼 괴로워하는 것을 보고 기뻐하였다.

이러한 때마다 벙어리의 가슴에는 비분한17 마음이 꽉 들어찼다. 그러

---

15 허구리 : 허리 양쪽의 갈비뼈 아래 잘록한 부분
16 화승불 : 화약 따위에 불을 붙이는 데 쓰는 노끈에 붙인 불
17 비분하다 : 슬프고 분하다.

나 그는 주인의 아들을 원망하는 것보다도 자기가 병신인 것을 원망하였으며, 주인의 아들을 저주한다는 것보다 이 세상을 저주하였다.

그러나 그는 결코 눈물을 흘리지 않았다. 그의 눈물은 나오려 할 때 아주 말라붙어 버린 샘물과 같이 나오려 하나 나오지 아니하였다. 그는 주인의 집을 버릴 줄 모르는 개 모양처럼 자기가 있어야 할 곳은 여기밖에 없는 줄 알았다. 여기서 살다가 여기서 죽는 것이 자기의 운명인 줄밖에 알지 못하였다. 자기의 주인 아들이 때리고 지르고 꼬집어 뜯고 모든 방법으로 학대할지라도 그것이 자기에게 으레 있을 줄밖에 알지 못하였다. 아픈 것도 그 아픈 것이 으레 자기에게 돌아올 것이요, 쓰린 것도 자기가 받지 않아서는 안 될 것으로 알았다. 그는 이 마땅히 자기가 받아야 할 것을 어떻게 해야 면할까 하는 생각을 한 번도 하여 본 일이 없었다.

그가 이 집에서 떠나가려거나 또는 그의 생활 환경에서 벗어나려는 생각은 한 번도 해 보지 않았다 할지라도, 언제든지 그 주인 아들이 자기를 학대하고 또는 자기를 못살게 굴 때 자기의 주먹과 또는 자기의 힘을 생각하여 보았다.

주인 아들이 자기를 때릴 때 그는 주인 아들 하나쯤은 넉넉히 제지할 힘이 있는 것을 알았다.

어떠한 때는 아픔과 쓰림이 자기의 몸으로 스미어들 때면 그의 주먹은 떨리면서 어린 주인의 몸을 치려하다가는 그것을 무서운 고통과 함께 꾹 참았다. 그는 속으로,

'아니다. 그는 나의 주인의 아들이다. 그는 나의 어린 주인이다.'

하고 참았다.

그러고는 그것을 얼른 잊어버리었다. 그러다가도 동넷집 아이들과 혹시 장난을 하다가 주인 아들이 울고 들어올 때에는 그는 황소같이 날뛰면서 주인을 위하여 싸웠다. 그래서 동네에서도 어린애들이나 장난꾼들이 벙어리를 무서워하여 감히 덤비지를 못하였다. 그리고 주인 아들도 위급한 경우에는 언제든지 벙어리를 찾았다. 벙어리는 얻어맞으면서도 기어드는 충견 모양으로 주인의 아들을 위하여 싫어하지 않고 힘을 다하였다.

2

벙어리가 스물세 살이 될 때까지 그는 물론 이성과 접촉할 기회가 없었다. 동네 처녀들이 저를 '벙어리', '벙어리' 하며 괴상한 손짓과 몸짓으로 놀려먹음 받을 적에 분하고 골나는 중에도 느긋한 즐거움을 느끼어본 일은 있었으나 그가 결코 사랑으로써 어떠한 여자를 대해 본 일은 없었다.

그러나 정욕을 가진 사람인 벙어리도 그의 피가 차디찰 리는 없었다. 혹 그의 피는 더욱 뜨거웠을는지도 알 수 없었다. 만일 그에게 볕을 주거나 다시 뜨거운 열을 준다면 그의 피는 다시 녹을는지도 알 수 없었다.

그가 깜박깜박하는 기름등잔 아래에서 밤이 깊도록 짚신을 삼을 때이면 남모르는 한숨을 아니 쉬는 것도 아니지마는, 그는 그것을 곧 억제할 수 있을 만큼 정욕에 대하여 벌써부터 단념을 하고 있었다.

마치 언제 폭발이 될는지 알지 못하는 휴화산(休火山) 모양으로 그의 가슴속에는 충분한 정열을 깊이 감추어 놓았으나 그것이 아직 폭발될 시기가 이르지 못한 것이었다. 비록 폭발이 되려고 무섭게 격동함을 벙어리 자신도 느끼지 않는 바는 아니지마는 그는 그것을 폭발시킬 조건을 얻기 어려웠으며, 또한 자기가 이때까지 능동적으로 그것을 나타낼 수가 없을 만큼 외계의 압축을 받았으며, 그것으로 인한 이지(理智)[18]가 너무 그에게 자제력(自制力)을 강대하게 하여 주는 동시에 또한 너무 그것을 단념만 하게 하여 주었다.

속으로, '나는 벙어리다' 자기가 생각할 때 그는 몹시 원통함을 느끼는 동시에, 말하는 사람들과 똑같은 자유와 똑같은 권리가 없는 줄 알았다. 그는 이와 같은 생각에서 언제든지 단념 않으려야 단념하지 않을 수 없는 그 단념이 쌓이고 쌓이어 지금에는 다만 한 개의 기계와 같이, 이 집에 노예가 되어 있으면서도 그것을 자기의 천직으로 알고 있을 뿐이요, 다시는 자기가 살아갈 세상이 없는 것 같이 밖에 알지 못하게 된 것이다.

3

그해 가을이다. 주인의 아들이 장가를 들었다. 색시는 신랑보다 두 살 위인 열아홉 살이다. 주인은 본시 자기가 언제든지 문벌[19]이 얕은 것을 한탄하여 신부를 구할 때에 첫째 조건이 문벌이 높아야 할 것이었다. 그러나 문벌이 있는 집에서는 그리 쉽게 색시를 내놓을 리가 없었다. 그러

---

18 이지 : 본능이나 감정에 지배되지 않고 사물을 분별하고 합리적으로 판단하는 능력
19 문벌 : 대대로 내려오는 그 집안의 사회적 신분이나 지위

므로 하는 수 없이 그 어떠한 영락한[20] 양반의 딸을 돈을 주고 사오다시피 하였으니, 무남독녀 외딸을 둔 남촌 어떤 과부를 꿀을 발라서 약혼을 하고 혹시나 무슨 딴소리가 있을까 하여 부랴부랴 혼례식을 올려 버렸다.

혼인할 때의 비용도 그때 돈으로 삼만 냥을 썼다. 그리고 아들의 처갓집에 며느리 뒤보아주는, 바느질삯, 빨래 삯이라는 명목으로 한 달에 이천오백 냥씩을 대어 주었다.

신부는 자기 아버지가 돌아가기 전까지만 해도 상당히 견디기도 하고 또는 금지옥엽[21]같이 기른 터이라, 구식 가정에서 배울 것 배우고 익힐 것 익혀 못하는 것이 없고 게다가 본래 인물이라든지 행동거지에 조금도 구김이 있지 아니하다.

신부가 오자 신랑의 흠절이 생기기 시작하였다.

"신부에게 대면 두루미와 까마귀지."

"아직도 철딱서니가 없어."

"색시에게 쥐어 지내겠지."

"신랑에겐 과하지."

동넷집 말 좋아하는 여편네들이 모여 있으면 이렇게 비평들을 한다. 어떠한 남의 걱정 잘하는 마누라님은 간혹 신랑을 보고는 그대로 세워 놓고,

---

20 영락하다 : 세력이나 살림이 줄어들어 보잘것없는 처지가 되다.
21 금지옥엽 : 금으로 된 가지와 옥으로 된 잎이란 뜻으로, 아주 귀한 자손을 이르는 말

"글쎄, 이제는 어른이 되었으니 셈이 좀 나요. 저러구 어떻게 색시를 거느려 가누. 색시 방에 들어가기가 부끄럽지 않남."

하고 들이대다시피 하는 일이 있다.

이럴 적마다 신랑의 마음은 그 말하는 이들이 미웠다. 일부러 자기를 부끄럽게 하려고 하는 것 같아 그 후에 그를 만나면 말도 안 하고 인사도 하지 아니한다.

또 그의 고모 되는 이가 와서 자기 조카를 보고,

"인제는 어른이야. 너도 그만하면 지각이 날 때가 되지 않았니. 네 처가 부끄럽지 아니하냐."

하고 타이를 적마다 그의 마음은 말하는 사람이 부끄럽다는 것보다도 자기를 이렇게 하게 한 자기 아내가 더욱 밉살머리스러웠다[22].

"여편네가 다 무엇이냐? 빌어먹을 년이 들어오더니 나를 이렇게 못 살게들 굴지."

혼인한 지 며칠이 못 되어 그는 색시 방에 들어가지를 않았다. 집안에서는 야단이 났다. 마치 돼지나 말 새끼를 혼례시키려는 것같이 신랑을 색시 방으로 집어넣으려 하나 막무가내였다.

그럴 때마다 신랑은 손에 닥치는 대로 집어 때려서 자기의 외사촌 누이의 이마를 뚫어서 피까지 나게 한 일이 있었다.

---

22 밉살머리스럽다 : '밉살스럽다'를 속되게 이르는 말. 남에게 몹시 미움을 받을 만한 데가 있다.

집안 식구들은 하는 수가 없어 맨 나중으로 아버지에게 밀었다. 그러나 그것도 소용이 없을뿐더러 풍파를 더 일으키게 하였다. 아버지께 꾸중을 듣고 들어와서는 다짜고짜로 신부의 머리채를 쥐어 잡아 마루 한복판에 태질23을 쳤다.

그러고는,

"이년, 네 집으로 가거라. 보기 싫다. 눈앞에는 보이지도 마라."
하였다. 밥상을 가져오면 그 밥상이 마당 한복판에서 재주를 넘고, 옷을 가져오면 그 옷이 쓰레기통으로 나간다.

이리하여 색시는 시집오던 날부터 팔자 한탄을 하며 날마다 밤마다 우는 사람이 되었다.

울면은 요사스럽다고 때린다. 또 말이 없으면 빙충맞다고24 친다. 이리하여 그 집에는 평화스러운 날이 하루도 없었다.

이것을 날마다 보는 사람 가운데 알 수 없는 의혹을 품게 된 사람이 하나 있으니 그는 곧 벙어리 삼룡이었다.

그렇게 예쁘고 유순하고 그렇게 얌전한, 벙어리의 눈으로 보아서는 감히 손도 대지 못할 만큼 선녀 같은 색시를 때리는 것은 자기의 생각으로도 도저히 풀 수 없는 의심이다.

보기에도 황홀하고 건드리기도 황송할 만큼 숭고한 여자를 그렇게 학

---

23 태질 : 세게 메어치거나 내던지는 짓
24 빙충맞다 : 똘똘하지 못하고 어리석고 미련하다.

대한다는 것은 너무나 세상에 있지 못할 일이다. 자기는 주인 새서방에게 개나 돼지같이 얻어맞는 것이 마땅한 이상으로 마땅하지만은, 선녀와 짐승의 차가 있는 색시가 자기와 똑같이 얻어맞는 것은 너무 무서운 일이다. 어린 주인이 천벌이나 받지 않을까 두렵기까지 하였다.

어떠한 달밤, 사면25은 고요 적막하고 별들은 드문드문 눈들만 깜박이며 반달이 공중에 뚜렷이 달려 있어 수은으로 세상을 깨끗하게 닦아 낸 듯이 청명한데, 삼룡이는 검둥개 등을 쓰다듬으며 바깥마당 멍석 위에 비슷이 드러누워 하늘을 쳐다보며 생각하여 보았다.

주인 색시를 생각하면 공중에 있는 달보다도 더 곱고 별들보다도 더 깨끗하였다. 주인 색시를 생각하면 달이 보이고 별이 보이었다. 삼라만상을 씻어 내는 은빛보다도 더 흰 달이나 별의 광채보다도 그의 마음이 아름답고 부드러운 듯하였다. 마치 달이나 별이 땅에 떨어져 주인 새아씨가 된 것도 같고, 주인 새아씨가 하늘에 올라가면 달이 되고 별이 될 것 같았다.

더구나 자기를 어린 주인이 때리고 꼬집을 때, 감히 입 벌려 말은 하지 못하나 측은하고 불쌍히 여기는 정이 그의 두 눈에 나타나는 것을 다시 생각할 때, 그는 부들부들한 개 등을 어루만지면서 감격을 느끼었다. 개는 꼬리를 치며 자기를 귀여워하는 줄 알고 벙어리의 손을 핥았다.

---

25 사면 : 전후좌우의 모든 방면

삼룡이의 마음은 주인아씨를 동정하는 마음으로 가득 찼다. 또는 그를 위하여서는 자기의 목숨이라도 아끼지 않겠다는 의분26에 넘치었다. 그것이 마치 살구를 보면 입속에 침이 도는 것같이 본능적으로 느끼어지는 감정이었다.

4

새댁이 온 뒤에 다른 사람들은 자유로운 안 출입을 금하였으나 벙어리는 마치 개가 맘대로 안에 출입할 수 있는 것같이 아무 의심 없이 출입할 수가 있었다.

하루는 어린 주인이 먹지 않던 술에 잔뜩 취하고 무지한 놈에게 맞아서 길에 자빠진 것을 업어다가 안으로 들여다 눕힌 일이 있었다. 그때에 아무도 안에 있지 않고 다만 새색시 혼자 방에서 바느질을 하고 있다가 이 꼴을 보고 벙어리의 충성된 마음이 고마워서, 그 후에 쓰던 비단 헝겊 조각으로 부시쌈지27 하나를 만들어 준 일이 있었다.

이것이 새서방님의 눈에 띄었다. 그래서 색시는 어떤 날 밤, 자던 몸으로 마당 복판에 머리를 푼 채 내동댕이쳐졌다. 그리고 온몸에 피가 맺히도록 얻어맞았다.

----

26 의분 : 옳지 않은 일을 보고 일어나는 정의로운 분노
27 부시쌈지 : 예전에, 불을 켜는 도구인 부시, 부싯깃, 부싯돌 따위를 넣어서 가지고 다니던 조그만 주머니

이것을 본 벙어리는 또다시 의분의 마음이 뻗쳐 올라왔다. 그래서 미친 사자와 같이 뛰어 들어가 새서방님을 내어던지고 새색시를 둘러메었다. 그러고는 나는 수리와 같이 바깥사랑 주인 영감 있는 곳으로 뛰어가 그 앞에 내려놓고 손짓과 몸짓을 열 번, 스무 번 거푸 하며 하소연하였다.

그 이튿날 아침에 그는 주인 새서방님에게 물푸레로 얼굴을 몹시 얻어맞아서 한쪽 뺨이 눈을 얼러서 피가 나고 주먹같이 부었다.

그 때릴 적에 새서방의 입에서 나오는 말은,

"이 흉칙한 벙어리 같으니, 내 여편네를 건드려!"

하며 부시쌈지를 빼앗아 갈가리 찢어 뒷간28에 던졌다.

"그리고 이놈아! 인제는 주인도 몰라보고 막 친다. 이런 것은 죽여야 해!"

하고 채찍으로 그의 뒷덜미를 갈겨서 그 자리에 쓰러지게 하였다.

벙어리는 다만 두 손으로 빌 뿐이었다. 말은 못 하고 고개를 몇백 번 코가 닿도록 그저 용서해 달라고 빌기만 하였다. 그러나 그의 가슴에는 비로소 숨겨 있던 정의감(正義感)이 머리를 들기 시작하였다. 그는 아픈 것을 참아 가면서도 복받치는 분노(심술)를 억제하였다.

그때부터 벙어리는 안방에 들어가지 못하였다. 이 들어가지 못하는 것이 더욱 벙어리로 하여금 궁금증이 나게 하였다. 그 궁금증이라는 것이 묘하게 빛이 변하여 주인아씨를 뵈옵고 싶은 심정으로 변하였다. 뵈옵지

---

28 뒷간 : '변소'를 완곡하게 이르는 말

못하므로 가슴이 타올랐다. 몹시 애상(哀傷)29의 정서가 그의 가슴을 저리게 하였다. 한 번이라도 아씨를 뵈올 수가 있으면 하는 마음이 나더니, 그의 마음의 넋은 느끼기를 시작하였다. 센티멘털한 가운데에서 느끼는 그 무슨 정서는 그에게 생명 같은 희열을 주었다. 그것과 자기의 목숨이라도 바꿀 수 있을 것 같았다. 어떤 때는 그대로 대강이로 담을 뚫고 들어가고 싶도록 주인아씨를 뵈옵고 싶은 것을 꾹 참을 때도 있었다.

그 후부터는 밥을 잘 먹을 수가 없었다. 일도 손에 잡히지 않았다. 틈만 있으면 안으로 들어가고 싶었다.

주인이 전보다 밥과 음식을 많이 주고 더 편하게 하여 주었으나 싫었다. 그는 밤에 잠을 자지 않고 집 가장자리로 돌아다녔다.

5

하루는 주인 새서방이 술이 취하여 들어오더니 집안이 수선수선하여지며, 계집 하인이 약을 사러 갔다 들어오는 것을 보고 그 계집 하인을 붙잡았다. 그리고 무엇이냐고 물었다.

계집 하인은 주먹을 뒤통수에 대고 얼굴을 쓰다듬으며, 둘째손가락을 내밀었다. 둘째손가락은 새서방이라는 뜻이요, 주먹을 뒤통수에 대는 것은 여편네라는 뜻이요, 얼굴을 문지르는 것은 예쁘다는 뜻으로 벙어리

---

29 애상 : 슬퍼하거나 가슴 아파함.

에게 쓰는 암호다.

그런 뒤에 다시 혀를 내밀고 눈을 뒤집어쓰는 형상을 하고 두 팔을 착 벌리고 뒤로 자빠지는 꼴을 보이니, 그것은 사람이 죽게 되었거나 앓을 적에 하는 말 대신의 손짓이다.

벙어리는 눈을 크게 뜨고 계집 하인에게 한 발짝 가까이 들어서며 놀라는 듯이 한참이나 있었다.

그의 가슴은 무섭게 격동하였다. 자기의 그리운 주인아씨가 죽었다는 말이나 아닌가, 그는 두 주먹을 마주치며 한숨을 쉬었다. 그러고는 자기 방에 무엇을 생각하는 것처럼 두어 시간이나 두 눈만 껌벅껌벅하고 앉았었다.

그는 밤이 깊어 갈수록 궁금증 나는 사람처럼 일어섰다 앉았다 하더니 두 시나 되어서 바깥으로 나가서 뒤로 돌아갔다.

그는 도둑놈처럼 조심스럽게 바로 건넌방 뒤 미닫이 앞 담에 서서 주저주저하더니 담을 넘었다. 가까이 창 앞에 서서 문틈으로 안을 살피다가 그는 진저리를 치며 물러섰다.

어두운 밤에 그의 손과 발이 마치 그 뒤에 서 있는 감나무 잎같이 떨리더니 그대로 문을 박차고 뛰어 들어갔을 때, 그의 팔에는 주인아씨가 한 손에 길다란 명주 수건을 들고서 한 팔로 벙어리의 가슴을 밀치며 뻗디디었다. 벙어리는 다만 눈이 뚱그래서 '에헤' 소리만 지르고 그 수건을 뺏으려 애쓸 뿐이다.

집안이 야단났다.

"집안이 망했군!"

“어디 사내가 없어서 벙어리를!”

“어떻든 알 수 없는 일이야!”

하는 소리가 이 구석 저 구석에서 수군댄다.

6

그 이튿날 아침에 벙어리는 온몸이 짓이긴 것이 되어 마당에 거꾸러져 입에서 피를 토하며 신음하고 있었다. 그 곁에서는 새서방이 쇠줄 몽둥이를 들고서 문초30를 한다.

“이놈!”

하고는, 음란한 흉내는 모조리 하여 가며 건넌방을 가리킨다. 그러나 벙어리는 손을 내저을 뿐이다. 또 몽둥이에는 살점이 묻어 나왔다. 그리고 피가 흘렀다.

벙어리는 타들어 가는 목으로 소리도 못 내며 고개만 내젓는다. 그는 피를 토하며 거꾸러지며 이마를 땅에 비비며 고개를 내흔든다. 땅에는 피가 스며든다. 새서방은 채찍 끝에 납 뭉치를 달아서 가슴을 훔쳐 갈겼다가 힘껏 잡아 뽑았다. 벙어리는 그대로 거꾸러지며 말이 없었다.

새서방은 그래도 시원치 못하였다. 그는 벙어리가 새로 갈아 놓은 낫을 들고 달려왔다. 그러고는 시퍼렇게 날 선 낫을 번쩍 들었다. 그러나 벙어리를 찌르려 할 때 벙어리는 한 팔로 그것을 받았고 집안사람들은

----

30 문초 : 죄나 잘못을 따져 묻거나 심문함.

달려들었다. 벙어리는 낫을 뿌리쳐 저리로 내던졌다.

　주인은 집안이 망하였다고 사랑에 누워서 모든 일을 들은 체 만 체 문을 닫고 나오지를 아니하며, 집안에서는 색시를 쫓는다고 야단이다. 그날 저녁에 벙어리는 다시 끌려나왔다. 그때에는 주인 새서방이 그의 입던 옷과 신을 주며 눈을 부릅뜨고 손을 멀리 가리키며,

　"가! 인제는 우리 집에 있지 못한다."

하였다. 이 소리를 듣는 벙어리는 기가 막혔다. 그에게는 이 집 외에 다른 집이 없다. 살 곳이 없었다. 자기는 언제든지 이 집에서 살고 이 집에서 죽을 줄밖에 몰랐다. 그는 새서방님의 다리를 끼어 안고 애걸하였다. 말도 못 하는 것을 몸짓과 표정으로 간곡한 뜻을 표하였다.

　그러나 새서방님은 발길로 지르고 사람을 불렀다.

　"이놈을 좀 내쫓아라."

　벙어리는 죽은 개 모양으로 끌려 나갔다. 그리고 대갈빼기31를 개천 구석에 들이박히면서 나가 곤드라졌다가 일어서서 다시 들어오려 할 때에는 벌써 문이 닫혀 있었다. 그는 문을 두드렸다. 그의 마음으로는 주인 영감을 찾았으나 부를 수가 없었다. 그가 날마다 열고 날마다 닫던 문이, 자기가 지금은 열려고 하나 자기를 내어 쫓고 열리지를 않는다. 자기가 건사하고32 자기가 거두던 모든 것이 오늘에는 자기의 말을 들

---

31 대갈빼기 : '머리'를 속되게 이르는 말
32 건사하다 : 돌보거나 가꾸다.

지 않는다. 어려서부터 지금까지 모든 정성과 힘과 뜻을 다하여 충성스럽게 일한 값이 오늘에는 이것이다.

　그는 비로소 믿고 바라던 모든 것이 자기의 원수란 것을 알았다. 그는 모든 것을 없애 버리고 자기도 또한 없어지는 것이 나을 것을 알았다.

　그날 저녁, 밤은 깊었는데 멀리서 닭이 우는 소리와 함께 개 짖는 소리만이 들린다. 난데없는 화염이 벙어리 있던 오 생원 집을 에워쌌다. 그 불을 미리 놓으려고 준비하여 놓았는지 집 가장자리 쪽을 돌아가며 흩어 놓은 풀에 모조리 돌라붙어 공중에서 내려다보는 집의 윤곽이 선명하게 보일 듯이 타오른다.

　불은 마치 피 묻은 살을 맛있게 잘라먹는 요마(妖魔)33의 혓바닥처럼 날름날름 집 한 채를 삽시간에 먹어 버리었다. 이와 같은 화염 속으로 뛰어 들어가는 사람이 하나 있으니, 그는 다른 사람이 아니라 낮에 이 집을 쫓겨난 삼룡이다. 그는 먼저 사랑에 가서 문을 깨뜨리고 주인을 업어다가 밭 가운데 놓고 다시 들어가려 할 제, 그의 얼굴과 등과 다리가 불에 데어 쭈그러져 드는 것을 알지 못하였다.

　그는 건넌방으로 뛰어들었다. 그러나 색시는 없었다. 다시 안방으로 뛰어들었다. 그러나 또 없고 새서방이 그의 팔에 매달리어 구원하기를 애원하였다. 그러나 그는 그것을 뿌리쳤다. 다시 서까래에 불이 붙어 시뻘겋게 타면서 그의 머리에 떨어졌다. 그러나 그는 그것을 몰랐다. 부엌

---

33 요마 : 요망하고 간사스러운 마귀

으로 가 보았다. 거기서 나오다가 문설주34가 떨어지며 왼팔이 부러졌다. 그러나 그것도 몰랐다. 그는 다시 광35으로 가 보았다. 거기도 없었다. 그는 다시 건넌방으로 들어갔다. 그때야 그는 색시가 타 죽으려고 이불을 쓰고 누워 있는 것을 보았다. 그는 색시를 안았다. 그러고는 길을 찾았다. 그러나 나갈 곳이 없었다. 그는 하는 수 없이 지붕으로 올라갔다. 그는 비로소 자기의 몸이 자유롭지 못한 것을 알았다. 그러나 그는 자기가 여태까지 맛보지 못한 즐거운 쾌감을 자기의 가슴에 느끼는 것을 알았다. 색시를 자기 가슴에 안았을 때 그는 이제 처음으로 살아난 듯하였다. 그가 자기의 목숨이 다한 줄 알았을 때, 그 색시를 내려놓을 때에는 그는 벌써 목숨이 끊어진 뒤였다. 집은 모조리 타고 벙어리는 색시를 무릎에 뉘고 있었다.

그의 울분은 그 불과 함께 사라졌을는지! 평화롭고 행복스러운 웃음이 그의 입 가장자리에 엷게 나타났을 뿐이다.

---

34 문설주 : 문짝을 끼워 달기 위하여 문의 양쪽에 세운 기둥
35 광 : 집안에 보관하기 어려운 각종 물품을 넣어 두기 위해서 집 바깥에 따로 만들어 두는
   집채

선생님이 들려주는 그 시절 이야기

서연 : 안녕하세요, 선생님. 오늘은 나도향의 「벙어리 삼룡이」라는 작품을 읽고 왔어요. 이 소설 얘기를 듣고 싶어요.

선생님 : 그래, 함께 이야기해 보자꾸나.

서연 : 우선 궁금한 게 있어요. 작품을 보면 주인공에 대해 묘사하면서 '땅딸보에다가 얼굴이 몹시 얽고 입이 크다.'고 했는데, 얼굴이 '얽다'라는 말이 정확히 무슨 뜻이에요?

　사전을 찾아보면 '마맛자국이 생기다.'라고 풀이되어 있고, '마맛자국'은 '천연두를 앓고 난 후 딱지가 떨어진 자리에 생긴 얽은 자국'이라고 하는데, 좀 알기 쉽게 설명해 주세요.

선생님 : 먼저 천연두에 대해 설명해야겠구나. 천연두는 천연두 바이러스에 의해 일어나는 전염병이지. 예전에 사람들이 흔히 '마마'라고 불렀어.

　이 병에 걸리면 고열과 함께 온몸에 작은 종기가 생기는데, 그 상처가 아물고 딱지가 저절로 떨어질 때까지 건드리지 말아야 해. 가려움을 못 참고 긁으면 그 자리의 살이 파이기 때문이지. 실제로 그렇게 해서 얼굴 곳곳에 우묵우묵하게 패인 자국이 남는 경우가 많았는데, 그런 상태를 '얽다'라고 말했던 거야.

　이 병은 전염성이 매우 강하고 사망률도 높아서 한 번씩 유행

하면 많은 사람들이 희생되었어. 또 병이 나아도 후유증으로 귀머거리가 되거나 지적 장애가 오기도 해서 사람들이 무서워했던 전염병이었지.

18세기 말 영국 의사 제너에 의해 종두법이 개발되고 백신이 널리 보급되면서, 이제는 거의 사라진 병이 되었단다. 그래서 너희들에게 생소했던 거야. 하지만 우리나라에서는 1950년대까지만 해도 얼굴이 얽은 사람을 드물지 않게 볼 수 있었다고 해.

서연 : 네, 알겠습니다. 예전에 자주 유행했던 전염병을 앓고 난 후유증이었군요?

선생님 : 그래, 맞아. 이제 '마맛자국'에 대한 궁금증은 풀렸을 테고……, 작품을 읽고 난 느낌은 어땠니?

태환 : 음……, 비극적이고 안타까운 이야기인데, 한편으론 조금 놀랍고 충격적이기도 했어요.

선생님 : 여러 가지 생각이 들었던 모양이구나?

태환 : 네, 그랬어요. 주인공의 성격이나 행동이 예상을 벗어난 면이 있으면서도 인상적이어서 그랬던 거 같아요.

선생님 : 자세히 말해 볼래?

태환 : 주인공 삼룡이는 신분도 낮고 못생긴 데다가 신체적 장애도 있는 걸로 그려지잖아요? 당시의 사회적 기준으로 보면 가장 소외된 인물로 설정된 거 같아요.

그런데 이런 비천한 신분이나 외모와는 달리, 내면적으로는 아주 인간적이고 진실된 인물로 그려진 점이 특징적이었어요.

선생님 : 그래, 외적인 비천함과 내면의 아름다움이 대비되는 인간형이지. 그래서 내면에 숨겨진 순수한 인간성이 더 부각된다고 할 수 있고.

서연 : 저도 그렇게 느꼈어요. 주인공의 순수함은 새아씨를 연모하는 사건에서 가장 잘 드러나는 거 같아요. 주인 아씨를 '선녀'라거나 하늘의 '달과 별' 같은 존재로 여기는 장면에서, 순박하고 진실된 애정을 느낄 수 있었어요.

하지만 이런 순수함에 비해 그를 둘러싼 현실은 너무 불평등하고 모순적인 것이었죠. 당시의 신분적 제약이나 장애인에 대한 편견을 생각해 보면, 그런 사랑이 용납될 리 없으니까요.

선생님 : 그래, 낭만적 사랑은 흔히 현실의 제약과 충돌하지. 더구나 이 작품에서 주인공은 사회적으로 천대받는 존재로 설정되어 있으니 더 말할 나위가 없지.

태환 : 그런데 저는 주인공이 새아씨를 사모하게 된 사건이 작품의 전개 과정에서 아주 중요한 거 같아요. 이를 계기로 주인공의 태도가 변하니까요.

그 전에 주인공은 자신의 처지와 현실을 당연하게 여기고 순종하는 태도로 살았어요. 주인 아들에게 괴롭힘을 당하면서도 반항하지 않았고요.

그러다가 아름다운 아씨가 주인 아들에게 매 맞고 학대당하는 걸 보면서 안타까움을 느끼고, 나아가 연모의 정을 품게 되잖아요? 스물세 살이 되도록 이성과의 접촉이 한 번도 없었던 그가 말이에요.

이렇게 주인 아씨로 인해 내면에 잠재되어 있던 사랑의 감정이 싹트면서, 자신의 처지나 인간적인 삶에 대해서도 자각하게 된 거 같아요. 결말 부분에서 주인 아들에게 심한 매를 맞고 쫓겨났을 때, 이번에는 체념하지 않고 배신감을 느끼면서 분노하잖아요?

선생님 : 그래, 잘 보았다. 이 작품의 주인공 삼룡이가 인상 깊게 느껴지는 것은 이야기의 흐름 속에서 성격의 발전을 보여주는 인물이기 때문이야.

소설 속의 인물은 크게 두 가지로 나눠볼 수 있단다. 평면적 인물과 입체적 인물이 그것이야. 평면적 인물은 고정된 성격을 가지고 변화하지 않는 인물이고, 입체적 인물은 성격의 변화와 발전을 보여주는 인물이야.

이 중에서 입체적 인물이 특히 주목되는데, 그것은 이 인물이 흔히 비극적인 역할을 수행하고, 독자들에게 놀라움을 안겨주면서 인간성의 다양한 면모에 대해 생각하게 해 주기 때문이야. 삼룡이가 바로 그런 입체적 인물이지. 태환이 말대로, 처음에 자신의 모순된 삶을 순종적으로 받아들이다가 나중에는 사랑의 감정과 사회적 분노를 분출하지 않니?

태환 : 네, 그래서 놀랍고 충격적인 느낌을 주었던 거군요.

서연 : 제 생각에는 작품이 방화와 죽음이라는 충격적인 결말로 끝나서 더 그런 느낌이 들었던 거 같아요. 집을 집어삼키는 불의 이미

지도 강렬하고, 불길 속에서 주인공이 주인 아씨를 안고 죽어가는 장면도 놀라움을 줬어요.

죽어가면서도 평화롭고 행복한 미소를 짓잖아요? 불을 지르고 죽는 행동은 분명 비극적인 종말인데, 꼭 그렇지만도 않은 걸로 그려지고 있었어요.

그게 어떤 의미인지 대충 알 것 같긴 한데, 생각이 분명하게 정리되진 않아요. 선생님께서 좀 설명해 주세요.

선생님: 이 작품에서 '불'은 여러 가지 상징성을 띤다고 할 수 있어. 우선 네 말대로, 불은 모든 것을 집어삼키는 파괴와 죽음의 이미지로 이해할 수 있지. 삶의 종말로 이어지니까…….

한편 불은 가슴속의 연정을 나타낸다고도 볼 수 있어. 사랑의 뜨거운 정열은 흔히 타오르는 불에 비유되어 왔지. 이 작품에서도 주인공의 정열을 언제 폭발할지 모르는 휴화산에 비유한 대목이 있지 않니?

또한 불은 사회적 모순과 불평등에 대한 분노를 의미한다고 볼 수도 있어. 분노 역시 흔히 활활 타오르는 불의 이미지를 통해 표현되곤 하지.

그런데 여기서 주목되는 점은 주인공의 방화 행위가 새아씨에 대한 연정과 모순된 삶에 대한 분노를 분출하는 일이었다는 거야. 다시 말해 자신의 내면에 잠재되어 있던 인간다운 사랑의 감정과 자기 정체성을 각성한 후 모든 사회적 소외와 억압을 태워버리는 행동이었다는 말이지.

그래서 이 작품에서 불을 지르는 행위는 죽음을 가져오지만, 그것을 넘어서는 의미를 상징하게 되지. 즉 그것은 현실에서는 불가능한 사랑을 승화시키는 행위이고, 또 참다운 삶의 자각을 암시한다고 할 수 있어. 주인공이 죽어가면서 평화롭고 행복한 미소를 지었던 이유를 이렇게 이해할 수 있지 않을까?

서연 : 그러니까 주인공은 역설적이지만 죽음을 통해 진정한 삶의 지향을 찾은 거네요. 작가는 불의 상징성을 빌려, 그런 모순적이고 이중적인 의미를 표현한 거고요.

선생님 : 그래, 그렇게 이해하면 될 듯하다.

서연 : 네, 알겠습니다.

태환 : 오늘도 좋은 말씀 감사합니다!

금 따는 콩밭

김유정(1908~1937)

작가 소개

김유정은 강원도 춘천의 농촌 마을에서 태어났으며 서울에서 성장기를 보냈다. 그는 대지주 집안 출신이었다. 춘천에 조상 대대로 물려받은 많은 땅을 가지고 있었고, 서울에도 커다란 집이 있었다.

하지만 그는 어렸을 때 부모님이 모두 돌아가시는 불운을 겪는다. 일곱 살 때 어머니가 돌아가신 데 이어 아홉 살 때에는 아버지마저 돌아가신 것이다. 그런데 이후 집안의 재산을 물려받은 맏형은 동생을 돌보지 않은 채 방탕한 생활을 하며 땅과 재산을 모두 탕진해 버렸다.

이로 인해 김유정은 생활이 어려워져, 형과 누님네, 삼촌네를 돌아다니며 간신히 학교를 다녔다. 서울 재동공립보통학교와 휘문고보를 거쳐 연희전문학교 문과에 입학했으나 결국 중퇴하고 말았다. 그후 연애에도 실패하고 폐병까지 얻게 된 그는 1932년 고향인 실레마을로 내려간다.

고향의 농촌 마을에서 김유정은 '금병의숙'이라는 학교를 세워 마을 사람들에게 한글을 가르치고, 금광 사업도 벌여 보지만 오래가지는 못하였다. 하지만 이때의 체험이 소설 세계를 이루는 바탕이 되었다. 그의 많은 작품이 바로 이 농촌 마을을 무대로 삼아 농민들의 삶을 그리고 있기 때문이다.

그가 본격적으로 소설 쓰기를 시작한 것은 다시 서울로 올라온 후였다. 1933년에 「산골 나그네」와 「총각과 맹꽁이」라는 작품을 발표하였고,

1935년에 『조선일보』와 『조선중앙일보』의 신춘문예에 「소낙비」와 「노다지」가 각각 당선되어 정식으로 문단에 등장하였다. 그해 순수문학 단체인 구인회에 가입함과 동시에 매우 활발한 창작 활동을 펼치며, 불과 2년 남짓한 기간에 「금 따는 콩밭」, 「만무방」, 「봄봄」, 「동백꽃」 등 30여 편에 이르는 단편 걸작들을 쏟아내며 문단의 주목을 받았다.

그러나 이렇게 열정적으로 소설을 쓰던 때에 그는 깊은 병마에 시달리고 있었다. 만성적인 늑막염과 폐결핵, 치질 등을 심하게 앓았으나, 약값마저 없어 제대로 치료하지 못하고 쇠약해져 갔다. 병이 악화되는 가운데서도 창작에 몰두하던 그는 결국 등단 2년 만인 1937년, 29세의 젊은 나이에 세상을 달리하고 만다.

농촌을 배경으로 한 김유정의 소설들은 독특한 수법과 개성으로 1930년대 한국 단편소설의 새로운 지평을 열었다고 평가된다. 그의 농촌소설들에서는 토속적인 언어 감각과 해학미가 두드러진다. 많은 작품에서 그는 어리숙하고 순박한 인물을 통해 유머와 해학의 수법으로 농민들의 삶의 모습과 정서를 그려낸다. 또 식민지 농촌 현실의 모순을 정면에서 다루는 경우에도 이를 반어의 기법으로 처리하여 농민들의 고통과 체험을 더욱 인상 깊고 효과적으로 형상화하고 있다. 이런 그의 작품 세계는 독자들에게 현실에 대한 인식과 함께 읽는 재미를 안겨 주고 있다.

작품 해설

이 소설은 1930년대 산골 마을을 배경으로 가난한 농민이 금을 캐내려 콩밭을 파헤치는 이야기를 통해, 허황된 탐욕에 이끌리는 어리석음과 절망적인 농촌 현실을 그린 작품이다.

성실한 농사꾼이었던 영식은 금을 캔다고 콩밭 하나를 다 잡치고 눈이 뒤집혀 있다. 소작하던 논도 팽개치고 콩이 한창 자라고 있는 콩밭을 파헤쳤으나, 금은 나올 기미도 없다. 지주와 마름은 대로하고 동리 노인도 영식을 비난한다.

애초에 영식은 금광에 흥미가 없었다. 그런데 금광을 떠돌던 수재가 산 너머 노다지판의 줄맥이 산허리를 뚫고 이 밭으로 뻗어왔다고 꾀었다. 고생해서 농사를 지어 봤자 빚에 졸리는 판에 차라리 금을 캐는 게 낫겠다는 생각이 들었고, 아내도 부추겼다.

그래서 시작한 일이었으나 콩밭만 망쳤을 뿐이다. 이웃에서 양식을 꾸어 산제까지 드렸으나 가을이 되도록 허탕이었다. 심신이 피폐해진 영식은 이제 걸핏하면 아내를 때리고, 아내 역시 남편을 비아냥거린다. 영식은 수재와도 주먹다짐을 하기 일쑤다.

결국 그동안 속여 온 것이 불안해진 수재는 붉은 황토 한 줌을 손에 쥐고 한 포대에 오십 원씩 나오는 금줄이라고 거짓말을 한다. 그러고는 그날 밤에는 꼭 도망가리라고 생각한다.

이런 내용 전개에서 우선 주목되는 점은 아이러니한 상황 설정이다. 작중 인물들은 일확천금을 꿈꾸지만 도리어 몰락하고 만다. 예상과 실제, 기대와 현실이 어긋나는 방식으로 사건이 진행되고 있는 것이다. 마지막 결말 역시 반어적이다. 실제로는 매우 절망적인 상황이지만, 거짓말에 속은 순진한 주인공은 감격하며 기뻐하는 장면을 펼쳐 보인다.

작품에서 이 같은 반어적 기법은 웃음을 유발하는 효과를 낳는다. 주인공이 헛된 기대를 가지고 진지하게 콩밭을 파헤칠수록 작중 상황은 희극성을 띠게 된다. 비참한 결말에 이르러서도 현실을 깨닫지 못하고 기뻐하는 모습 역시 마찬가지다. 또 작품 곳곳에 보이는, '금을 따는 콩밭'과 같은 재치 있는 표현들도 웃음을 더해 준다.

이를 통해 인물의 행위와 심리가 희화화되며 비판의 대상으로 부각된다. 하지만 여기서 비판은 신랄한 풍자라기보다는 동정과 연민을 불러일으키는 해학적인 것으로 보인다. 성실했던 주인공이 허황된 욕심에 사로잡힌 이면에는 고생스럽게 농사를 지어도 빚만 늘어가는 현실이 놓여 있기 때문이다.

이러한 작품 세계는 반어와 해학의 수법으로 인물의 어리석음을 희화화하면서, 동시에 그를 둘러싼 궁핍한 농촌 현실과 사회적 모순을 비판하려는 작가의 의도를 보여 주는 것으로 이해된다.

금 따는 콩밭

땅속 저 밑은 늘 음침하다.

고달픈 간드렛1불, 맥없이 푸르께하다2.

밤과 달라서 낮엔 되우3 흐릿하였다.

거칠은 황토 장벽으로 앞서 좌우가 콕 막힌 좁직한 구덩이, 흡사히 무덤 속같이 귀중중하다4. 싸늘한 침묵, 쿠더브레한5 흙내와 징그러운 냉기만이 그 속에 자욱하다.

곡괭이는 뻗찔 흙을 이르집는다6. 암팡스러이7 내려쪼며,

퍽 퍽 퍽…….

이렇게 메떨어진8 소리뿐, 그러나 간간 우수수하고 벽이 헐린다.

---

1 간드레 : 광산의 갱 안에서 불을 켜 들고 다니는 카바이드등. '카바이드'는 탄화칼슘의 상품명인데, 물을 가하면 밝은 빛을 내며 타는 아세틸렌가스가 발생한다.

2 푸르께하다 : 옅지도 짙지도 않고 약간 푸르다.

3 되우 : 되게. 아주 몹시

4 귀중중하다 : 매우 더럽고 지저분하다.

5 쿠더브레하다 : 쿠리터분하다. 냄새가 신선하지 못하고 역겹게 구리다.

6 이르집다 : 흙 따위를 파헤치다.

7 암팡스럽다 : 몸은 작아도 야무지고 다부진 면이 있다.

8 메떨어지다 : 격에 어울리지 않고 촌스럽다.

영식이는 일손을 놓고 소맷자락을 끌어당기어 얼굴의 땀을 훑는다. 이놈의 줄이 언제나 잡힐는지 기가 찼다. 흙 한 줌을 집어 코밑에 바싹 들이대고 손가락으로 샅샅이 뒤져 본다. 완연히 버력9은 좀 변한 듯싶다. 그러나 볼통 버력이 아주 다 풀린 것도 아니었다. 밀똥 버력이라야 금이 나온다는데 왜 이리 안 나오는지.

곡괭이를 다시 집어 든다. 땅에 무릎을 꿇고 궁둥이를 번쩍 든 채 식식거린다. 곡괭이를 무작정 내려찍는다.

바닥에서 물이 스미어 무르팍이 흥건히 젖었다. 굿10 엎은 천판11에서 흙 방울은 내리며 목덜미로 굴러든다. 어떤 때에는 윗벽의 한쪽이 떨어지며 등을 탕 때리고 부서진다.

그러나 그는 눈도 하나 깜짝하지 않는다. 금을 캔다고 콩밭 하나를 다 잡쳤다. 약이 올라서 죽을 둥 살 둥, 눈이 뒤집힌 이 판이다. 손바닥에 침을 탁 뱉고 곡괭이 자루를 한 번 고쳐 잡더니 쉴 줄 모른다.

등 뒤에서는 흙 긁는 소리가 드윽드윽 난다. 아직도 버력을 다 못 친 모양. 이 자식이 일을 하나 시졸 하나12. 남은 속이 바직 타는데 웬 뱃심이 이리도 좋아.

---

9 버력 : 광석이나 석탄을 캘 때 나오는, 광물 성분이 섞이지 않은 잡돌
10 굿 : 광산에서, 무너지지 아니하도록 손을 보아 놓은 구덩이
11 천판 : 천반. 광산이나 채굴 현장의 천장
12 시조하다 : '시졸 하나'는 '시조를 하나'의 줄임말임. '시조하다'는 말이나 행동을 느릿느릿하게 한다는 뜻이다. 시조를 읊거나 부르는 듯하다는 것에서 나온 말이다.

영식이는 살기 띤 시선으로 고개를 돌렸다. 암말 없이 수재를 노려본다. 그제야 꾸물꾸물 바지게13에 흙을 담아 등에 메고 사다리를 올라간다.

굿이 풀리는지 벽이 우찔하였다. 흙이 부서져 내린다. 전날이라면 이곳에서 아내 한 번 못 보고 생죽음이나 안 할까 털끝까지 쭈뼛할 게다. 그러나 인젠 그렇게 되고 싶다. 수재란 놈하고 흙더미에 묻히어 한껍에14 죽는다면 그게 오히려 날 게다.

이렇게까지 몹시 미웠다.

이놈 풍치는15 바람에 애꿎은 콩밭 하나만 결딴을 냈다. 뿐만 아니라 모두가 낭패다. 세벌논16도 못 맸다. 논둑의 풀은 성큼 자란 채 어지러이 널려져 있다. 이 기미를 알고 지주는 대로하였다. 내년부터는 농사질 생각 말라고 발을 굴렀다. 땅은 암만을 파도 지수17가 없다. 이만해도 다섯 길은 훨씬 넘었으리라. 좀 더 깊어야 옳을지 혹은 북으로 밀어야 옳을지 우두커니 망설거린다. 금점18일에는 풋동이19다. 입대껏20 수재

---

13 바지게 : 발채를 얹어 놓은 지게. '발채'는 지게에 얹어 짐을 싣는 데 쓰는 소쿠리 모양의 물건을 가리킨다.

14 한껍에 : '한꺼번에'의 준말. 모두 다 동시에

15 풍치다 : 실제보다 과장하여 실속 없는 말이나 행동을 하다.

16 세벌논 : 세 번째 김매는 논

17 지수 : '기수'의 방언으로 보임. 낌새. 일이 되어 가는 분위기

18 금점 : 금을 캐내는 광산

19 풋동이 : 풋내기. 경험이 없어서 일에 서투른 사람

20 입대껏 : 여태껏. 지금에 이르도록

의 지휘를 받아 일을 하여 왔고 앞으로도 역시 그러해야 금을 딸 것이다. 그러나 그런 칙칙한 짓은 안 한다.

"이리 와 이것 좀 파게."

그는 으쓱 위풍21을 보이며 이렇게 분부하였다. 그리고 저는 일어나 손을 털며 뒤로 물러선다. 수재는 군말 없이 고분하였다. 시키는 대로 땅에 무릎을 꿇고 벽채로 군버력22을 긁어 낸 다음 다시 파기 시작한다.

영식이는 치다 나머지 버력을 짊어진다. 커단 걸대23를 뒤툭거리며 사다리로 기어오른다. 굿문24을 나와 버럭더미에 흙을 마악 내리려 할 제,

"왜 또 파. 이것들이 미쳤나 그래!"

산에서 내려오는 마름과 맞닥뜨렸다. 정신이 떠름하여 그대로 벙벙히 섰다. 오늘은 또 무슨 포악을 들으려는가.

"말라니까 왜 또 파는 거야."

하고 영식이의 바지게 뒤를 지팡이로 콱 찌르더니,

"갈아먹으라는 밭이지, 흙 쓰고 들어가라는 거야, 이 미친 것들아. 콩밭에서 웬 금이 나온다고 이 지랄들이야 그래."

하고, 목에 핏대를 올린다. 밭을 버리면 간수 잘못한 자기 탓이다. 날마

---

21 위풍 : 위엄이 있는 풍채나 기세
22 군버력 : 광석이나 석탄을 캘 때에 나오는, 광물이 섞이지 않은 작은 잡돌
23 걸대 : 물건을 높은 곳에 걸 때에 쓰는 장대
24 굿문 : 갱구. 갱도의 입구

다 와서 그 북새[25]를 피고 금하여도 담날 보면 또 여전히 파는 것이다.

너무 감정에 격하여 말도 잘 안 나오고 떠듬떠듬거린다. 주먹은 곧 날아들 듯이 허구리께서 불불 떤다.

"오늘 밤 좀 해보고 고만두겠어요."

영식이는 낯이 붉어지며 가까스로 한마디 하였다. 그리고 무턱대고 빌었다.

마름은 들은 체도 안 하고 가 버린다.

그 뒷모양을 영식이는 멀거니 배웅하였다. 그러나 콩밭 낯짝을 들여다보니 무던히 화통 터진다. 멀쩡한 밭에 구멍이 사면 풍풍 뚫렸다.

예제없이[26] 버력은 무더기무더기 쌓였다. 마치 사태 만난 공동묘지와도 같이 귀살적고[27] 되우 을씨년스럽다.

그다지 잘되었던 콩 포기는 거반[28] 버력더미에 다아 깔려 버리고 군데군데 어쩌다 남은 놈들만이 고개를 나불거린다. 그 꼴을 보는 것은 자식 죽는 걸 보는 게 낫지 차마 못 할 경상[29]이었다.

농토는 모조리 떨어질 것이다. 그러나 대관절 올 밭도지[30] 벼 두 섬

---

25 북새 : 야단스럽게 부산을 떨며 법석이는 일
26 예제없이 : 여기나 저기나 구별이 없이
27 귀살적다 : 귀살쩍다. 물건 따위가 마구 얼그러져 정신이 뒤숭숭하거나 산란하다.
28 거반 : 거지반. 거의 절반
29 경상 : 좋지 못한 몰골
30 밭도지 : 남의 밭을 빌려서 부치고 그 삯으로 해마다 주인에게 내는 벼

반은 뭐로 해내야 좋을지. 게다 밭을 망쳤으니 자칫하면 징역을 갈는지도 모른다.

영식이가 구덩이 안으로 들어왔을 때 동무는 땅에 주저앉아 쉬고 있었다. 태연무심히 담배만 뻑뻑 피우는 것이다.

"언제나 줄[31]을 잡는 거야."

"인제 차차 나오겠지."

"인제 나온다?"

하고 코웃음을 치고 엇먹더니[32] 조금 지나매,

"이 새끼."

흙덩이를 집어 들고 골통을 내려친다.

수재는 어쿠 하고 그대로 푹 엎어진다. 그러나 뻘떡 일어선다. 눈에 띄는 대로 곡괭이를 잡자 대뜸 달려들었다. 그러나 강약이 부동, 와살스러운[33] 팔뚝에 퉁겨서 벽에 가서 쿵하고 떨어졌다. 그 순간에 제가 빼앗긴 곡괭이가 정수리를 겨누고 날아드는 걸 보았다. 고개를 획 돌린다. 곡괭이는 흙벽을 퍽 찍고 다시 나간다.

수재 이름만 들어도 영식이는 이가 갈렸다. 분명히 홀딱 속은 것이다.

---

31 줄 : 암석의 갈라진 틈을 따라 금, 은, 구리, 철 따위의 유용한 광물이 묻혀 있는 부분
32 엇먹다 : 사리에 어긋난 말이나 행동으로 비꼬다.
33 와살스럽다 : 무식하고 모질며 거친 데가 있다.

영식이는 본디 금점에 이력이 없었다. 그리고 흥미도 없었다. 다만 밭고랑에 웅크리고 땀을 흘려 가며 꾸벅꾸벅 일만 하였다. 올엔 콩도 뜻밖에 잘 열리고 맘이 좀 놓였다.

하루는 홀로 김을 매고 있노라니까,

"여보게 덥지 않은가, 좀 쉬었다 하게."

고개를 들어보니 수재다. 농사는 안 짓고 금점으로만 돌아다니더니 무슨 바람에 또 왔는지 싱글싱글한다. 좋은 수나 걸렸나 하고.

"돈 좀 많이 벌었나. 나 좀 췌주게[34]."

"벌구 말구. 맘껏 먹고 맘껏 쓰고 했네."

술에 거나한 얼굴로 신껏 주절거린다. 그리고 밭머리에 쭈그리고 앉아 한참 객설[35]을 부리더니,

"자네 돈벌이 좀 안 할려나. 이 밭에 금이 묻혔네, 금이……."

"뭐?"

하니까, 바로 이 산 너머 큰골에 광산이 있다. 광부를 3백여 명이나 부리는 노다지판인데 매일 소출되는 금이 70냥을 넘는다. 돈으로 치면 7천 원, 그 줄맥이 큰 산허리를 뚫고 이 콩밭으로 뻗어 나왔다는 것이다. 둘이서 파면 불과 열흘 안에 줄을 잡을 게고, 적어도 하루 서 돈씩은 따리라. 우선 30원만 해두 얼마냐. 소를 산대두 반 필이 아니

---

34 췌주다 : '꿰어주다'의 방언. 돈 따위를 나중에 받기로 하고 빌려주다.
35 객설 : 쓸데없는 말

냐고.

그러나 영식이는 귀담아 듣지 않았다. 금점이란 칼 물고 뜀뛰기다. 잘 되면이어니와 못 되면 신세만 조판다[36]. 이렇게 전일부터 들은 소리가 있어서였다.

그 담날도 와서 꾀송거리다[37] 갔다.

세 번째에는 집으로 찾아왔는데 막걸리 한 병을 손에 떡 들고 영을 피운다. 몸이 달아서 또 온 것이었다. 봉당에 걸터앉아서 저녁상을 물끄러미 바라보더니 조당수[38]는 몸을 훑인다[39]는 둥, 일꾼은 든든히 먹어야 한다는 둥, 남들이 논을 사느니 밭을 사느니 떠드는데 요렇게 지내다 그만둘 테냐는 둥 일쩌웁게[40] 지절거린다.

"아주머니, 이것 좀 먹게 해 주시게유."

그리고 비로소 영식이 아내에게 술병을 내놓는다.

그들은 밥상을 끼고 앉아서 즐겁게 술을 마셨다. 몇 잔이 들어가고 보니 영식이의 생각도 적이 돌아섰다. 딴은 일 년 고생하고 기껏 콩 몇 섬 얻어먹느니보다는 금을 캐는 것이 슬기로운 짓이다. 하루에 잘만 캔다면 한 해 줄곧 공들인 그 수확보다 훨씬 이익이다. 올봄 보낼

---

36 조파다 : 더 이상 아무것도 할 수 없을 정도로 망치다.
37 꾀송거리다 : 듣기 좋거나 능숙한 말솜씨로 남을 자꾸 꾀다.
38 조당수 : 좁쌀을 물에 불린 다음 갈아서 묽게 쑨 음식
39 훑이다 : 부풋하고 많던 것이 다 빠져서 적어지다.
40 일쩝다 : 일거리가 되어 성가시고 귀찮다.

제 비료 값, 품삯 빚진 7원 까닭에 나날이 졸리는 이 판이다. 이렇게 지지하게41 살고 말 바에는 차라리 가로지나 세로지나 사내자식이 한 번 해볼 것이다.

"낼부터 우리 파보세, 돈만 있으면야 그까짓 콩은……."

수재가 안달스레 재우쳐42 보챌 제 선뜻 응낙하였다.

"그래 보세, 배라먹을43 거 안 됨 고만이지."

그러나 꽁무니에서 죽을 마시고 있던 아내가 허구리를 쿡쿡 찔렀게 망정이지 그렇지 않았더면 좀 주저할 뻔도 하였다.

아내는 아내대로의 셈이 빨랐다.

시체44(時體)는 금점이 판을 잡았다. 섣부르게 농사만 짓고 있다간 결국 비렁뱅이밖에는 더 못 된다. 얼마 안 있으면 산이고 논이고 밭이고 할 것 없이 다 금장이 손에 구멍이 뚫리고 뒤집히고 뒤죽박죽이 될 것이다. 그때는 뭘 파먹고 사나. 자, 보아라. 머슴들은 짜기나 한 듯이 일하다 말고 후딱 하면 금점으로들 내빼지 않는가. 일꾼이 없어서 올엔 농사를 질 수 없으니 마느니 하고 동리에서는 떠들썩한다. 그리고 번동 포농이45조차 호미를 내어던지고 강변으로 개울로 사금을 캐러 달아난다.

---

41 지지하다 : 시시하고 따분하다.
42 재우치다 : 빨리 몰아치거나 재촉하다.
43 배라먹을 : 일이 뜻대로 되지 않을 때 욕으로 하는 말
44 시체 : 당대의 유행이나 풍습
45 포농이 : 채소밭을 부치는 사람

그러나 며칠 뒤에는 다비신46에다 옥당목47을 떨치고 희짜를 뽑는48 것이 아닌가.

아내는 콩밭에서 금이 날 줄은 아주 꿈밖이었다. 놀라고도 또 기뻤다. 올에는 노냥49 침만 삼키면 그놈 코다리를 짜장50 먹어 보겠구나만 하여도 속이 메질 듯이 짜릿하였다. 뒷집 양근댁은 금점 덕택에 남편이 사다 준 흰 고무신을 신고 나릿나릿 걷는 것이 무척 부러웠다. 저도 얼른 금이나 펑펑 쏟아지면 흰 고무신도 신고 얼굴에 분도 바르고 하리라.

"그렇게 해보지 뭐. 저 양반 하잔 대로만 하면 어련히 잘될라구."

얼떨하여 앉았는 남편을 이렇게 추겼던 것이다.

동이 트기 무섭게 콩밭으로 모였다.

수재는 진언51이나 하는 듯이 이리 대고 중얼거리고 저리 대고 중얼거리고 하였다. 그리고 덤벙거리며 이리 왔다가 저리 갔다가 하였다. 제딴은 땅속에 누운 줄맥을 어림하여 보는 맥이었다.

---

46 다비신 : '지카다비'를 가리키는 말로 보임. 지카다비는 버선처럼 생겼으며 엄지발가락과 다른 발가락 사이가 갈라져 있는 신발로서, 주로 일본인들이 작업화로 신는다.
47 옥당목 : 일반 당목보다 촘촘하게 짠 면직물. 빛깔이 희고 품질이 좋음.
48 희짜뽑다 : 가진 것이 없으면서 짐짓 분수에 넘치게 굴다.
49 노냥 : '노상'의 방언. 언제나 변함없이 한 모양으로 줄곧
50 짜장 : 과연 정말로
51 진언 : 진실하여 거짓이 없는 말이라는 뜻으로, 비밀스러운 어구를 이르는 말

한참을 밭을 헤매다가 산 쪽으로 붙은 한 구석에 딱 서며 손가락을 펴 들고 설명한다. 큰 줄이란 본시 산운산을 끼고 도는 법이다. 이 줄이 노 다지임에는 필시 이켠으로 버듬히52 누웠으리라. 그러니 여기서부터 파 들어가자는 것이었다.

영식이는 그 말이 무슨 소린지 새기지는 못했다. 마는 금점에는 난다 는 수재이니 그 말대로 하기만 하면 영락없이 금퇴53야 나겠지 하고 그 것만 꼭 믿었다. 군말 없이 지시해 받은 곳에다 삽을 푹 꽂고 파헤치기 시작하였다.

금도 금이면 앨 써 키워온 콩도 콩이었다. 거진 다 자란 허울 멀쑥한 놈들이 삽 끝에 으스러지고 흙에 묻히고 하는 것이다. 그걸 보는 것은 썩 속이 아팠다. 애틋한 생각이 물밀 때 가끔 삽을 놓고 허리를 구부려 서 콩잎의 흙을 털어 주기도 하였다.

"아, 이 사람아, 맥적게54 그건 봐 뭘 해, 금을 캐자니깐."

"아니야. 허리가 좀 아파서!"

핀잔을 얻어먹고는 좀 열적었다55. 하기는 금만 잘 터져 나오면 이까짓 콩밭쯤이야. 이 밭을 풀어 논도 만들 수 있을 것이다. 눈을 감아 버리고 삽의 흙을 아무렇게나 콩잎 위로 확확 내어던진다.

---

52 버듬히 : '버드름히'의 준말. 바깥쪽으로 조금 벋은 듯하게
53 금퇴 : 금이 들어 있는 광석
54 맥적다 : 맥쩍다. 몹시 미안하고 부끄러워 쑥스럽다.
55 열적다 : 열없다. 겸연쩍고 쑥스럽다.

"구구루56 땅이나 파먹지 이게 무슨 지랄들이야!"

동리 노인은 뻔질 찾아와서 귀 거친 소리를 하곤 하였다.

밭에 구멍을 셋이나 뚫었다. 그리고 대고 뚫는 길이었다. 금인가 난장57을 맞을 건가 그것 때문에 농군은 버렸다. 이제 필연코 세상이 망하려는 징조이리라. 그 소중한 밭에다 구멍을 뚫고 이 지랄이니 그놈이 온전할 겐가.

노인은 제 울화에 지팡이를 들어 삿대질을 아니할 수 없었다.

"벼락 맞느니, 벼락 맞어……."

"염려 말아유, 누가 알래지유."

영식이는 그럴 적마다 데퉁스레58 쏘았다. 골김59에 흙을 되는대로 내꼰지고는60 침을 탁 뱉고 구덩이로 들어간다. 그러나 마음 한구석에는 언제나 끈─하였다61. 줄을 찾는다고 콩밭을 통히 뒤집어 놓았다. 그리고 줄이 언제나 나올지 아직 까맣다. 논도 못 매고 물도 못 보고 벼가 어이 되었는지 그것조차 모른다. 밤에는 잠이 안 와 멀뚱하니 애를 태웠다.

수재는 낙담하는 기색도 없이 늘 하냥62이었다. 땅에 웅숭그리고 시적

---

56 구구루 : 국으로. 자기가 생긴 그대로. 또는 자기 주제에 맞게

57 난장 : 고려와 조선 시대에 신체의 부위를 가리지 않고 마구 매로 치던 고문

58 데퉁스럽다 : 말과 행동이 거칠고 미련한 데가 있다.

59 골김 : 성이 나는 기세

60 내꼰지다 : '내버리다'의 방언

61 끈하다 : 문맥상 '마음속에 계속 남아 꺼림칙하다'는 뜻으로 이해됨.

62 하냥 : 변화 없이 한결같음.

시적63 노량으로64 땅만 판다.

"줄이 꼭 나오겠나?"

하고 목이 말라서 물으면,

"이번에 안 나오거든 내 목을 베게."

서슴지 않고 장담을 하고는 꿋꿋하였다.

　이걸 보면 영식이도 마음이 좀 뇌는65 듯싶었다. 전들 금이 없다면 무슨 멋으로 이 고생을 하랴. 반드시 금은 나올 것이다. 그제서는 이왕 손해는 하릴없거니와 고만두리라는 절망이 스스로 사라지고 다시금 주먹이 쥐어지는 것이었다.

　캄캄하게 밤은 어두웠다. 어디선가 뭇 개가 요란히 짖어 댄다.

　남편은 진흙투성이를 하고 내려왔다. 풀이 죽어서 몸을 잘 가누지도 못하고 아랫목에 축 늘어진다.

　이 꼴을 보니 아내는 맥이 다시 풀린다. 오늘도 또 글렀구나. 금이 터지면은 집을 한 채 사간다고 자랑을 하고 왔더니 이내 헛일이었다. 인제 좌기66가 나서 낯을 들고 나갈 염의(念意)67조차 없어졌다.

---

63 시적시적 : 힘들이지 않고 느릿느릿 말하거나 행동하는 모양을 나타내는 말
64 노량으로 : 어정어정 놀면서 느릿느릿
65 뇌다 : '놓이다'의 준말
66 좌기 : 기세가 꺾임.
67 염의 : 무엇을 하고자 하는 생각

남편에게 저녁을 갖다 주고 딱하게 바라본다.

"인제 꿔 온 양식도 다 먹었는데······."

"새벽에 산제[68]를 좀 지낼 턴데 한 번만 더 꿔와."

남의 말에는 대답 없고 유하게 흘게[69] 늦은 소리뿐. 그리고 드러누운 채 눈을 지그시 감아 버린다.

"죽거리두 없는데 산제는 무슨······."

"듣기 싫어. 요망 맞은 년 같으니."

이 호통에 아내는 고만 멈씰하였다[70]. 요즘 와서는 무턱대고 공연스레 골만 내는 남편이 영 딱하였다. 환장을 하는지 밤잠도 아니 자고 소리만 빽빽 지르며 덤벼들려고 든다. 심지어 어린것이 좀 울어도 이 자식 갖다 내꾼지라고 북새를 피는 것이다.

저녁을 아니 먹으므로 그냥 치워 버렸다. 남편의 영(令)을 거역키 어려워 양근댁한테로 또 다시 안 갈 수 없다. 그간 양식은 줄곧 꾸어다 먹고 갖지 못하였는데 또 무슨 면목으로 입을 벌릴지 난처한 노릇이었다.

그는 생각다 끝에 있는 염치를 보째 쏟아 던지고 다시 한 번 찾아가는 것이다마는 딱 맞닥뜨리어 입을 열고,

---

68 산제 : 산신제. 산신령에게 드리는 제사

69 흘게 : 매듭이나 고동, 사개, 사북 등을 단단하게 조인 정도나 무엇을 맞추어서 짠 자리. '흘게 늦다'란 말은 '조금 풀려 단단하지 못하다'란 뜻의 관용구이다.

70 멈씰하다 : '멈칫하다'의 방언. 하던 일이나 동작을 갑자기 멈추다.

"낼 산제를 지낸다는데 쌀이 있어야지유."

하자니 영 낯이 화끈하고 모닥불이 날아든다.

그러나 그들은 어지간히 착한 사람이었다.

"암 그렇지요. 산신이 벗나면 죽도 그릅니다."

하고 말을 받으며 그 남편은 빙그레 웃는다. 워낙 금점에 장구[71] 닳아 난 몸인 만큼 이런 일에는 적잖이 속이 틔었다. 손수 쌀 닷 되를 떠 주며,

"산제라 안 지냄 몰라두 이왕 지낼래면 아주 정성껏 해야 됩니다. 산신이란 노하길 잘 하니까우."

하고 그 비방까지 깨쳐 보낸다.

쌀을 받아 들고 나오며 영식이 처는 고마움보다 먼저 미안에 질리어 얼굴이 다시 빨갰다. 그리고 그들 부부 살아가는 살림이 참으로 참으로 몹시 부러웠다.

양근댁 남편은 날마다 금점으로 감돌며 버력더미를 뒤지고 토록[72]을 주워 온다. 그걸 온종일 장판돌에다 갈면 수가 좋으면 2~3원, 옥아도[73] 70~80전 꼴은 매일 셈이 되는 것이었다. 그러면 쌀을 산다. 피륙을 끊는다. 떡을 한다. 장리를 놓는다…… 그런데 우리는 왜 늘 요

---

71 장구 : 오랫동안

72 토록 : 광맥의 본래 줄기에서 떨어져 다른 잡석과 함께 광맥의 겉으로 드러나 있는 광석

73 옥다 : 장사 따위에서 본전보다 밑지다.

꼴인지. 생각만 하여도 가슴이 메이는 듯 맥맥 한숨이 연발을 하는 것이었다.

아내는 집에 돌아와 떡쌀을 담그었다. 낼은 뭘로 죽을 쑤어 먹을는지. 윗목에 웅크리고 앉아서 맞은쪽에 자빠져 있는 남편을 곁눈으로 살짝 할퀴어 본다. 남들을 돌아다니며 잘두 금을 주워 오련만 저 망나니 제 밭 하나를 다 버려도 금 한 톨 못 주워 오나. 에에, 변변치도 못한 사나이, 저도 모르게 얕은 한숨이 거푸 두 번을 터진다.

밤이 이슥하여 그들 양주[74]는 떡을 하러 나왔다. 남편은 절구에 쿵쿵 빻았다. 그러나 체가 없다. 동네로 돌아다니며 빌어 오느라고 아내는 다리에 불풍이 났다[75].

"왜 이리 앉었수, 불 좀 지피지."

떡을 찌다가 얼이 빠져서 멍하니 앉았는 남편이 밉살스럽다. 남은 이래저래 애를 죄는데 저건 무슨 생각을 하고 저리 있는 건지, 낫으로 삭정이를 탁탁 쪼개서 던져 주며 아내는 은근히 혹닥이었다[76].

닭이 두 홰[77]를 치고 나서야 떡은 되었다.

아내는 시루를 이고 남편은 겨드랑이에 자리때기[78]를 꼈다. 그리고 캄

-----

74 양주 : 바깥주인과 안주인이라는 뜻으로, '부부'를 이르는 말

75 불풍나다 : 매우 잦고도 바쁘게 드나든다.

76 혹닥이다 : 잔소리나 까다로운 요구를 하며 귀찮게 대들다.

77 홰 : 새벽에 닭이 우는 횟수를 세는 말

78 자리때기 : '자리'를 속되게 이르는 말. 앉거나 누울 수 있도록 바닥에 까는 물건

캄한 산길을 올라간다. 비탈길을 얼마 올라가서야 콩밭은 놓였다. 전면에 우뚝한 검은 산에 둘리어 막힌 곳이었다. 가생이[79]로 느티, 대추나무들은 머리를 풀었다.

밭머리 조금 못 미쳐 남은 걸음을 멈추자 뒤의 아내를 돌아본다.

"인내, 그러구 여기 가만히 섰어."

시루를 받아 한 팔로 껴안고 그는 혼자서 콩밭으로 올라섰다. 앞에 쌓인 것이 모두가 흙더미, 그 흙더미를 마악 돌아서려 할 제 아마 돌을 찼나 보다. 몸이 쓰러지려고 우찔근하니, 아내는 기급을 하여 뛰어오르며 그를 부축하였다.

"부정 타라구 왜 올라와, 요망 맞은 년."

남편은 몸을 고루 잡자 소리를 빽 지르며 아내를 얼빰[80]을 붙인다. 가뜩이나 죽으라 죽으라 하는데 불길하게도 계집년이. 그는 마뜩잖게 투덜거리며 밭으로 들어간다.

밭 가운데다 자리를 펴고 그 위에 시루를 놓았다. 그리고 시루 앞에다 공손하고 정성스레 재배를 커다랗게 한다.

"우리를 살펴줍시사. 산신께서 거들어 주지 않으면 저희는 죽을 밖에 꼼짝할 수 없습니다유."

그는 손을 모으고 이렇게 축원하였다.

---

79 가생이 : '가장자리'의 방언
80 얼빰 : 얼떨결에 때리거나 맞는 뺨

아내는 이 꼴을 바라보며 독이 뾰록같이[81] 올랐다. 금점을 합네 하고 금 한 톨 못 캐는 것이 버릇만 점점 글러간다. 그전에는 없더니 요새로 건듯하면 탕탕 때리는 못된 버릇이 생긴 것이다. 금을 캐랬지 뺨을 치랬나, 제발 덕분에 고놈의 금 좀 나오지 말았으면. 그는 맞은 앙심으로 맘껏 방자하였다[82].

하긴 아내의 말 고대로 되었다. 열흘이 썩 넘어도 산신은 깜깜무소식이었다. 남편은 밤낮으로 눈을 까뒤집고 구덩이에 묻혀 있었다. 어쩌다 집엘 내려오는 때이면 얼굴이 헐떡하고 어깨가 축 늘어지고 거반 병객이었다. 그리고서 잠자코 커단 몸집을 방고래[83]에다 쿵하고 내던지곤 하는 것이다.

"제 에미 붙을, 죽어나 버렸으면……."

혹은 이렇게 탄식하기도 하였다.

아내는 바가지에 점심을 이고서 집을 나섰다. 젖먹이는 등을 두드리며 좋다고 끽끽거린다.

인젠 흰 고무신이고 코다리고 생각조차 물렸다. 그리고 금 하는 소리만 들어도 입에 신물이 날 만큼 되었다. 그건 고사하고 꿔다 먹은 양식

---

81 뾰록같이 : 못마땅하여 몹시 성이 나 있는 모양을 나타내는 말
82 방자하다 : 어려워하거나 삼가는 태도가 없이 무례하고 건방지다.
83 방고래 : 방의 구들장 밑으로 나 있는, 불길과 연기가 통하여 나가는 길

에 졸리지나 말았으면 그만도 좋으련마는.

가을은 논으로 밭으로 누렇게 내리었다. 농군들은 기꺼운 낯을 하고 서로 만나면 흥겨운 농담, 그러나 앰한[84] 밭망치고 논조차 건살[85] 못 하였으니 이 가을에는 뭘 거둬들이고 뭘 즐겨할는지. 그는 동네 사람의 이목이 부끄러워 산길로 돌았다.

솔숲을 나서서 멀리 밖에를 바라보니 둘이 다 나와 있다. 오늘도 또 싸운 모양. 하나는 이쪽 흙더미에 앉았고, 하나는 저쪽에 앉았고 서로들 외면하여 담배만 뻑뻑 피운다.

"점심들 잡숫게유."

남편 앞에 바가지를 내려놓으며 가만히 맥을 보았다.

남편은 적삼이 찢어지고 얼굴에 생채기를 내었다. 그리고 두 팔을 걷고 먼 산을 향하여 묵묵히 앉았다.

수재는 흙에 박혔다 나왔는지 얼굴은커녕 귓속드리 흙투성이다. 코밑에는 피딱지가 말라붙었고 아직도 조금씩 흘러내린다. 영식이 처를 보더니 열적은 모양 고개를 돌리어 모로 떨어지며 입맛만 쩍쩍 다신다.

금을 캐라니까 밤낮 피만 내다 말라는가. 빚에 졸리어 남은 속을 볶는데 무슨 호강에 이 지랄들인구. 아내는 못마땅하여 눈가에 살을 모았다.

---

84 앰하다 : 아무 잘못 없이 꾸중을 듣거나 벌을 받아 억울하다.
85 건사 : '건살'은 '건사를'의 줄임말임. 물건을 잘 거두어 보호하다.

"산제 지낸다구 꿔 온 것은 언제나 갚는다지유……."

뚱하고 있는 남편을 향하여 말끝을 꼬부린다. 그러나 남편은 눈썹 하나 까딱하지 않는다. 이번에는 어조를 좀 돋우며,

"갚지도 못할 걸 왜 꿔오라 했지유."

하고 얼추 호령이었다.

이 말은 남편의 채 가라앉지도 못한 분통을 다시 건드린다. 그는 벌떡 일어서며 황밤주먹86을 쥐어 창망할 만큼 아내의 골통을 후렸다.

"계집년이 방정맞게……."

다른 것은 모르나 주먹에는 아찔이었다. 멋없게 덤비다간 골통이 부서진다. 암상87을 참고 바르르 하다가 이윽고 아내는 등에 업은 어린아이를 끌러 들었다. 남편에게로 그대로 밀어 던지니 아이는 까르르 하고 숨 모으는 소리를 친다. 그리고 아내는 돌아서서 혼잣말로,

"콩밭에서 금을 딴다는 숙맥88도 있담."

하고 빗대 놓고 비양거린다89.

"이년아, 뭐."

남편은 대뜸 달려들며 그 볼치에다 다시 울찬 황밤을 주었다. 적이나

---

86 황밤주먹 : 밤톨처럼 단단하게 쥔 주먹. '황밤'은 말려서 껍질과 속껍질을 벗긴 밤

87 암상 : 남을 미워하고 샘을 잘 내는 잔망스러운 심술

88 숙맥 : 사리 분별을 못 하고 세상 물정을 잘 모르는 사람. 콩과 보리를 구별하지 못한다는 뜻의 '숙맥불변'에서 나온 말이다.

89 비양거리다 : '비아냥거리다'의 방언

하면 계집이니 위로도 하여 주련만 요건 분만 폭폭 질러 놓을려나, 예이 배라먹을 거, 이판사판이다.

"너허구 안 산다. 오늘루 가거라."

아내를 와락 떠다 밀어 논둑에 젖혀 놓고 그 허구리를 발길로 퍽 질렀다. 아내는 입을 헉하고 벌린다.

"네가 허라구 옆구리를 쿡쿡 찌를 제는 언제냐. 요 집안 망할 년."

그리고 다시 퍽 질렀다. 연하여 또 퍽.

이 꼴을 보니 수재는 조바심이 일었다. 저러다가 그 분풀이가 다시 제게로 슬그머니 옮아올 것을 지레 채었다[90]. 인제 걸리면 죽는다. 그는 비슬비슬하다 어느 틈엔가 구덩이 속으로 시나브로[91] 없어져 버린다.

볕은 다스로운 가을 향취를 풍긴다. 주인을 잃고 콩은 무거운 열매를 둥글둥글 흙에 굴린다. 맞은쪽 산 밑에서 벼들을 베며 기뻐하는 농군의 노래.

"터졌네, 터져."

수재는 눈이 휘둥그렇게 굿문을 뛰어나오며 소리를 친다. 손에는 흙 한 줌이 잔뜩 쥐였다.

"뭐?"

하다가,

---

90 채다 : 재빨리 헤아리다.
91 시나브로 : 모르는 사이에 조금씩 조금씩

"금줄 잡았어, 금줄."

"응!"

하고, 외마디를 뒤남기자 영식이는 수재 앞으로 살같이 달려들었다. 허겁지겁 그 흙을 받아 들고 샅샅이 헤쳐 보니 딴은 재래에 보지 못하던 불그죽죽한 황토이었다. 그는 눈에 눈물이 핑 돌며,

"이게 원 줄인가."

"그럼 이것이 곱색줄92이라네. 한 포에 댓 돈씩은 넉넉 잡히지."

영식이는 기쁨보다 먼저 기가 탁 막혔다. 웃어야 옳을지 울어야 옳을지. 다만 입을 반쯤 벌린 채 수재의 얼굴만 멍하니 바라본다.

"이리 와 봐. 이게 금이래."

이윽고 남편은 아내를 부른다. 그리고 내 뭐랬어. 그러게 해 보라고 그랬지 하고 설면설면93 덤벼 오는 아내가 한결 예뻤다. 그는 엄지가락으로 아내의 눈물을 지워 주고 그리고 나서 껑충거리며 구덩이로 들어간다.

"그 흙 속에 금이 있지요."

영식이 처가 너무 기뻐서 코다리에 고래 등 같은 집까지 연상할 제, 수재는 시원스러이,

---

92 곱색줄 : 광맥의 하나. 산화한 황화 광물로 이루어진 붉은빛의 광맥이 길게 뻗치어 박인 줄을 이른다.

93 설면설면 : 사이가 정답지 않고 어색한 모양을 나타내는 말

"네, 한 포대에 500원씩 나와유."

하고, 오늘 밤에는 정녕코 달아나리라 생각하였다.

거짓말이란 오래 못 간다. 뽕이 나서 뼈다귀도 못 추리기 전에 훨훨 벗어나는 게 상책이겠다.

선생님이 들려주는 그 시절 이야기

서연 : 안녕하세요, 선생님. 오늘은 김유정의 소설 「금 따는 콩밭」을 읽고 왔어요. 작품 얘기 들려주세요.

선생님 : 그래, 알았다. 작품은 어땠니?

서연 : 처음에 이 소설을 읽으려고 할 때 제목 때문에 호기심이 생겼어요. '금 따는 콩밭'이란 표현이 흥미로워서요.

태환 : 네, 저도 그랬어요.

선생님 : 실제로 재미있었니?

태환 : 사실 예상과는 조금 달랐어요. 전체적으로 재미있게 읽혔지만, 내용 자체가 즐겁고 유쾌한 것은 아니었어요. 가난한 농민이 금을 캐겠다고 콩밭을 파헤쳤지만 결국 실패한다는 이야기잖아요? 저는 이 작가의 다른 작품인 「봄봄」이나 「동백꽃」처럼 익살스럽고 웃음이 넘칠 줄 알았거든요.

선생님 : 탐욕에 사로잡힌 인물이 좌절하는 이야기이고, 그 배경에 어두운 시대 현실도 깔려 있어서 유쾌한 이야기라고 할 수는 없지.

서연 : 그렇긴 한데, 또 자세히 보면 웃음을 불러일으키는 요소들도 적지 않았어요.

선생님 : 조금 자세히 이야기해 볼래?

서연 : 우선 주인공이 허황된 기대를 가지고 콩밭을 진지하게 파헤치는

것이 그랬어요. 콩밭에서 금이 나올 리 없잖아요? 또 결말에서 주인공 부부가 수재의 거짓말에 속아 순진하게 감격하고 기뻐하는 모습도 우스꽝스러웠어요.

그밖에도 작품을 읽다보면, 무겁고 진지한 분위기 속에서도 인물의 행동을 희화화하거나 재치 있게 묘사한 장면들이 많았어요.

선생님 : 그래, 잘 보았다. 다소 무거운 주제를 다루면서도 작가 특유의 해학성을 느끼게 하는 작품이라 할 수 있지. 그건 그렇고, 이 작품에서 또 어떤 점이 흥미로웠니?

태환 : 저는 금광 이야기가 흥미로웠고, 그것에 대해 궁금한 점도 있었어요. 주인공 영식이 친구인 수재의 꾐에 넘어가 멀쩡한 콩밭을 파헤친다는 것이 작품의 주된 내용이잖아요?

그런데 주인공이 친구의 과장되고 허황된 말을 무턱대고 믿은 건 순진해 보이긴 하는데, 한편으론 당시 사회 분위기가 그럴 만하지 않았나 하는 생각도 들었어요. 가령 작품을 보면, 산 너머 큰골에 노다지 광산이 있어서 광부가 3백여 명이고 금이 매일 70냥씩 나온다고 했잖아요?

그런데 정말로 당시 우리나라에 금을 캐는 금광이 많았나요? 요즘에는 금광 이야기를 별로 들어본 적이 없는 거 같은데…….

선생님 : 그랬단다. 이 소설이 발표된 1930년대에는 우리나라 전역에 금광 열풍이 불었어. 일제가 보조비 지급이나 각종 지원책을 통해 금 생산을 권장하고, 생산된 금을 고가에 매수했던 것이 그 이유야.

태환 : 일제가 왜 그랬나요?

선생님 : 그건 일제의 필요 때문이었어. 1930년대에 일제는 만주사변과 중일전쟁 등의 침략 전쟁을 일으키면서 막대한 군수 자원과 물자를 수입해야 했는데, 그 대금을 지불하기 위해 다량의 금이 필요했단다. 금이 오늘날의 달러처럼 국제통화의 역할을 하고 있었기 때문이야.

그래서 일제는 금의 확보에 혈안이 되어 식민지인 우리나라에서 그런 정책을 펼쳤던 거야. 실제로 해방 전까지 300톤의 금을 일본으로 가져갔다고 해.

서연 : 일제의 정책이 효과를 거두었군요?

선생님 : 그래, 맞아. 많은 사람들이 금광 사업에 뛰어들었고, 전국에 수백 개의 금광이 생겼단다. 금광 관련 서적들이 베스트셀러가 되기도 했다니까 그 열기를 짐작할 수 있겠지?

금광 사업으로 짧은 기간에 큰돈을 벌어 금광왕으로 불리는 사람도 나타나고, 또 유명 신문사의 사장이 되는 사람도 생기자 온 나라가 금광 열풍에 휩싸였다고 해. 그래서 그때의 일을 19세기 중반 미국 캘리포니아 지역에서 있었던 골드러시에 비유하기도 해.

서연 : 대단했었군요! 그러고 보니, 이 작품에서도 '머슴들이 일하다 말고 금점으로 내빼는 바람에 일꾼이 없어 농사를 지을 수 없으니 마느니' 한다는 장면이 기억나요.

선생님 : 당시 사회 분위기를 잘 보여주는 대목이지. 그렇게 일확천금을

꿈꾸며 금광으로 몰려간 사람들이 광부나 농민에 국한되지 않았어. 의사나 변호사, 문인과 같은 지식인들도 금광 사업에 뛰어들기도 했단다.

태환 : 네, 이 소설의 작가 김유정도 한때 금광 사업을 했다는 말을 들었어요.

선생님 : 그래, 맞아. 김유정뿐 아니라 김기진, 채만식 등 여러 문인들이 금광 사업에 뛰어든 적이 있지. 김유정의 경우 고향 인근에 금광이 열리기도 했고, 매형이 권유해서 금광의 현장 감독을 지낸 적이 있다고 해.

이 작품은 그때의 체험을 바탕으로 지어진 것이야. 금광 열풍이 몰아쳤던 사회상이 배경으로 자리잡고 있는 거고……. 이 소설 외에 「노다지」, 「금」 등도 금광을 소재로 창작된 작품이야.

서연 : 그런데 작가의 금광 사업은 성공했나요? 다른 문인들은요?

선생님 : 어땠을 거 같니? 너희도 예상했겠지만, 모두 실패하고 말았지. 사실 이들뿐 아니라 당시 금광으로 몰려간 사람들 대부분이 성공하지 못했어. 현실적으로 금맥을 찾아 벼락부자가 된 건 아주 소수였지.

어떤 사람들은 금광 개발을 위해 많은 돈을 투자했다가 패가망신하기도 했고, 먹고살기 힘들어서 금광으로 몰려간 사람들도 제대로 돈을 버는 경우는 별로 없었어.

원래 일확천금의 풍조는 부조리한 사회에서 흔히 나타나는 현상이고, 그런 일에 성공할 확률은 떨어지는 거 아니겠니? 거기에 뛰어든 대부분의 사람은 물질적, 정신적으로 더 피폐해질 뿐이고…….

태환 : 네, 맞아요. 이 작품의 주인공 부부도 망한 걸로 그려지잖아요. 멀쩡한 콩밭을 다 망쳐버려 생계가 곤란해졌고, 내년에는 그나마 소작하던 논도 떼일 상황이고요. 현실적으로 완전히 절망적인 상황에 빠졌다고 할 수 있죠.

서연 : 또 선생님 말씀처럼, 주인공 부부는 정신적인 면에서도 몰락했어요. 영식은 원래 순박하고 성실한 농사꾼이었죠. 처음에는 수재의 꾐에 넘어가 콩밭을 파헤치다가도 다 자란 콩들이 삽 끝에 으스러지고 흙에 묻히는 모습에 안타까워하기도 했고요.

그런데 콩밭을 계속 파헤쳐도 금이 나오지 않자 초조해하다가 성격이 점차 거칠어지고 포악해졌어요. 나중에는 걸핏하면 아내를 때리고, 스스로도 차라리 죽어 버렸으면 좋겠다고 말하기도 하고요.

또 아내도 주위의 영향으로 허영심에 들뜬 모습을 보였어요. 그래서 콩밭을 파 보라고 남편을 부추겼다가 나중에 금이 나오지 않자 오히려 비아냥거렸고요. 부부 모두 허황된 탐욕에 사로잡혀 인간성을 상실해가는 모습을 보였다고 할 수 있죠.

선생님 : 그래, 잘 보았어. 곤궁하고 궁핍한 삶을 이어가다가 주변 환경에 영향을 받아 성격이 부정적인 방향으로 변한 거지. 이렇게 보면 주인공 부부의 탐욕과 어리석음은 개인적인 차원의 결함이긴 하지만, 당시의 사회상과도 무관하지 않은 거라고 할 수 있어.

결국 작가는 이 작품에서 순박한 농민이 탐욕에 이끌려 파멸하는 모습을 희화화해서 그리면서, 이들을 그런 상황으로 몰고 갔던 궁핍한 현실이나 부조리한 사회 풍조도 비판한 것으로 이해할 수 있을 듯하다.

태환 : 네, 잘 알겠습니다.

서연 : 저도요. 오늘도 좋은 말씀 감사합니다!

독 짓는 늙은이

황순원(1915~2000)

작가 소개

  황순원은 평안남도 대동면에서 태어났다. 평양의 숭실중학교를 졸업한 후 일본으로 건너가 와세다 대학 영문과를 다녔다. 1939년 대학을 졸업하고 귀국해서는 중고등학교 교사로 재직하였다. 1946년에 가족과 함께 고향을 떠나 남쪽으로 내려왔으며, 경희대학교 국문과 교수로 재직하며 학생들을 가르치다 정년퇴임하였다.

  그는 1930년대에 문단에 나온 후, 일제 말기와 해방, 분단과 전쟁의 혼란기를 거치는 동안 지속적으로 주목받는 작품을 발표하며 자신만의 문학 세계를 구축하였다. 이어 1980년대까지 꾸준한 창작 활동을 펼치면서 뛰어난 작품들을 많이 남겨, 해방 이후 우리나라의 대표 작가 중의 한 명으로 손꼽히고 있다.

  황순원이 처음 문학 활동을 시작한 것은 시인으로서였다. 1931년 잡지 『동광』에 첫 작품 「나의 꿈」을 발표한 후, 수년 사이에 두 권의 시집을 출간하였다.

  그러다가 1937년 문학동인지 『단층』의 동인으로 참여하면서 소설에 관심을 가지게 되고, 1940년 첫 단편집 『늪』을 내면서부터는 소설 창작에 전념하였다. 일제 말기에 이르러 탄압이 심해지자 고향으로 내려가 집필에만 몰두하였는데, 이때 쓴 「독 짓는 늙은이」 등의 작품은 해방 후에야 발표되었다.

그의 초기 소설 중에는 소년, 소녀가 주인공으로 등장하는 작품이 많다. 「별」과 「소나기」 등이 대표적인데, 이들 작품에서 작가는 어린 주인공들이 죽음과 상실, 사랑과 이별 등을 충격적으로 경험하면서 성장해 가는 모습을 서정적으로 그렸다.

한편 동심의 세계와는 달리, 혼란한 시대를 배경으로 고통스러운 현실을 그린 작품들도 많이 발표하였다. 그중에서 각각 일제강점기와 한국전쟁을 배경으로 하는 단편 「목넘이 마을의 개」와 「학」이 유명하다.

한국전쟁 이후부터는 장편소설을 주로 발표하였는데, 해방 직후 북한의 토지개혁을 둘러싼 이야기를 그린 『카인의 후예』를 비롯하여, 『나무들 비탈에 서다』, 『일월』, 『움직이는 성』 등이 이에 해당한다. 이 작품들에서는 시대적 모순에서 비롯되는 극한의 상황 속에서도 인간의 존엄성과 순수성, 정신적 아름다움을 지키려는 모습이 주로 그려지고 있다.

이와 같은 작가의 문학 세계는 간결하고 세련된 언어와 다양한 소설적 기법을 통해 인간의 본원적 모습에 대한 성찰과 생명 존중의 정신을 서정적 아름다움 속에 형상화하고 있다는 평가를 받고 있다.

작품 해설

이 소설은 독 짓는 일에 평생을 바쳐온 한 노인이 보여주는 장인적 집념과 비장한 모습의 죽음을 통해, 삶의 비극성과 이를 승화시키는 예술가 정신을 그린 작품이다.

한평생 독을 지어온 송 영감은 젊은 아내가 조수와 함께 달아나자 분노가 끓어오른다. 그러면서도 어린 아들과 살아가기 위해 병으로 중단했던 독 짓기를 다시 시작한다. 하지만 배신감과 지병에 시달리느라 일을 제대로 해내지 못한다.

그는 쇠잔한 몸을 이끌고 필사적으로 독 짓기에 매달리지만, 자리에 눕는 일은 더욱 잦아진다. 앵두나뭇집 할머니는 아들 당손이를 남의 집 양자로 보내자고 하지만 그는 단호히 거절한다.

그러던 어느 날 송 영감은 한 가마를 채우지 못하는 양이나마 어서 구워내려고 가마에 독을 넣고 불을 땐다. 그런데 불질이 이어지자 조수가 만든 독들은 괜찮았으나, 자신이 지은 독들은 대부분 터져 나간다. 그 소리를 들으며 그는 쓰러진다.

이튿날 그는 죽음을 예감하고, 앵두나뭇집 할머니를 통해 당손이를 남의 집에 보낸다. 그리고 뜨거운 가마 안으로 기어들어가 독 조각들이 흩어져 있는 자리에 단정히 무릎을 꿇고 앉는다. 마치 그 자신이 터져 나간 자기의 독을 대신하려는 것처럼.

이런 줄거리에서 알 수 있듯, 작품은 아내가 도망간 이후부터 송 영감이 죽음에 이르기까지의 이야기를 담고 있다. 아내의 배신이 불행과 파탄의 단초를 제공하고 있으나, 사건을 전개해 가는 지속적 요인으로 작용하지는 않는다. 작품의 중심 내용을 이루는 것은 주인공이 겪는 상실과 좌절의 체험이다.

　아내가 조수와 도망가고 난 후, 송 영감은 가난과 병고에 허덕이며 어린 아들마저 포기해야 하는 지경에 처한다. 안간힘을 다해 독을 짓지만, 조수의 것과 달리 자신의 독은 터져나가고 만다. 아내를 빼앗긴 데 이어 독 짓기 대결에서도 조수에게 패배한 것이다. 주인공에게 독 짓기는 평생의 생업이자 자기실현의 수단이었다는 점에서, 이 사건은 치명적인 좌절감을 안겨 준다.

　이처럼 작가는 작품 전반에 걸쳐, 주인공이 비참한 상황과 현실에 집념으로 맞서지만 끝내 모든 것을 잃어가는 과정을 그려낸다. 삶의 고난과 노쇠의 현실 속에서 그의 패배는 불가항력적인 것으로 보인다.

　하지만 이 패배가 허무하고 한갓된 것으로 다가오는 것은 아니다. 그의 최후를 그린 결말 장면이 진한 감동을 주기 때문이다. 평생을 바쳐 작업해 온 가마 속에서 터진 독을 대신해 단정하게 무릎을 꿇고 죽음을 맞이하는 모습이 그것이다.

　작가는 이를 통해 암담한 현실에 패배하고 마는 비극적 운명 속에서도 꺼지지 않는 예술혼을 간직한 장인의 모습을 인상적으로 부각시키고 있다.

독 짓는 늙은이

　이년! 이 백 번 쥑에두 쌀 년! 앓는 남편두 남편이디만, 어린 자식을 놔두구 그래 도망을 가? 것두 아들놈 같은 조수놈하구서…… 그래, 지금 한창 나이란 말이디? 그렇다구 이년, 내가 아무리 늙구 병들었기루서니 거랑질[1]이야 할 줄 아니? 이녀언! 하는데, 옆에 누웠던 어린 아들이, 아바지, 아바지이! 하였으나 송 영감은 꿈속에서 자기 품에 안은 아들이 아바지, 아바지이! 하고 부르는 것으로 알며, 오냐 데건 네 에미가 아니다! 하고 꼭 품에 껴안는 것을, 옆에 누운 어린 아들이 그냥 울먹울먹한 목소리로 아버지를 불러, 잠꼬대에서 송 영감을 깨워 놓았다.

　송 영감은 잠들기 전보다 더 머리가 무겁고 언짢았다. 애가 종내 훌쩍훌쩍 울기 시작했다. 오, 오, 하며 송 영감은 잠꼬대 속에서처럼 애를 끌어안았다. 자기의 더운 몸에 별나게 애의 몸이 찼다. 벌써부터 이렇게 얼리어서 될 말이냐고, 송 영감은 더 바싹 애를 껴안았다. 그리고 훌쩍이는 이제 일곱 살 난 애를 그렇게 안고 있는 동안 송 영감은 다시 이 어린것을 두고 도망간 아내가 새롭게 괘씸했다. 아내와 함께

───────────

1 거랑질 : '동냥질'의 방언

여드름 많던 조수가 떠올랐다. 그러자 그 아들 같은 조수에게 동년배의 사내와 사내가 느끼는 어떤 적수감2이 불길처럼 송 영감의 괴로운 몸을 휩쌌다.

송 영감 자신이 집증3 잡히지 않는 병으로 앓아누웠기 때문에 이 가을 마지막 가마4에 넣으려고 거의 혼자서 지어 놓다시피 한 중옹5, 통옹, 반옹, 머쎄기 같은 크고 작은 독들이 구월 보름 가까운 달빛에 하나하나 도망간 조수의 그림자같이 느껴졌을 때, 송 영감은 벌떡 부채방망이6를 들어 모조리 깨부수고 싶은 충동을 받았으나, 다음부터라도 자기가 독을 지어 한 가마 채워 가지고 구워 내야 당장 자기네 부자가 살아갈 것이라는 생각이 미치면서는, 정말 그러는 수밖에 다른 도리가 없다고 지그시 무거운 눈을 감아 버렸다.

날이 밝자 송 영감은 열에 뜬 머리를 수건으로 동이고 일어나 앉아 애더러는 흙 이길7 왱손이를 부르러 보내 놓고, 왱손이 올 새가 바빠서 자기 손으로 흙을 이겨 틀 위에 올려놓았다. 송 영감의 손은 자꾸 떨리었

---

2 적수감 : 재주나 힘이 서로 비슷해서 상대가 되는 사람에게서 느끼는 감정
3 집증 : 병의 증세를 살펴 알아냄.
4 가마 : 숯이나 기와, 벽돌, 질그릇 따위를 구워 내는 구덩이 모양의 시설
5 중옹 : 중간 크기의 옹기
6 부채방망이 : 부채. 도자기의 몸을 늘일 때 쓰는 방망이
7 이기다 : 가루나 흙 따위에 물을 부어 반죽하다.

다. 그러나 반쯤 독을 지어 올려, 안은 조마구8 밖은 부채마치9로 맞두
드리며 일변 발로는 틀을 돌리는 익은 솜씨만은 앓아눕기 전과 다를 바
없는 듯했다. 왱손이가 흙을 이겨 주는 대로 중옹 몇 개를 지어냈다.

  그러나 차차 송 영감의 솜씨에는 틈이 생기기 시작했다. 더구나 조마
구와 부채마치로 두드려 올릴 때, 퍼뜩 눈앞에 아내와 조수의 환영이 떠
오르면 짓던 독을 때리는지 아내와 조수를 때리는지 분간 못 하는 새
그만 얇게 못나게 지어지곤 했다. 그리고 전10을 잡는 손이 떨려, 가뜩
이나 제일 힘든 마무리의 전이 잘 잡혀지지를 않았다. 열 때문도 있었
다. 영감은 쓰러지듯이 짓던 독 옆에 눕고 말았다.

  송 영감이 정신이 들었을 때는 저녁때가 기울어서였다. 왱손이도 흙
몇 덩이를 이겨 놓고 가고 없었다. 언제부터인가 바깥 저녁 그늘 속에
애가 남쪽 장길11을 향해 쪼그리고 앉아 있었다. 어머니를 기다리는 거
리라. 언제나처럼 장보러 간 어머니가 언제나처럼 저녁때면 조수에게 장
감12을 지워 가지고 돌아올 줄로만 아직 아는가 보다.

  밖을 내다보던 송 영감은 제 힘만이 아닌 어떤 힘으로 벌떡 일어나 다

---

8 조마구 : 도개. 질그릇 따위를 만들 때, 그릇의 속을 두드려서 매만지는 데 쓰는 조그마한
  방망이
9 부채마치 : 도자기의 몸을 늘일 때 쓰는 마치. '마치'는 못을 박거나 무엇을 두드리거나 하
  는 데 쓰는 연장으로 망치보다 작다.
10 전 : 물건의 위쪽 가장자리가 넓적하게 된 부분
11 장길 : 장을 보러 오가는 길
12 장감 : 장거리. 장을 보아 오는 물건

시 독짓기를 시작하는 것이었으나, 이번에는 겨우 한 개를 짓고는 다시 쓰러지듯이 눕고 말았다.

다음에 송 영감이 정신이 든 것은 아주 어두운 속에서 애가 흔들어 깨워서였다. 울먹이던 애가 깨나는 아버지를 보고 그제야 안심된 듯이 저쪽에서 밥그릇을 가져다 아버지 앞에 놓았다. 웬 거냐고 하니까 애가, 앵두나뭇집 할머니가 주더라고 한다. 송 영감은 확 분노가 치밀어, 누가 거랑질해 오라더냐고 밥그릇을 밀쳐놓자 애가 훌쩍훌쩍 울기 시작했다. 송 영감은 아침에 어제의 저녁밥 남은 것을 조금 뜨는 것처럼 하고는 하루 종일 아무것도 입에 대지 않은 것을 생각하고는, 애도 아직 저녁을 못 먹었을지 모른다고 밥그릇을 도로 끌어다 한 술 입에 떠 넣으며 이번에는 애 보고, 맛있으니 너도 먹으라는 것이었으나, 자신은 입맛을 잃은 탓만도 아닌 무엇이 밥 넘기려는 목에서 치밀어 올라오곤 해, 좀처럼 밥을 넘길 수가 없었다.

다음 날 아침에는 송 영감이 죽인지 밥인지 모를 것을 끓였다. 여전히 입맛은 없었으나 어제저녁처럼 목이 메어 오르는 것은 없었다.

오늘도 또 지어 올리는 독을 말리느라고 처음에는 독 밖에 피워 놓았다가 독이 한 반쯤 지어지면 독 안에 매달아 놓은 숯불의 숯내까지가 머리를 더 무겁게 했다. 사십 년래 없이 숯내를 다 먹는 듯했다. 송 영감은 어제보다 더 쓰러져 넘어지는 도수[13]가 많았다. 흙 이기던 왱손이

---

13 도수 : 거듭하는 횟수

가 이래서는 도무지 한 가마 채우지 못하리라고 송 영감에게 내년에 마저 지어 첫 가마에 넣도록 하는 게 어떠냐고 몇 번이고 권해 보았으나 송 영감은 일어났다가는 쓰러지고, 일어났다가는 쓰러지고 하면서도 독 짓기를 그만두려고 하지는 않았다.

　송 영감이 한번 쓰러져 있는데 방물장수14 앵두나뭇집 할머니가 와서, 앓는 몸을 돌봐야 하지 않느냐고 하며, 조미음15 사발을 송 영감 입 가까이 내려놓았다. 송 영감은 어제 어린 아들에게 거랑질해 왔다고 고함을 쳤던 일을 생각하며, 이 아무에게나 친절한 앵두나뭇집 할머니에게 미안한 생각이 들어, 어제만 해도 애한테 밥이랑 그렇게 많이 줘 보내서 잘 먹었는데 또 이렇게 미음까지 쑤어 오면 어떡하느냐고 했다. 앵두나뭇집 할머니는 그저, 어서 식기 전에 한 모금 마셔 보라고만 했다. 그리고 송 영감이 미음을 몇 모금 못 마시고 사발에서 힘없이 입을 떼는 것을 보고 앵두나뭇집 할머니는, 정말 이 영감이 이번 병으로 죽으려는가 보다는 생각이라도 든 듯, 당손이를 어디 좋은 자리가 있으면 주어 버리는 게 어떠냐고 했다. 송 영감은 쓰러져 있던 사람 같지 않게 눈을 홉떠 앵두나뭇집 할머니를 쏘아보았다. 그리고 어느새 송 영감의 손은 앞에 놓인 미음 사발을 앵두나뭇집 할머니에게로 떠밀치고 있었다. 그런 말

---

14 방물장수 : 여자들의 일상생활에 필요한 화장품, 바느질 기구, 패물 등의 간단한 물건들을 팔러 다니는 사람
15 조미음 : 좁쌀로 쑨 미음. '미음'은 쌀에 물을 충분히 붓고 푹 끓여 체에 걸러 낸 걸쭉한 음식으로서, 흔히 환자나 어린아이들이 먹는다.

하러 이런 것을 가져왔느냐고, 썩썩 눈앞에서 없어지라고, 송 영감은 또 쓰러져 있던 사람 같지 않게 고함쳤다. 앵두나뭇집 할머니는 송 영감의 고집을 아는 터라 더 무슨 말을 하지 않았다.

앵두나뭇집 할머니가 가자, 송 영감은 지금 밖에서 자기의 어린 아들이 어디로 업혀 가기나 하는 듯이 밖을 향해 목청껏, 당손아! 하고 애를 불러 대기 시작했다. 그러다가 애가 뜸막16 문에 나타나는 것을 이번에는 애의 얼굴을 잊지나 않으려는 듯이 한참 쳐다보다가 그만 기운이 지쳐 감아 버리고 말았다. 애는 또 전에 없이 자기를 쳐다보는 아버지가 무서워 아버지에게 더 가까이 가지 못하고 섰다가, 아버지가 눈을 감자 더 겁이 나 훌쩍이기 시작했다.

날이 갈수록 송 영감은 독짓기보다 자리에 쓰러져 있는 때가 많았다. 백 개가 못 차니 아직 이십여 개를 더 지어야 한 가마 충수17가 되는 것이다. 한 가마를 채우게 짓자 하고 마음만은 급해지는 것이었으나, 몸을 일으키다가 도로 쓰러지며 흰 털 섞인 노랑수염의 입을 벌리고 어깻숨을 쉬곤 했다.

그러한 어느 날, 물감이며 바늘을 가지고 한돌림18 돌고 온 앵두나뭇

집 할머니가 찾아와서는 마침 좋은 자리가 있으니 당손이를 주어 버리고 말자는 말로, 말이 난 자리는 재물도 넉넉하지만 무엇보다도 사람들 마음씨가 무던하다는 말이며, 그 집에 전에 어떤 젊은 내외가 살림을 엎어치우고 내버린 애를 하나 얻어다 길렀는데 얼마 전에 그 친아버지 되는 사람이 여남은[19] 살이나 된 그 애를 찾아갔다는 말이며, 그때 한 재물 주어 보내고서는 영감 내외가 마주 앉아 얼마 동안을 친자식 잃은 듯이 울었는지 모른다는 말이며, 그래 이번에는 아버지 없는 애를 하나 얻어다 기르겠다더라는 말을 하면서, 꼭 그 자리에 당손이를 주어 버리고 말자고 했다. 송 영감은 앵두나뭇집 할머니와 일전의 일이 있은 뒤에도 앵두나뭇집 할머니가 애를 통해서 먹을 것 같은 것을 보내는 것이, 흔히 이런 노파에게 있기 쉬운 이런 주선이라도 해 주면 나중에 자기에게 돌아오는 것이 있어 그걸 탐내서 그러는 건 아니라고, 그저 인정 많은 늙은이라 이편을 위해 주는 마음에서 그런다는 것만은 아는 터이지만, 송 영감은 오늘도 저도 모를 힘으로, 그런 소리를 하려거든 아예 다시는 오지도 말라고, 자기 눈에 흙 들기 전에는 내놓지 못한다고 했다. 앵두나뭇집 할머니는 그렇게 고집만 부리지 말고 영감이 살아서 좋은 자리로 가는 걸 보아야 마음이 놓이지 않겠느냐는 말로, 사실 말이지 성한 사람도 언제 무슨 변을 당할는지 모르는데 앓는 사람의 일을 내일 어떻게 될는지 누가 아느냐고 하며, 더구나 겨울도 닥쳐오고 하니 잘 생

19 여남은 : 열이 조금 넘는 수

각해 보라고 했다. 송 영감은 그저 자기가 거랑질을 해서라도 애를 굶기지는 않을 테니 염려 말라고 했다.

앵두나뭇집 할머니가 돌아간 뒤, 송 영감은 지금 자기가 거랑질을 해서라도 애를 굶기지는 않겠다고 했지만, 그리고 사실 아내가 무엇보다도 자기와 같이 살다가는 거랑질을 할 게 무서워 도망갔음에 틀림없지만, 자기가 병만 나아 일어나는 날이면 아직 일등 호주라는 칭호 아래 얼마든지 독을 지을 수 있다는 생각과 함께, 이제 한 가마 독만 채워 전처럼 잘만 구워 내면 거기서 겨울 양식과 내년에 할 밑천까지도 나올 수 있다는 희망으로 어서 한 가마를 채우자고 다시 마음이 조급해지는 것이었다.

하루는 송 영감이 날씨를 가려 종시20 한 가마가 차지 못하는 독을 왱손이의 도움을 받아 밖으로 내고야 말았다. 지어진 독만으로라도 한 가마 구워 내리라는 생각이었다. 독 말리기, 말리기라기보다도 바람 쐬기다. 햇볕도 있어야 하지만 바람이 있어야 한다. 안개 같은 것이 낀 날은 좋지 못하다. 안개가 걷히며 바람 한 점 없이 해가 갑자기 쨍쨍 내리쬐면 그야말로 걷잡을 새 없이 독들이 세로 가로 터져 나간다. 그런데 오늘은 바람이 좀 치는 게 독 말리기에 아주 알맞은 날씨였다.

독들을 마당에 내이자 독 가마 속에서 거지들이, 무슨 독을 지금 굽느

---

20 종시 : 끝내. 결국에 가서

냐고 중얼거리며 제가끔 넝마21 살림들을 안고 나왔다. 이 거지들은 가을철이 되면 이렇게 독 가마를 찾아들어 초가을에는 가마 초입에서 살다, 겨울이 되면서 차차 가마가 식어 감에 따라 온기를 찾아 가마 속 깊이로 들어가며 한겨울을 나는 것이다.

송 영감은 거지들에게, 지금 뜸막이 비었으니 독 구워 내는 동안 거기에들 가 있으라고 하려다가 그만두었다. 전에 없이 거지들을 자기 집에 들인다는 것이 마치 자기가 거지나 되는 것처럼 느껴졌던 것이다.

가마에서 나온 거지들은 혹 더러는 인가를 찾아 동냥을 가고, 혹 한 패는 양지바른 데를 골라 드러누웠고, 몇이는 아무 데고 앉아서 이 사냥 같은 것을 하기 시작했다.

송 영감도 양지에 앉아서 독이 하얗게 마르는 정도를 지키고 있었다.

독들을 가마에 넣을 때가 되었다. 송 영감 자신이 가마 속까지 들어가 전에는 되도록 독이 여러 개 들어가도록만 힘쓰던 것을 이번에는 도망간 조수와 자기의 크기 같은 독이 되도록 아궁이에서 같은 거리에 나란히 놓이게만 힘썼다. 마치 누구의 독이 잘 지어졌나 내기라도 해 보려는 듯이.

늦저녁 때쯤 해서 불질22이 시작됐다. 불질. 결국은 이 불질이 독을 못 쓰게도 만드는 것이다. 지은 독에 따라서 세게 때야 할 때 약하게 때

---

21 넝마 : 낡고 해져서 입지 못하게 된 옷, 이불 따위를 이르는 말
22 불질 : 아궁이 따위에 불을 때는 일

도, 약하게 때야 할 때 지나치게 세게 때도, 또는 불을 더 때도 덜 때도 안 된다. 처음에 슬슬 때다가 점점 세게 때기 시작하여 서너 시간 지나면 하얗던 독들이 흑색으로 변한다. 거기서 또 너더댓 시간 때면 독들은 다시 처음의 하얗던 대로 되고, 다음에 적색으로 탔다가 이번에는 아주 새말갛게23 되는데, 그것은 마치 쇠가 녹는 듯, 하늘의 햇빛을 쳐다보는 듯이 된다. 정말 다음 날 하늘에는 맑은 햇빛이 빛나고 있었다.

곁불 놓기를 시작했다. 독 가마 양옆으로 뚫은 곁창 구멍으로 나무를 넣는 것이다. 이제는 소나무를 단으로 넣기 시작했다. 아궁이와 곁창의 불길이 길을 잃고 확확 내쏜다. 이 불길이 그대로 어제 늦저녁부터 아궁이에서 좀 떨어진 한곳에 일어나 앉았다 누웠다 하며 한결같이 불질하는 것을 지키고 있는 송 영감의 두 눈 속에서도 타고 있었다.

이렇게 이날 해도 다 저물었다. 그러는데 한편 곁창에서 불질하던 왱손이가 곁창 속을 들여다보는 듯하더니, 분주히 이리로 달려오는 것이었다. 송 영감은 벌써 왱손이가 불질하던 곁창의 위치로써 그것이 자기의 독이 들어 있는 자리라는 것을 알고 왱손이가 뭐라기 전에 먼저, 무너앉았느냐고 했다. 왱손이는 그렇다고 하면서, 이젠 독이 좀 덜 익더라도 곁불질을 그만두고 아궁이를 막아 버리자고 했다. 그러나 송 영감은 그저, 그만두라고 할 때까지 그냥 불질을 하라고 했다.

거지들이 날이 저물었다고 독 가마 부근으로 모여들었다.

---

23 새말갛다 : 샛말갛다. 매우 산뜻하게 맑고 깨끗하다.

송 영감이, 이제 조금만 더, 하고 속을 죄고 있을 때였다. 가마 속에서 갑자기 뚜왕! 뚜왕! 하고 독 튀는 소리가 울려 나왔다. 송 영감은 처음에 벌떡 반쯤 일어나다가 도로 주저앉으며 이상스레 빛나는 눈을 한곳에 머물린 채 귀를 기울였다. 송 영감은 가마에 넣은 독의 위치로, 지금 것은 자기가 지은 독, 지금 것도 자기가 지은 독, 하고 있었다. 이렇게 튀는 것은 거의 송 영감의 것뿐이었다. 그리고 송 영감은 또 그 튀는 소리로 해서 그것이 자기가 앓다가 일어나 처음에 지은 몇 개의 독만이 튀지 않고 남은 것을 알며, 왱손이의 거치적거린다고 거지들을 꾸짖는 소리를 멀리 들으면서 어둠 속에 그만 쓰러지고 말았다.

다음 날 송 영감이 정신이 들었을 때에는 자기네 뜸막 안에 뉘어 있었다. 옆에서 작은 몸을 오그리고 훌쩍거리던 애가 아버지가 정신 든 것을 보고 더 크게 훌쩍거리기 시작했다. 송 영감이 저도 모르게 애보고 안 죽는다, 안 죽는다, 했다. 그러나 송 영감은 또 속으로는, 지금 자기는 죽어 가고 있다고 부르짖고 있었다.

이튿날 송 영감은 애를 시켜 앵두나뭇집 할머니를 오게 했다. 앵두나뭇집 할머니가 오자 송 영감은 애더러 놀러 나가라고 하며 유심히 애의 얼굴을 쳐다보는 것이었다, 마치 애의 얼굴을 잊지 않으려는 듯이.

앵두나뭇집 할머니와 단둘이 되자 송 영감은 눈을 감으며, 요전에 말하던 자리에 아직 애를 보낼 수 있겠느냐고 물었다. 앵두나뭇집 할머니는 된다고 했다. 얼마나 먼 곳이냐고 했다. 여기서 한 이삼십 리 잘 된다는 대답이었다. 그러면 지금이라도 보낼 수 있느냐고 했다, 당장이라도 데려가기만 하면 된다고 하면서 앵두나뭇집 할머니는 치마 속에서 지전24 몇 장을 꺼내어 그냥 눈을 감고 있는 송 영감의 손에 쥐어 주며, 아무 때나 애를 데려오게 되면 주라고 해서 맡아 두었던 것이라고 했다.

송 영감이 갑자기 눈을 뜨면서 앵두나뭇집 할머니에게 돈을 도로 내밀었다. 자기에게는 아무 소용없으니 애 업고 가는 사람에게나 주어 달라는 것이었다. 그리고는 다시 눈을 감았다. 앵두나뭇집 할머니는 애 업고 가는 사람 줄 것은 따로 있다고 했다. 송 영감은 그래도 그 사람을 주어 애를 잘 업어다 주게 해 달라고 하면서, 어서 애나 불러다 자기가 죽었다고 하라고 했다. 앵두나뭇집 할머니가 무슨 말을 하려는 듯하다가 저고릿고름으로 눈을 닦으며 밖으로 나갔다.

송 영감은 눈을 감은 채 가쁜 숨을 죽이고 있었다. 그리고 무슨 일이 있더라도 눈물일랑 흘리지 않으리라 했다.

그러나 앵두나뭇집 할머니가 애를 데리고 와 저렇게 너의 아버지가 죽었다고 했을 때, 감은 송 영감의 눈에서는 절로 눈물이 흘러내림을 어찌할 수 없었다. 앵두나뭇집 할머니는 억해 오는 목소리를 겨우 참고, 저것 보라고 벌써 눈에서 썩은 물이 나온다고 하고는, 그러지 않아도 앵두나뭇집 할머니의 손을 잡은 채 더 아버지에게 가까이 갈 생각을 않는 애의 손을 끌고 그곳을 나왔다.

---

24 지전 : 지폐. 종이에 인쇄를 하여 만든 화폐

그냥 감은 송 영감의 눈에서 다시 썩은 물 같은, 그러나 뜨거운 새 눈물 줄기가 흘러내렸다. 그러는데 어디선가 애의 훌쩍훌쩍 우는 소리가 들리는 듯했다. 눈을 떴다. 아무도 있을 리 없었다. 지어 놓은 독이라도 한 개 있었으면 싶었다. 순간 뜸막 속 전체만한 공허가 송 영감의 파리한 가슴을 억눌렀다. 온몸이 오므라들고 차옴을 송 영감은 느꼈다.

　그러는 송 영감의 눈앞에 독 가마가 떠올랐다. 그러자 송 영감은 그리로 가리라는 생각이 불현듯 일었다. 거기에만 가면 몸이 녹여지리라. 송 영감은 기는 걸음으로 뜸막을 나섰다.

　거지들이 초입에 누워 있다가 지금 기어 들어오는 게 누구이라는 것도 알려 하지 않고, 구무럭거려[25] 자리를 내주었다. 송 영감은 한 옆에 몸을 쓰러뜨렸다. 우선 몸이 녹는 듯해 좋았다.

　그러나 송 영감은 다시 일어나 가마 안쪽으로 기기 시작했다. 무언가 지금의 온기로써는 부족이라도 한 듯이. 곧 예사 사람으로는 더 견딜 수 없는 뜨거운 데까지 이르렀다. 그런데도 송 영감은 기기를 멈추지 않았다. 그렇다고 그냥 덮어놓고 기는 것은 아니었다. 지금 마지막으로 남은 생명이 발산하는 듯 어둑한 속에서도 이상스레 빛나는 송 영감의 눈은 무엇을 찾고 있는 것이었다. 그러다가 열어젖힌 곁창으로 새어 들어오는 늦가을 맑은 햇빛 속에서 송 영감은 기던 걸음을 멈추었다. 자기가

---

25 구무럭거리다 : 매우 천천히 자꾸 움직이다.

찾던 것이 예 있다는 듯이. 거기에는 터져 나간 송 영감 자신의 독 조각들이 흩어져 있었다.

송 영감은 조용히 몸을 일으켜 단정히, 아주 단정히 무릎을 꿇고 앉았다. 이렇게 해서 그 자신이 터져 나간 자기의 독 대신이라도 하려는 것처럼.

선생님이 들려주는 그 시절 이야기

태환 : 안녕하세요, 선생님. 이번에는 저희가 황순원의 「독 짓는 늙은
이」란 소설을 읽고 왔어요. 오늘도 작품 얘기 해 주세요.

선생님 : 그래, 알았다. 황순원 소설가의 작품은 이미 몇 편 읽어 봤지?

태환 : 세 편 정도 읽은 거 같아요. 음…… 기억해 보니 「소나기」, 「별」,
「학」을 읽었어요.

선생님 : 그동안 꽤 많이 읽었구나. 그래, 이번 작품을 읽은 소감은 어땠
어? 예전에 읽었던 소설들과 비교해서 가장 크게 다른 점은 뭐
였니?

서연 : 저는 우선 노인을 주인공으로 삼은 것이 눈에 띄었어요. 저번에
읽었던 「소나기」와 「별」 등의 주인공이 소년이었던 점과 대조적
이어서요. 「학」은 주인공이 소년은 아니었지만, 거기서도 어린
시절의 우정과 순수한 마음이 중요한 요소로 나왔잖아요?

선생님 : 그래, 작가가 초기에는 소년을 주인공으로 하거나 동심을 중요
한 모티프로 삼는 작품을 많이 창작했지. 그런 점에서 이 작품
은 조금 이색적이라고 할 수도 있겠구나.
그러면 노인을 주인공으로 설정한 이 작품은 어떤 점이 특징적
이었니?

서연 : 무엇보다 작품 속 이야기가 어둡고 절망적이었어요. 아내는 어

린 아들을 두고 조수와 도망가고, 주인공은 나이 들고 병이 깊어서 평생 해 온 독 짓는 일에도 실패하고 죽게 되잖아요?

선생님: 그래 맞아. 노쇠한 주인공이 불행한 상황에 빠져 결국 죽음에 이르는 이야기니까, 작품의 분위기는 매우 우울하고 암담하지.

서연: 그런데 선생님, 작가가 이런 주인공을 내세워 절망적인 이야기를 펼친 특별한 이유가 있나요? 소설이 삶의 다양한 모습을 그리는 것이긴 하지만요.

선생님: 단정적으로 말하기는 어렵지만, 그건 당시의 시대 상황이나 작가 정신과 관련지어 이해해 볼 수 있을 듯하구나.

태환: 시대 상황이요? 이 작품의 시대적 배경이 언제죠? 작품 속에 어느 때 이야기인지 나타나 있지 않은 거 같아요.

선생님: 그래, 이 작품에서 구체적인 시간적 배경은 드러나고 있지 않아. 하지만 이 소설이 일제강점기 말기에 창작된 작품이란 점을 참고할 수 있을 듯해. 이 소설이 발표된 건 해방 후인 1950년 4월이지만, 실제로 창작된 것은 1944년이라고 해.

이때는 일제가 중일전쟁에 이어 태평양전쟁까지 벌이면서 전시 체제로 전환되어 우리나라에 대한 수탈과 탄압이 극에 달하던 시기였어. 문인들은 친일 행위를 강요받고 조선어말살정책에 의해 우리말로 된 작품은 발표할 수도 없는 상황이었지.

이 시기 작가는 일본어로 작품을 쓰라는 권유를 받기도 했지만, 이를 거부하고 고향으로 내려가 칩거했어. 그러면서 혼자 한글 작품들을 썼다고 해. 그렇게 쓴 원고를 보관하고 있다가 해방이

된 후에 발표한 거지. 이 작품은 그중의 하나인 거고. 집필 당
시의 상황을 추측해 보면, 희망을 찾기 어려운 암흑의 시대에
발표할 수 있을지조차 알 수 없는 작품을 쓴 거야.

조금 전에 말한 대로 이 작품에는 시대 배경도 나타나지 않고,
내용도 구체적인 사회 현실과는 거리가 있어. 그래서 이 작품
이 당대의 현실을 드러낸다거나 비판한다고 보기는 어려워.

하지만 창작 시기와 작가의 삶을 고려해 본다면, 암담했던 시
대 상황이 어떤 식으로든 작품 세계에 투영됐다고 추정해 볼
수 있다는 거다.

서연 : 그러니까 당시는 일제의 탄압도 심하고 너무 절망적인 시기여서
직접적으로 사회를 비판하거나 할 수 없었지만, 그런 현실이 작
가에게 영향을 끼쳐 비극적이고 암울한 내용의 작품이 창작되었
을 것이라는 거죠?

선생님 : 네가 잘 설명했구나. 그렇게 볼 수 있지 않겠니?

서연 : 네, 저도 그렇게 생각돼요.

태환 : 저도 선생님 말씀이 맞는 거 같아요. 그런데 이 작품에서 작가
가 정말로 강조해서 드러내고 싶었던 건 따로 있는 거 같아요.

선생님 : 계속 이야기해 보렴.

태환 : 이 작품의 내용이 전반적으로 암울하고 비극적인 건 틀림없어요.
아내는 배신해 떠났고 아들은 아직 어린데, 주인공은 가난한 데
다 늙고 병들었잖아요? 독 짓는 일을 통해 절망적 상황을 이겨
내 보려고 집념을 보이지만, 끝내 실패하고 죽음에 이르고요.

그런데도 주인공의 죽음이 비참하고 허무하게만 느껴지지는 않았어요. 그건 송 영감이 죽음을 맞이하는 마지막 장면이 비장하면서도 진한 감동을 주기 때문인 거 같아요. 이 부분이 작품을 이해할 때 가장 중요한 대목으로 보여요.

선생님 : 그래, 맞아. 결말 부분에서 작가의 주제 의식이 가장 잘 드러나고 있지. 그러면 좀 더 구체적으로 어떤 점에서 감동적이라고 느꼈니?

태환 : 저는 결말 장면에서 주인공의 독 짓는 일에 대한 애착과 집념을 알 수 있었어요. 죽어가는 순간에 가마 속에서 깨어진 독을 대신하려는 듯 무릎을 꿇고 앉는 모습에서요.

가마에 넣고 굽다가 독이 깨진 건 주인공이 독을 제대로 빚어내지 못해서죠. 그건 주인공이 늙고 병들었기 때문이고, 사실 이제는 어쩔 수 없는 일이잖아요?

그런데도 주인공은 그게 못내 마음에 걸려서 가마 속으로 기어들어가 깨진 독을 대신하려는 듯 단정하게 무릎을 꿇고 죽음을 맞이하죠.

깊은 여운과 감동을 주는 대목이었어요. 주인공이 평생 동안 독 짓는 일에 얼마나 철저했고 혼신의 힘을 다해왔는지 느낄 수 있었어요.

서연 : 저도 마찬가지였어요. 모든 걸 잃고 좌절해 죽어 가는 상황에서도 독 짓는 일에 집념을 보여주는 장면에 가슴이 뭉클했어요. 이런 게 장인 정신인 거죠?

선생님 : 그래, 맞아. 너희들이 정확히 이해한 대로, 이 소설의 결말이 감동적으로 다가오는 것은 극한의 슬픔과 좌절 속에서도 주인공이 보여 주는 투철한 장인 정신 때문이라 할 수 있지.

달리 말하면, 그건 예술가 정신 또는 작가 정신이라고 해도 좋을 게다. 온 정열을 기울여 작품을 빚어내고 창조해 내는 것이 다르지 않으니까 말이다. 이 작품에서 궁극적으로 담아내려고 한 주제가 바로 이 예술가 정신이라고 볼 수 있지.

아까 이 작품의 비극적인 이야기는 당대의 암울한 현실을 투영하고 있는 것으로 볼 수 있다고 했지? 그렇다면 마지막 생명이 다하는 순간까지 장인 정신을 보여 주는 주인공의 모습 역시 작가 정신을 반영하는 것으로 이해할 수 있을 거다.

다시 말해 이 작품이 창작되던 시기가 그만큼 어둡고 절망적인 시대였고, 그런 상황에서도 진정한 예술가 정신을 잃지 않으려 했던 작가의 태도가 이 작품 속에 담겨 있다고 볼 수 있다는 말이다.

서연 : 네, 잘 알겠습니다.

태환 : 저도요. 오늘도 좋은 말씀 감사합니다!

황폐하고 궁핍한 시대 속
지식인의 고뇌

이태준 「패강랭」 / 현진건 「빈처」

어둡고 절망적인 일제강점기, 지식인이 느끼는 고뇌와 비애를 그린
작품들이다. 우리말과 문화가 말살되고 경제적 궁핍을 강요받는 식민지
현실이 지식인들에게 안겨주는 고뇌가 생생하게 느껴진다.

패강랭

이태준(1904~?)

작가 소개

이태준은 강원도 철원에서 태어났다. 어릴 때 부모님이 돌아가시는 바람에 어려운 환경에서 자랐다. 1924년 휘문고등보통학교에 입학하여 가람 이병기에게 지도받으며 문학적 소양을 쌓아 갔으나, 학내 시위에 가담한 일로 퇴학당하였다.

1926년에 일본으로 건너가 조오치 대학에 입학했으나 이듬해 중퇴하고 귀국하였다. 이후 잡지사 기자와 전문대학 강사, 신문의 학예부장 등을 지냈다. 1933년에 김기림, 정지용 등과 '구인회'를 결성하여 순수문예 운동을 펼쳤고, 1939년부터는 당대의 대표적인 문학 잡지였던 『문장』을 주재하며 문단에 큰 영향을 미쳤다.

일제 말기에는 일제의 압박을 이기지 못해 소극적으로 친일 행위를 하다가 절필하고 고향으로 내려갔다. 해방 후에는 사상을 전환하여 좌익 문학 단체에서 활동하다가 1948년 월북하였다. 이후 한국 전쟁 때 종군 기자로 활동했지만, 전쟁 후 숙청되어 60년대 초 사망한 것으로 전해지고 있다.

1925년에 「오몽녀」를 발표하며 등단했지만, 그가 본격적으로 작품 활동을 펼친 것은 1930년대에 들어서였다. 이 시기 발표된 주요 작품 으로는 「달밤」, 「손 거부(孫巨富)」, 「까마귀」, 「복덕방」 등이 있다. 이 들 작품에서 작가는 순박하거나 불우한 인물, 가난하고 무력한 노인

등의 인물을 통해 소박한 인간애와 연민, 사라져가는 것에 대한 향수와 허무 의식을 그렸다.

이런 주제는 시대 상황에 대한 적극적 대응과는 거리가 있는 것이었다. 그의 소설의 주류를 형성한 것은 이런 경향이었으나, 한편으론 만주로 이주해 간 농민들이 황무지 개간을 위해 고투하는 이야기를 담은 「농군」을 발표하여 현실 인식을 보여 주기도 하였다.

광복 후의 작품들은 이념적 전환과 함께 큰 변화를 보였다. 자전적 성격의 소설 「해방 전후」에서 그는 광복 전후의 현실을 배경으로 좌파 이념을 선택해 간 과정을 그렸다. 한국 전쟁 무렵에는 작품집 『첫 전투』와 『고향길』을 발표하였는데, 수록작들이 이념적 성향과 목적의식을 노골적으로 드러내며 예술적 성과를 보여 주지는 못하였다.

이태준은 등단 이후 한국 전쟁 무렵까지 30여 년 동안 많은 단편과 중장편을 함께 남겼다. 그중에서도 그의 문학적 특성과 성취는 단편 소설에서 두드러졌다.

그의 단편에서 돋보이는 것은 주제보다는 예술적 기교와 형식미였다. 당대 가장 아름다운 산문을 쓰는 미문가로 꼽혔던 그는 특유의 운치 있고 세련된 문체를 구사하며, 짜임새 있는 구성과 개성적인 인물 묘사로 서정성 짙은 작품들을 선보였다. 이처럼 높은 형식적 완성도와 예술적 정취를 보여 주는 작품 세계로 인해, 그는 우리나라의 대표적인 단편 소설 작가로 평가받고 있다.

작품 해설

이 소설은 일제강점기를 배경으로 한 소설가가 오랜만에 평양을 찾아 옛 친구들을 만나는 이야기를 통해, 우리말과 전통문화가 말살되어 가는 시대상과 지식인의 고뇌를 그린 작품이다.

소설가인 '현'은 모란봉에 올라 부벽루에서 대동강을 내려다보며 조선의 자연은 슬퍼 보인다고 생각한다. 그는 조선어 시간 축소로 학교에서 설 자리를 잃어 간다는, 오랜 친구인 '박'의 편지를 받고 십여 년 만에 평양에 온 터였다.

평양 시가에서는 붉은 벽돌의 경찰서 건물이 새로 들어서고, 여인들의 머릿수건을 볼 수 없게 되어 서글픔을 느낀다. 약속 장소인 동일관에 도착한 그는 친구 '박'과 '김'을 만나고, 오래전에 인연이 있던 기생 영월도 만난다. '박'은 조선어 교사이고, '김'은 실업가이자 머릿수건 금지령을 내린 평양 부회 의원이다.

술자리에서 '현'은 머릿수건에 대해 '김'과 언쟁을 벌이기도 하고, '김'이 기생들과 서양 댄스를 추는 것을 못마땅해 한다. 그러다가 실속을 차리라는 '김'의 말에 컵을 던지며 분노한다. '현'은 말리는 '박'에게 '김'이 미워서 그런 것은 아니라 하고, 홀로 강가로 내려간다. 차고 고요한 강물이 흐르는 강가에서 서릿발이 끼친 나뭇잎을 밟으며, 그는 슬픔에 젖어 '이상견빙지'를 되뇐다.

이 소설의 중심 내용은 옛 친구들이 오랜만에 만나 회포를 푸는 사건이다. 여기서 인물들은 오랜 친구지만 서로 다른 가치관과 태도로 당대의 현실을 살아가는 것으로 그려진다.

소설가인 주인공 '현'은 전통문화와 정신을 소중히 여기며, 작가로서 민족적 양심을 지키려 한다. 조선어 교사인 '박'도 이와 다르지 않은 삶의 태도를 가지고 있다. 이에 반해 '김'은 현실적인 태도로 돈과 권력을 좇는 모습을 보인다.

이로 인해 인물들이 처해 있는 현실 또한 다르게 나타난다. 친일파인 '김'은 땅 투기로 돈을 벌고 부회 의원으로 출세가도를 달리는 반면, 조선어 교사인 '박'은 실직 위기에 처하고 소설가 '현'도 시대의 흐름에서 소외되며 위축되어 간다.

작품 속에서 이런 인물의 대비는 암울한 시대상을 선명하게 드러내는 역할을 한다. '박'의 실직 위기나 '현'의 고뇌는 일제의 민족 말살 정책에 의해 우리말과 전통문화가 사라져 가는 현실에서 비롯된 것이기 때문이다. 또 거리에서 여자들의 '머릿수건'이 사라진 풍경이나 우리 고유의 창을 부르는 대신 유성기 소리에 맞춰 서양 댄스를 추는 기생의 모습도 전통문화의 소멸이라는 사회적 현상을 보여 주는 소재들이다.

이와 함께 시체처럼 차고 어두운 시대의 흐름을 밤 강물에 비유한 한문 제목과 더욱 참담한 암흑기를 예고하는 주역 구절 역시 옛것을 숭상하는 분위기를 형성하며 주제 의식을 효과적으로 형상화하는 데 기여하고 있다.

패강랭1

    다락2에는 제일강산(第一江山)3이라, 부벽루(浮碧樓)4라, 빛 낡은 편액
(扁額)5들이 걸려 있을 뿐, 새 한 마리 앉아 있지 않았다. 고요한 그 속
을 들어서기가 그림이나 찢는 것 같아 현(玄)은 축대 아래로만 어정거리
며 다락을 우러러본다.

    질퍽하게 굵은 기둥들, 힘 내닫는 대로 밀어 던진 첨차6와 촛가지7의
깎음새들, 이조(李朝)8의 문물(文物)9다운 우직한 순정이 군데군데서 구

---

1 패강랭 : 대동강 물이 차다는 의미다. '패강'은 대동강의 옛 이름이고, '랭(冷)'은 '차다'의 한
  자이다.
2 다락 : 높은 기둥 위에 벽이 없는 마루를 놓아 지은 집
3 제일강산 : 경치가 좋기로 첫째갈 만한 곳
4 부벽루 : 평양시 모란대 밑 청류벽 위에 있는 누각. 1,000여 년 전에 세워진 것으로, 대동
  강에 면해 있어 마치 물 위에 떠 있는 듯한 느낌을 주는 아름다운 누각이다.
5 편액 : 종이, 비단, 널빤지 따위에 그림을 그리거나 글씨를 써서 방 안이나 문 위에 걸어
  놓는 액자
6 첨차 : 전통적인 목조 건축물에 사용되는 재료로서 공포를 구성하는 요소이다. '공포'란 처
  마 끝의 무게를 받치기 위하여 기둥머리에 짜 맞추어 댄 나무쪽을 말한다.
7 촛가지 : 전통 목조 건축물에서 공포를 이루는 한 부분으로서, 끝이 소의 혀처럼 생긴 장식
  이다.
8 이조 : 고조선과 구별되는 근세조선을, 이씨 왕조 조선이라는 뜻으로 이르는 말
9 문물 : 문화의 산물. 곧 정치, 경제, 종교, 예술, 법률 따위의 문화에 관한 모든 것을 통틀어
  이르는 말

수하게 풍겨 나온다.

다락에 비겨 대동강은 너무나 차다. 물이 아니라 유리 같은 것이 부
벽루에서도 한 뼘처럼 들여다보인다. 푸르기는 하면서도 마름〔水草〕의
포기포기 흐늘거리는 것, 조약돌 사이사이가 미꾸리라도 한 마리 엎디
었기만 하면 숨 쉬는 것까지 보일 듯싶다. 물은 흐르나 소리도 없다.
수도국 다리10를 빠져, 청류벽(淸流壁)11을 돌아서는 비단필이 훨적 펼
쳐진 듯 질펀하게 깔려 나갔는데 하늘과 물은 함께 저녁놀에 물들어
아득한 장미꽃밭으로 사라져 버렸다. 연광정(練光亭)12 앞으로부터 까
뭇까뭇 널려 있는 마상이13와 수상선14들, 하나도 움직여 보이지 않는
다. 끝없는 대동벌에 점점이 놓인 구릉(丘陵)15들과 함께 자못 유구한
맛이 난다.

현은 피우던 담배를 내어던지고 저고리 단추를 여미었다. 단풍은 이제
부터 익기 시작하나 날씨는 어느덧 손이 시리다.

---

10 수도국 다리 : 대동강에 있었던 '벽라교'를 이르는 말이다. 벽라교는 대동강의 능라도 수원
　　지에서 평양 시내에 수돗물을 공급하는 수도관을 부설한 다리였다. 그래서 '수도국 다리'라
　　고 불렸는데, 지금은 없어졌다.

11 청류벽 : 대동강 기슭에 있는 벼랑. 맑은 물이 감돌아 흐르는 벼랑이라는 뜻에서 붙여진
　　이름이다.

12 연광정 : 평양의 대동강 가에 있는 누각. 관서 팔경의 하나로 대동강을 내려다볼 수 있는
　　덕암이라는 바위 위에 있다.

13 마상이 : 거룻배처럼 노를 젓는 작은 배

14 수상선 : 물윗배. 강에서 사람이나 짐을 나르는 배. 뱃전이 비교적 낮고 바닥이 평평하다.

15 구릉 : 산보다는 조금 낮고 완만하게 비탈진 곳

'조선의 자연은 왜 이다지 슬퍼 보일까?'

현은 부여(夫餘)에 가서 낙화암(落花巖)이며 백마강(白馬江)의 호젓함을 바라보던 생각이 난다.

*

현은 평양이 십여 년 만이다. 소설에서 평양 장면을 쓰게 될 때마다, 이번에는 좀 새로 가보고 써야, 스케치를 해와야, 하고 벼르기만 했지, 한 번도 그래서 와보지는 못하였다. 소설을 위해서뿐 아니라 친구들도 가끔 놀러 오라는 편지가 있었다. 학창 때 사귄 벗들로, 이곳 부회 의원이요 실업가16인 김(金)도 있고, 어느 고등보통학교에서 조선어와 한문을 가르치는 박(朴)도 있건만, 그들의 편지에 한 번도 용기를 내어 본 적은 없었다. 이번에 받은 박의 편지는 놀러 오라는 말이 있던 편지보다 오히려 현의 마음을 끌었다.

…… 내 시간이 반이 없어진 것은 자네도 짐작할 걸세. 편안하긴 허이. 그러나 전임으론 나가 주고 시간으로나 다녀 주기를 바라는 눈치 세. 나머지 시간이라야 그리 오래 지탱돼 나갈 학과 같지는 않네. 그것마저 없어지는 날 나도 그때 아주 손을 씻어 버리려 아직은 지싯지싯17

---

16 실업가 : 꽤 규모가 큰 상공업이나 금융업 따위의 사업을 경영하는 사람
17 지싯지싯 : 남이 싫어하는데도 개의치 않고 자꾸 괴롭히고 귀찮게 구는 모양을 나타내는 말

붙어 있네.

하는 사연을 읽고는 갑자기 박을 가 만나 주고 싶었다. 만나야만 할 말이 있는 것은 아니지만 손이라도 한번 잡아 주고 싶어 전보만 한 장 치고 훌쩍 떠나 내려온 것이다.

정거장에 나온 박은 수염도 깎은 지 오래어 터부룩한 데다 버릇처럼 자주 찡그려지는 비웃는 웃음은 전에 못 보던 표정이었다. 그 다니는 학교에서만 지싯지싯 붙어 있는 것이 아니라 이 시대 전체에서 긴치 않게 여기는, 지싯지싯 붙어 있는 존재 같았다. 현은 박의 그런 지싯지싯함에서 선뜻 자기를 느끼고 또 자기의 작품들을 느끼고 그만 더 울고 싶게 괴로워졌다.

한참이나 붙들고 섰던 손목을 놓고, 그들은 우선 대합실로 들어왔다. 할 말은 많은 듯하면서도 지껄여 보고 싶은 말은 골라낼 수가 없었다. 이내 다시 일어나 현은,

"나 좀 혼자 걸어 보구 싶네."

하였다. 그래서 박은 저녁에 김을 만나 가지고 대동강가에 있는 동일관 (東一館)이란 요정으로 나오기로 하고 현만이 모란봉[18]으로 온 것이다.

오면서 자동차에서 시가[19]도 가끔 내다보았다. 전에 본 기억이 없는

---

18 모란봉 : 평양 북쪽에 있는 작은 산. 꼭대기에 모란대, 최승대, 을밀대 등의 누각이 있고, 동쪽은 절벽을 이루어 대동강을 굽어보고 있어서 경치가 빼어나다.
19 시가 : 도시의 큰 길거리

새 빌딩들이 꽤 많이 늘어섰다. 그 중에 한 가지 인상이 깊은 것은 어느 큰 거리 한 뿌다귀[20]에 벽돌 공장도 아닐 테요 감옥도 아닐 터인데 시뻘건 벽돌만으로, 무슨 큰 분묘(墳墓)[21]와 같이 된 건축이 웅크리고 있는 것이다. 현이 운전사에게 물어보니, 경찰서라고 했다.

또 한 가지 이상하다 생각한 것은, 그림자도 찾을 수 없는 여자들의 머릿수건이다. 운전사에게 물으니 그는 없어진 이유는 말하지 않고,

"거, 잘 없어졌죠. 인전 평양두 서울과 별루 지지 않습니다."

하는 매우 자긍하는 말투였다.

현은 평양 여자들의 머릿수건이 보기 좋았었다. 단순하면서도 흰 호접[22]과 같이 살아 보였고, 장미처럼 자연스런 무게로 한 송이 얹힌 댕기는, 그들의 악센트 명랑한 사투리와 함께 '피양[23] 내인[24]'들만이 가질 수 있는 독특한 아름다움이었다. 그런 아름다움을 그 고장에 와서도 구경하지 못하는 것은, 평양은 또 한 가지 의미에서 폐허라는 서글픔을 주는 것이었다.

20 뿌다귀 : '뿌다구니'의 준말. 쑥 내밀어 구부러지거나 꺾어져 돌아간 자리
21 분묘 : 무덤. 송장이나 유골을 땅에 묻어 놓은 곳
22 호접 : 호랑나비. 호랑나빗과의 호랑나비, 제비나비 따위를 통틀어 이르는 말
23 피양 : '평양'의 방언
24 내인 : 아낙네. 남의 집 부녀자를 통속적으로 이르는 말

*

현은 을밀대(乙密臺)25로 올라갈까 하다 비행장을 경계함인 듯, 총에 창을 꽂아 든 병정이 섰는 것을 발견하고는 그냥 강가로 내려오고 말았다. 마침 놀잇배 하나가 빈 채로 내려오는 것을 불렀다. 주암산까지 올라갔다가 내려오자니까 거기는 비행장이 가까워 못 올라가게 한다고 한다. 그럼 노를 젓지는 말고 흐르는 대로 동일관까지 가기로 하고 배를 탔다.

나뭇잎처럼 물 가는 대로만 떠가는 배는 낙조26가 다 꺼져 버리고 강물이 어두워서야 동일관에 닿았다.

이 요릿집은 강물에 내민 바위를 의지하고 지어졌다. 뒷문에 배를 대고 풍악 소리 높은 밤 정자에 오르는 맛은, 비록 마음 어두운 현으로도 적이 흥취 도연해짐27을 아니 느낄 수 없다.

'먹을 줄 모르는 술이나 이번엔 사양치 말고 받아먹자! 박을 위로해 주자!'

생각했다.

박은 김을 데리고 와 벌써 두 기생으로 더불어 자리를 잡고 있었다. 김의 면도 자리 푸른 살진 볼과 기생들의 가벼운 옷자락을 보니 현은 기분이 다시 한번 갠다.

---

25 을밀대 : 평양 금수산 마루에 있는 대와 그 위에 있는 정자. 평양 시내를 내려다볼 수 있다. '대(臺)'는 흙이나 돌로 높이 쌓아 사방을 볼 수 있게 만든 곳을 말한다.
26 낙조 : 저녁에 지는 햇빛
27 도연하다 : 감흥 따위가 북받쳐 누를 길이 없다.

"이 사람, 자네두 김 군처럼 면도나 좀 허구 올 게지?"

"허, 저런 색시들 반허게!"

하고 박은 씩 — 웃는다.

"그래, 요즘 어떤가? 우리 김 부회28 의원 나리?"

"이 사람, 오래간만에 만나 히야카시29부턴가?"

"자넨 참 늙지 않네그려! 우리 서울서 재작년에 만났던가?"

"그렇지 아마…… 내 그때 도시 시찰로 내지30 다녀오던 길이니까……."

"참 자넨 서평양인지 동평양인지서 땅 노름에 돈 좀 잡았다데그려?"

"흥, 이 사람! 선비가 돈 말이 하관31고?"

"별수 있나? 먹어야 배부르데."

"먹게, 오늘 저녁엔 자네가 못 먹나 내가 못 먹이나 한번 해보세."

"난 옆에서 경평대항전32 구경이나 헐까?"

"저이들은 응원하구요."

기생들도 박과 함께 말참례33를 시작한다.

---

28 부회 : 일제강점기에 부회(府會) 의원으로 구성된 부(府)의 의결 기관. '부(府)'는 지방 행정 구역으로, 지금의 시(市)에 해당한다.

29 히야카시 : '놀림'이란 뜻의 일본어

30 내지 : 외국이나 식민지에서 본국을 이르는 말. 일본을 의미한다.

31 하관 : 무슨 관계

32 경평대항전 : 일제강점기 조선의 양대 도시인 경성과 평양을 대표하는 축구단이 장소를 번갈아 가면서 벌였던 친선 축구경기

33 말참례 : 다른 사람이 말하는 도중에 끼어들어 말하는 짓

"시굴 기생들 우숩지?"

"우숩다니? 기생엔 여기가 서울 아닌가. 금수강산 정기들이 다르네!"

기생들은 하나는 방긋 웃고, 하나는 새침한다. 방긋 웃는 기생을 보니, 현은 문득 생각나는 기생이 하나 있다.

"여보게들?"

"그래."

"벌써 열둬— 해 됐네그려? 그때 나 왔을 때 저 능라도34에 가 어죽35 쒀먹던 생각 안 나?"

"벌써 그렇게 됐나 참."

"그때 그 기생이 이름이 뭐드라? 자네들 생각 안 나나?"

"오— 그렇지!"

비스듬히 벽에 기대었던 김이 놀라 일어나더니,

"이거 정작 부를 기생은 안 불렀네그려!"

하고 손뼉을 친다.

"아니, 그 기생이 여태 있나?"

"살았지 그럼."

"기생 노릇을 여태 해?"

"암—"

---

34 능라도 : 평양시 대동강에 있는 섬

35 어죽 : 생선의 살에 닭고기나 쇠고기, 멥쌀 등을 넣고 끓이다가 달걀을 풀어 쑨 죽

"오一라!"

하고 박도 그제야 생각나는 듯이 무릎을 친다.

그때도 현이 서울서 내려와서 이 세 사람이 능라도에 어죽놀이를 차렸다. 한 기생이 특히 현을 따라, 그때만 해도 문학청년 기분이던 현은 영월의 손수건에 시를 써주고 둘이만 부벽루를 배경으로 하고 사진을 다 찍고 하였었다.

"아니, 지금 나이 몇 살일 텐데 아직 기생 노릇을 해? 난 생각은 나두 이름두 잊었네."

"그리게 이번엔 자네가 제발 좀 데리구 올라가게."

"누군데요?"

하고 기생들이 묻는다.

"참, 이름이 뭐드라?"

박도,

"이름은 나두 생각 안 나는 걸……."

하는데 보이가 온다.

"기생, 제일 오랜 기생, 제일 나이 많은 기생이 누구냐?"

보이는 멀뚱히 생각하더니 댄다.

"관옥인가요? 영월인가요?"

"오! 영월이다, 영월이. 곧 불러라."

현은 적이 으쓱해진다. 상이 들어왔다. 술잔이 돌아간다.

"그간 술 좀 뱄나?"

박이 현에게 잔을 보내며 묻는다.

"웬걸…… 술이야 고학36할 수 있던가, 어디…….”

"망할 자식 가긍허구나37! 허긴 너이 따위들이 밤낮 글 써야 무슨 덕분에 술 차례가 가겠니! 오늘 내 신세지…….”

"아닌 게 아니라…….”

하고 김이 또 현에게 잔을 내어밀더니,

"현 군도 인젠 방향 전환을 허게.”

한다.

"방향 전환이라니?”

"거 누구? 뭐래던가 동경 가 글 쓰는 사람 있지?”

"있지.”

"그 사람 선견38이 있는 사람이야!”

하고 김은 감탄한다.

"이 자식아, 잔이나 받아라. 듣기 싫다.”

하고 현은 김의 잔을 부리나케 마시고 돌려보낸다.

박이 다 눈두덩을 내리쓸도록 모두 얼근해진39 뒤에야 영월이가 들어섰다. 흰 저고리 옥색 치마, 머리도 가르마만 약간 옆으로 탔을 뿐, 시체40

---

36 고학 : 학비를 스스로 벌어서 고생하며 배움.

37 가긍하다 : 불쌍하고 가엾다.

38 선견 : 어떤 일이 일어나기 전에 미리 앞을 내다보고 앎.

39 얼근하다 : 술에 취하여 정신이 조금 어렴풋하다.

40 시체 : 그 시대의 풍습이나 유행을 따르는

기생들처럼 물들이거나 지지거나 하지 않았다. 미닫이 밑에 사뿐 앉더니 좌석을 휘 둘러본다. 김과 박은 어쩌나 보느라고 아무 말도 않고 영월과 현의 태도만 번갈아 살핀다. 영월의 눈은 현에게서 무심히 스쳐 지나 박을 넘어뛰어 김에게 머무르더니,

"영감, 오래간만이외다그려."

하고 쌍끗 웃는다.

"허! 자네 눈두 인젠 무뎄네그려! 자넬 반가워할 사람은 내가 아냐."

"기생이 정말 속으로 반가운 손님헌텐 인살 안 한답니다."

하고 슬쩍 다시 박을 거쳐 현에게 눈을 옮긴다.

"과연 명기로군! 척척 받음수가……."

하고 김이 먼저 잔을 드니 영월은 선뜻 상머리에 나앉으며 술병을 든다.

웃은 지 오래나 눈 속은 그저 웃는 것이 옛 모습일 뿐, 눈시울에 거무스름하게 그림자가 깃들인 것이나 볼이 홀쭉 꺼진 것이나 입술이 까시시 메마른 것은 너무나 세월이 자국을 깊이 남기고 지나갔다.

"자네, 나 모르겠나?"

현이 담배를 끄며 묻는다.

"어서 잔이나 드시라우요."

잔을 드는 현과 눈이 마주치자 영월은 술이 넘는 것도 모르고 얼굴을 붉힌다.

"자네도 세상살이가 고단한 걸세그려?"

"피차일반인가 봅니다. 언제 오셨나요?"

하고 현이 마시고 주는 잔에 가득히 붓는 대로 영월도 사양하지 않고 받아 마신다.

"전엔 하―얀 나비 같은 수건을 썼더니……."

"참, 수건이 도루 쓰고퍼요."

"또 평양말을 더 또렷또렷하게 잘했었는데……."

"손님들이 요샌 서울말을 해야 좋아한답니다."

"그깟 놈들…… 그런데 박 군? 어째 평양 와 수건 쓴 걸 볼 수 없나?"

"건 이 김 부회 의원 영감께 여쭤볼 문젤세. 이런 경세가(經世家)41들이 금령42을 내렸다네."

"그렇다드군 참!"

"누가 아나 빌어먹을 자식들……."

"이 자식들아, 너이야말루 빌어먹을 자식들인 게…… 그까짓 수건 쓴 게 보기 좋을 건 뭐며 이 평양부내43만 해두 일 년에 그 수건 값허구 당기44 값이 얼만지 알기나 허나들?"

하고 김이 당당히 허리를 펴고 나앉는다.

"백만 원이면? 문화 가치를 모르는 자식들……."

"그러니까 너이 글 쓰는 녀석들은 세상을 모르구 산단 말이야."

---

41 경세가 : 세상을 다스려 나가는 사람
42 금령 : 어떠한 행위를 하지 못하게 하는 법령
43 부내 : 예전에 행정 구역 단위였던 부의 구역 안
44 당기 : '댕기'의 방언

"주제넘은 자식…… 조선 여자들이 뭘 남용을 해? 예펜네[45]들 모양 좀 내기루? 예펜넨 좀 고와야지."

"돈이 드는 걸……."

"흥! 그래 집안에서 죽두룩 일해, 새끼 나 길러, 사내 뒤치개질 해…… 그리구 일 년에 당기 한 감 사 매는 게 과하다? 아서라, 사내들 술값, 담뱃값은 얼만지 아나? 생활 개선, 그래 예펜네들 수건 값이나 당기 값이나 졸여 먹구? 요 푼푼치 못한 경세가들아? 저인 남용할 것 다 허구……."

"망할 자식, 말버릇 좀 고쳐라…… 이 자식아, 술이란 실사회[46]선 얼마나 필요한 건지 아니?"

"안다. 술만 필요허냐? 고유한 문환 필요치 않구? 돼지 같은 자식들…… 너이가 진줄 알 수 있니…… 허……."

"히도오 바가니 수르나 고노야로(사람 우습게 보지 마라, 이 자식)……."

"너이 따윈 좀 바가니시데모 이이나(깔봐도 좋다)……."

"나니(뭐라구)?"

"나닌 다 뭐 말라빠진 거냐? 네 술 좀 먹기루 이 자식, 내 헐 말 못헐 놈 아니다. 허긴 너헌테나 분풀이다만……."

---

45 예펜네 : '여편네'의 방언

46 실사회 : 실제의 사회. 상상이나 문학 작품 속에 나타나는 것과는 다른 현실 사회를 이른다.

하고 현은 트림을 한다.

"이 사람들 고걸 먹구 벌써 취했네그려."

박이 이쑤시개를 놓고 다시 잔을 현에게 내민다. 김은 잠자코 안주를 집는 체한다.

오래 해먹어서 손님들 기분에 눈치 빠른 영월은 보이를 부르더니 장구를 가져오게 하였다. 척 장구채를 뽑아 잡고 저쪽 손으로 먼저 장구 전두리47를 뚱땅 울려 보더니,

"어―따 조오쿠나, 이십―오―현 탄―야월……."

하고 불러 대기 시작한다. 현은 물끄러미 영월의 핏줄 일어선 목을 건너다보며 조끼 단추를 끌렀다. 부들부들 떨리는 손으로 상머리를 뚜드려 본다. 그러나 자기에겐 가락이 생기지 않는다.

"에―헹―에― 헤이야―하 어―라 우겨―라 방아로구나……."

하고 받는 사람은 김뿐이다. 현은 더욱 가슴속에서만 끓는다. 이런 땐 소리라도 한마디 불러 대었으면 얼마나 속이 시원하랴 싶어진다. 기생들도 다른 기생들은 잠잠히 앉아 영월의 입만 쳐다본다. 소리가 끝나자 박은,

"수고했네."

하고 영월에게 술 한 잔을 권하더니 가사를 하나 부르라 청한다. 영월은 사양치 않고 밀어 놓았던 장구를 다시 당기어 안더니,

---

47 전두리 : 둥근 뚜껑 따위의 둘레의 가장자리

"일조—오— 나앙군……."

불러 댄다. 박은 입을 씻고 씻고 하더니 곡조는 서투르나 그래도 꽤 어울리게 이런 시 한 구를 읊어서 소리를 받는다.

"각하—안— 산—진 수궁처…… 임—정— 가고옥— 역난위를……."

박은 눈물이 글썽해 후— 한숨으로 끝을 맺는다.

자리는 다시 찬비가 지나간 듯 호젓해진다[48]. 김은 보이를 부르더니 유성기[49]를 가져오라 했다. 재즈를 틀어 놓더니 그제야 다른 두 기생은 저희 세상인 듯 번차[50] 김과 마주 잡고 댄스를 추는 것이다.

"영월이?"

영월은 잠자코 현의 곁으로 온다.

"난 자넬 또 만날 줄은 몰랐네, 반갑네."

"저 같은 걸 누가 데려가야죠?"

"눈이 너머 높은 게지?"

"네?"

유성기 소리에 잘 들리지 않는다.

"눈이 너머 높은 게야?"

"천만에…… 그간 많이 상허셨어요."

---

48 호젓하다 : 인적이 없어 쓸쓸한 느낌이 들 만큼 고요하다.

49 유성기 : 레코드에서 녹음한 소리를 재생하는 기계

50 번차 : 서로 번갈아 가며 드는 차례나 순번

"응?"

"많이 상허셨에요."

"나?"

"네."

"자네가 그리워서……."

"말씀만이라두……."

"허!"

댄스가 한 곡조 끝났다. 김은 자리에 앉으며 현더러,

"기미모 오도레(너도 춤춰라)."

한다.

"난 출 줄도 모르네. 기생을 불러 놓고 딴스나 하는 친구들은 내 일찍부터 경멸하는 밸세."

"자네처럼 마게오시미 스요이(고집이 센)한 사람두 없을 걸세. 못 추면 그냥 못 춘대지……."

"흥! 지기 싫어서가 아닐세. 끌어안구 궁댕잇짓51이나 허구, 유행가 나부랭이나 비명을 허구, 그게 기생들이며 그게 놀 줄 아는 사람들인가? 아마 우리 영월인 딴슬52 못 할 걸세. 못 하는 게 아니라 안 할걸?"

"아이! 영월 언니가 딴슬 어떻게 잘하게요."

---

51 궁댕잇짓 : 궁둥잇짓의 방언. 걷거나 춤을 추거나 할 때 궁둥이를 이리저리 마구 흔드는 짓
52 딴스 : '댄스'의 북한어

하고 다른 기생이 핼긋 쳐다보며 가로챈다.

"자네두 그래 딴슬 허나?"

"잘 못한답니다."

"글쎄, 잘허구 못허구 간에?"

"어쩝니까? 이런 손님 저런 손님 다 비윌 맞추자니까요."

"건 왜?"

"돈을 벌어야죠."

"건 그리 벌기만 해 뭘 허누?"

"기생일수룩 제 돈이 있어야겠습니다."

"어째?"

"생각해 보시구려."

"모르겠는데? 돈 많은 사내헌테 가면 되지 않나?"

"돈 많은 사내가 변심 않구 나 하나만 데리고 사나요?"

"그럴까?"

"본처나 되면 아무리 남편이 오입53을 해두 늙으면 돌아오겠지 하구 자식낙이나 보면서 살지 않어요? 기생야 그 사람 하나만 바라고 갔는데 남자가 안 들어와 봐요? 뭘 바라고 삽니까? 그렇게 살림 들어갔다 오래 사는 기생이 몇 됩니까? 우리 기생은 제가 돈을 뫄서 돈 없는 사낼 얻는 게 제일이랍니다."

---

53 오입 : 제 아내가 아닌 여자와 성관계를 가짐.

"야! 언즉시야54라 거 반가운 소리구나!"

하고 박이 나앉는다. 그리고,

"난 한 푼 없는 놈이다. 직업두 인젠 벤벤치 못하다. 내 예펜네라야 늙어서 바가지두 긁지 않을 거구, 자네 돈 많으면 나하구 사세?"

하고 영월의 손을 끌어당긴다.

"이 사람, 영월인 현 군 걸세."

"참, 돈 가진 기생이나 얻는 수밖에 없네, 인젠……."

하고 현도 웃었다.

"아닌 게 아니라 자네들 이제부턴 실속 채려야 하네."

하고 김은 힐긋 현의 눈치를 본다.

"더러운 자식!"

"흥, 너이가 아무리 꼬장꼬장한 체해야……."

"뭐, 이 자식……."

하더니 현은 술을 깨려고 마시던 사이다 컵을 김에게 사이다째 던져 버린다. 깨지고 뛰고 하는 것은 유리컵만이 아니다. 기생들이 그리로 쏠린다. 보이들도 들어온다.

"이 자식? 되나 안 되나 우린, 우린…… 이래봬두 우리……."

하고 현의 두리두리해진 눈엔 눈물이 핑 — 어리고 만다.

"이런 데서 뭘…… 이 사람 취했네그려, 나가 바람 좀 쐬세."

---

54 언즉시야 : 말인즉 옳음.

하고 박이 부산한 자리에서 현을 이끌어 낸다. 현은 담배를 하나 집으며 복도로 나왔다.

"이 사람아? 김 군 말쯤 고지식하게 탄할 게 뭔가?"

"후……."

"그까짓 무슨 소용이야……."

"내가 취했나 보이…… 내가…… 김 군이 미워 그리나?…… 자넨 들어 가 보게……."

현은 한참 난간에 의지해 섰다가 슬리퍼를 신은 채 강가로 내려왔다. 강에는 배 하나 지나가지 않는다. 바람은 없으나 등골이 오싹해진다. 강 가에 흩어진 나뭇잎들은 서릿발이 끼쳐 은종이처럼 번뜩인다. 번뜩이는 것을 찾아 하나씩 밟아 본다.

"이상견빙지(履霜堅冰至)[55]……."

『주역(周易)』에 있는 말이 생각났다. 서리를 밟거든 그 뒤에 얼음이 올 것을 각오하란 말이다. 현은 술이 확 깬다. 저고리 섶을 여미나 찬 기운 은 품속에 사무친다. 담배를 피우려 하나 성냥이 없다.

"이상견빙지…… 이상견빙지……."

밤 강물은 시체와 같이 차고 고요하다.

---

55 이상견빙지 : 서리를 밟을 때가 되면 얼음이 얼 때도 곧 닥친다는 뜻으로, '어떤 일의 징 후가 보이면 머지않아 큰일이 일어남'을 이르는 말

선생님이 들려주는 그 시절 이야기

서연 : 안녕하세요, 선생님. 오늘은 이태준의 「패강랭」이라는 소설을 읽고 왔어요. 이 작품에 대해 얘기해 주세요.

선생님 : 그래, 함께 이야기해 보자. 우선 작품을 읽으면서 무슨 생각이 들었니?

서연 : 저는 먼저 작품을 읽을 때 전체적으로는 괜찮았는데, 한문이 나오는 부분이 생소하고 어려웠어요. 제목부터 뜻을 알 수 없는 한자가 나오잖아요? 사전을 찾아봐도 그 단어가 없어서 조금 당황했어요.

선생님 : 그럴 수 있겠구나. 제목인 '패강랭'은 짧지만 하나의 단어가 아니고 문장이라고 봐야 해. '패강'은 대동강의 옛 이름이고 '랭'은 '차다'는 뜻의 한자어니까, 둘을 합치면 '대동강 물이 차다' 정도의 뜻이 되지.

그렇다면 '대동강 물이 차다'는 건 어떤 뜻을 내포한 걸까? 단순히 강물이 차다는 걸 묘사한 건 아닌 걸로 보이지? …… 잘 모르겠다면, 작품 속에서 비슷한 구절이 나오는 부분을 떠올려 보렴.

태환 : 아! 그러고 보니, 첫머리에 "다락에 비겨 대동강은 너무나 차다."란 문장이 있고, 작품의 맨 마지막에도 나와요. "밤 강물은

시체와 같이 차고 고요하다."란 문장이요.

선생님 : 기억을 잘 해냈구나. 그러면 두 번씩이나 반복되는데, 어떤 의미를 담고 있다고 생각했니?

태환 : 처음에는 계절적 배경이 늦가을이어서 그런가 보다 했는데, 마지막 문장을 보면서는 뭔가 상징적 의미가 있다고 느꼈어요.

작품의 이야기가 주인공 '현'과 '박'이 겪는 어려움을 중심으로 당시의 암울한 현실을 드러내는 걸로 보였어요. 그렇게 보면, 이 구절은 일제강점기의 현실을 상징하는 게 아닌가 하는 생각이 들었어요.

서연 : 저도 그랬어요. 특히 강물을 묘사하면서 "시체와 같이"란 표현을 쓰는 것을 보고, 이건 사실적인 표현이 아니라 비유적인 표현이구나 하고 생각했어요.

선생님 : 모두 잘 보았어. 끊임없이 흘러가는 강물은 예전부터 시대의 흐름을 나타내는 상징으로 쓰여 왔지. 그런데 이 작품에서는 그냥 강물이 아니라 '시체와 같이 차고 고요한 밤 강물'이니까, 죽음과도 같은 암흑기를 나타내는 표현이 되고 있는 거야.

서연 : 네, 알겠습니다. 그런 관점에서 보니까, 작품 말미에 함께 나오는, 주역의 한 구절이라는 "이상견빙지"의 뜻도 더 분명하게 이해되는 거 같아요.

이 구절에 대해서는 작품 속에 "서리를 밟거든 그 뒤에 얼음이 올 것을 각오하란 말이다."라고 풀이되어 있잖아요? 그래서 저는 뭔가 더 나쁜 일이 닥쳐올 거라는 예감을 표현한 거라고만 생각했는데, 이것 역시 같은 맥락에서 시대적 현실을 말한 거군요?

선생님 : 맞아. 실제로 역사적 흐름을 보면, 식민지 시대 말기로 갈수록 더욱 절망적인 상황으로 바뀌어 갔지.

태환 : 선생님, 한문 이야기가 나온 김에 술자리에서 '박'이 읊조렸던 시에 대해서도 설명해 주세요. 한시처럼 보이는데, 맞나요? 그리고 그 시를 읊고 나서 '박'은 눈물이 글썽해지고 한숨을 내쉬었다고 했는데, 왜 그런 건가요?

선생님 : 그래 그건 한시 구절이야. 독립 운동가였던 신채호 선생이 지은 「백두산도중」이라는 시의 일부인데, 선생이 백두산에 올라 나라 잃은 설움을 노래한 작품이지.

태환 : 그러니까 '박'이 그 시를 읊고 눈물을 글썽인 건 민족적 울분과 슬픔 때문이군요?

선생님 : 그래 맞아.

서연 : 그런데 선생님, 작가는 이 작품에서 왜 이렇게 한문이나 한시를 많이 활용하는 거예요?

선생님 : 그건 옛것의 정취를 불러일으키려는 의도였다고 보여. 작품의 표현을 살펴보면, 서로 다른 특성의 문체가 쓰이고 있는 걸 알 수 있어.

한문 구절들과 함께 대동강의 풍경을 묘사하는 대목에서는 옛스러운 표현을 쓰고, 친구들과의 술자리 장면에서는 비속어까지 쓰며 매우 사실적인 문체를 보여주지.

이렇게 두 가지 문체를 쓴 것은 사실감과 현장감을 살리면서도 한편으론 전통적인 문화에 대한 느낌을 환기하려는 의도였다고 할 수 있어.

태환 : 선생님이 전통 얘기를 하시니까, 작품 속에 그와 관련된 대목들이 더 있는 게 기억나요. '현'이 평양 여자들의 독특한 머릿수건을 못 보게 된 걸 아쉬워하고, 또 기생들이 창을 부르지 않고 재즈 소리에 맞춰 서양식 댄스를 추는 걸 경멸한 거요.

주인공이 우리의 전통문화가 사라져가는 모습을 굉장히 안타까워하는 거 같았어요. 왜 그런 거죠? 특별한 이유가 있나요?

선생님 : 그건 이 작품의 주제 의식과 직접적인 연관이 있단다. 아까 이 작품이 당시의 어두운 시대 현실을 드러낸다고 했지?

좀 더 구체적으로 말하면, 당대의 현실 중에서도 특히 우리말과 전통문화가 사라져 가는 문제를 다루고 있다고 할 수 있어. 작품을 읽어 보면 전통문화 이야기와 함께 우리말이 위기에 빠진 걸 느끼게 하는 부분이 있지?

서연 : 네, 조선어 교사인 '박'의 강의 시간이 반으로 줄고 그나마 오래지 않아 없어질 거라는 내용 말씀이죠?

선생님 : 그래, 맞아. 조선어 수업 시간이 축소되면서 '박'이 실직 위기에 처한 거지. 그런데 조선어가 말살되어 가는 일이 비단 '박'의 문제겠니? 우리 민족 전체에 중대한 문제이고, 소설가인 '현'에게도 심각한 문제지.

태환 : 맞아요. 그래서 '현'이 십 년 만에 평양에 온 거잖아요? '박'에게

동질감을 느끼면서 친구를 위로해 주고 싶어서요. 실제로 대합실에서 '박'을 만날 때, 그의 처지에서 자기와 자기의 작품을 느꼈다는 표현도 나오고요.

선생님 : 그래, 작품을 꼼꼼히 읽었구나. 술자리에서 '김'과 싸움이 벌어진 것도 그 문제와 무관하지 않지. '김'이 일본에 가 글을 쓰는 다른 작가를 거론하며 '현'에게 '방향 전환'을 하라고 권하지? 우리말로 소설을 쓰는 작가에게 방향 전환이 무얼 의미하겠니? 일본어로 글을 쓰든가, 민족의식을 버리고 시류에 영합하는 작품을 쓰라는 뜻이지. 친일파다운 충고를 한 거야. 그래서 결국 싸움이 난 거고.

서연 : 네, 알겠습니다. 그렇다면 왜 특히 그 시기에 전통문화가 사라져 가고 조선어 수업 시간이 축소된 건가요?

선생님 : 일제의 식민 정책 변화 때문이야. 이 작품이 발표된 때는 중일전쟁이 일어난 다음 해인 1938년이야. 일제는 중일전쟁을 계기로 전시체제에 돌입하면서 우리나라에 대한 통제와 탄압을 한층 강화하기 시작했어.

그건 우리나라를 대륙 침략을 위한 병참기지로 삼고 조선인들을 전쟁에 동원하기 위해서였지. 일제는 이런 목적을 달성하기 위해서는 우선 조선인의 정신을 말살하고 일본화하는 게 필요하다고 생각했어.

그래서 일본과 조선은 한 몸이라는 내선일체를 내세우고, 천황에게 충성하도록 세뇌하는 황민화 정책을 펴 나갔어. 신사참배와 창씨개명을 강요한 게 대표적인 사례들이지. 그 외에도 학생들로 하여금 날마다 운동장에 모여 황궁을 향해 절을 하게 한다거나, 조선인들에게 행사 때마다 '황국신민서사'라는 충성문을 외우게 하기도 했단다. 한마디로 민족 말살 정책을 펼친 거야.

서연 : 그렇게 일본 정신을 강요하는 강압적인 정책들로 인해 우리 고유의 전통들이 사라져 갔고, 조선어 시간 축소도 이루어진 거군요?

선생님 : 바로 그렇단다. 구체적으로 1938년에 '3차 조선교육령'이라는 법령을 통해 필수과목이던 조선어를 선택과목으로 바꾸고, 학교에서 조선어 사용을 금지했어. 조선어 말살을 시도한 거지. 실제로 조선어 수업은 1년 후에 사실상 폐지되었단다.

서연 : 선생님 말씀을 들으니 당시 분위기가 어땠는지 알 거 같아요. 작가가 어떤 의도로 이 작품을 지었는지도요.

태환 : 저도요. 오늘도 좋은 말씀 감사합니다!

빈처

현진건(1900~1943)

작가 소개

현진건은 대구에서 태어났다. 서당에서 한문을 공부하다가 일본으로 건너가 세이조 중학에 입학하여 1917년에 졸업하였다. 이듬해 다시 중국 상하이로 가서 후장 대학에 입학했으나, 학업을 마치지 못하고 1919년에 귀국하였다.

1921년 조선일보사에 입사하여 언론계에 발을 디딘 후, 동명사와 시대일보사를 거쳐 동아일보사에서 기자로 근무하였다. 『동아일보』 사회부장으로 재직하던 1936년에 손기정 선수의 베를린올림픽 마라톤 우승 보도와 관련해 일어난 일장기말소사건으로 구속되었다.

1년간 옥살이를 하고 출옥한 후에는 동아일보사를 사직하고 작가로서 소설 창작에만 전념했다. 이후 일제 말기까지 친일 문학을 거부하며 가난한 생활을 영위하다가 1943년 장결핵으로 세상을 떠났다.

현진건은 1920년 『개벽』에 단편 「희생화」를 발표하며 문필 활동을 시작했다. 그 다음 해에 발표한 「빈처」로 문단의 주목을 받았으며, 1922년에는 박종화, 박영희, 나도향 등과 함께 『백조』 동인으로 활동하며 근대 문학 운동을 펼쳤다.

그의 작품들은 크게 세 가지 경향으로 나누어 볼 수 있다.

첫 번째는 1920년대 초에 발표된, 지식인이 주인공으로 등장하는 신변소설들이다. 「빈처」, 「술 권하는 사회」, 「타락자」 등이 대표적인데, 이 작품들은 1인칭 시점으로 작가 자신의 자전적 체험을 많이 담아내며 사회에 조화되지 못하는 지식인의 좌절과 고뇌를 주로 형상화하였다.

두 번째는 현실 고발적인 경향의 작품들로서, 1920년대 중반에 발표된 「운수 좋은 날」, 「불」, 「고향」 등이 이에 해당한다. 이들 작품에서 작가는 식민지 사회의 모순과 민족적 현실에 주목하고, 도시 하층민과 농촌 여성, 떠돌이 노동자 등 민중들의 비참한 삶을 사실주의적 기법으로 그려냈다.

마지막 경향의 작품들로는 1930년대 이후에 발표된 『적도』, 『무영탑』, 『흑치상지』, 『선화공주』 등의 연재 장편소설을 들 수 있다. 이들은 삼각관계를 다룬 연애소설과 과거에서 소재를 취한 역사소설들로서, 연재소설의 특성상 통속성을 띤다. 그러면서도 민족의식을 담아내는 특징을 보인다.

이처럼 그의 작품들은 시간의 흐름 속에서 여러 경향을 보였지만, 문학사적으로는 1920년대 초·중반에 발표된 사실주의 계열의 소설들이 주목된다. 작가는 이들 작품에서 섬세하고 치밀한 사실적 묘사와 반전을 내포한 탄탄한 구성 등 세련된 단편소설의 기법을 선보였다.

이런 점으로 인해 그는 김동인, 나도향 등과 함께 한국 근대 단편소설의 양식을 확립하는 데 기여한 선구자로 평가받고 있다.

작품 해설

이 소설은 1920년대 서울을 배경으로, 가난한 작가 지망생이 어질고 착한 아내와 물질적 욕구를 둘러싸고 소소한 갈등을 겪다가 사랑을 회복하는 이야기를 그린 작품이다.

'나'는 작가가 되기 위해 독서와 습작에 전념하고 있다. 한 푼 벌이도 없어 아내가 전당포에 가구나 옷가지를 잡혀 생활을 꾸려간다. 어느 날 친척 T가 자기 아내를 위해 산 양산을 보이고 간 후, 이에 자극받은 아내가 당신도 살 도리를 하라고 말한다. 그 소리에 불쾌해진 나는 역정을 낸다.

이튿날 장인의 생신을 맞아 처가에 갔지만 모두 나를 비웃는 듯하다. 만발한 꽃 같은 처형과 마른 낙엽 같은 아내가 대조되어 마음이 더 쓸쓸해진다. 한편 처형은 부유했으나, 남편이 주색에 빠져 걸핏하면 처형을 때린다고 한다. 그날 밤 나와 아내는 가난해도 의좋은 것이 더 행복하다는 이야기를 나눈다.

이틀 후 아내는 처형에게서 새 신을 선물 받고 기뻐한다. 그 모습을 보면서 나도 어서 출세해 호강시켜 주고 싶다고 말한다. 이 말에 상기된 아내는 곧 그렇게 될 것이라 힘주어 말한다. 나는 아내가 주는 위안과 원조를 새삼 느끼며 그를 부둥켜안았고, 그와 나의 눈에는 그렁그렁한 눈물이 넘쳐흐른다.

이 소설은 무명작가인 주인공이 경제적 궁핍으로 인해 아내와 겪는 갈등을 중심 내용으로 하고 있다. 하지만 그 갈등은 심각한 양상으로 전개되지 않고, 일상생활 속의 작은 사건들로 잔잔하게 표출되다가 행복한 화해의 결말로 해소된다.

　그런 가운데서도 주인공 부부와 대조되는 주변 인물들이 등장하여 물질적·정신적 가치의 대립을 뚜렷하게 드러낸다. 은행에 다니며 물가와 월급, 주식에 민감한 T, 그리고 남편에게 맞고 살면서도 부유한 생활에 만족하는 처형이 그들이다.

　작가는 나와 T, 아내와 처형의 대비를 통해 정신적 가치를 지향하는 삶의 태도를 옹호하면서, 동시에 식민지 사회의 모순 속에서 지식층이 궁핍한 삶을 살아갈 수밖에 없는 현실을 은연중에 비판하고 있다.

　이러한 내용에서 알 수 있듯, 이 작품은 소설가가 주인공으로 등장하여 1인칭 시점으로 신변의 소박한 일상사를 주로 다루는 특징을 보인다. 이런 점은 이 소설이 작가의 체험적 요소를 많이 담고 있는 자전적 고백 문학의 성격을 지님을 알려 준다.

　이와 함께 치밀하고 생생한 묘사가 돋보이는 사실주의적 성격도 이 작품의 특징으로 거론될 수 있다. 구체적으로 인물들의 자연스러운 감정과 심리 변화를 섬세하게 포착해 묘사함으로써, 자기 고백적 형식 속에서도 객관적이고 인상적인 작품 세계를 창조해 내고 있는 것이다.

．

빈처

1

"그것이 어째 없을까?"

아내가 장문을 열고 무엇을 찾더니 입안말로 중얼거린다.

"무엇이 없어?"

나는 우두커니 책상머리에 앉아서 책장만 뒤적뒤적하다가 물어보았다.

"모본단1 저고리가 하나 남았는데……."

"……."

나는 그만 묵묵하였다. 아내가 그것을 찾아 무엇 하려는 것을 앎이라. 오늘 밤에 옆집 할멈을 시켜 잡히려 하는 것이다.

이 2년 동안에 돈 한 푼 나는 데는 없고, 그대로 주리면 시장할 줄 알아 기구(器具)와 의복을 전당국2 창고(典當局 倉庫)에 들이밀거나 고물상 한구석에 세워 두고 돈을 얻어 오는 수밖에 없었다. 지금 아내가 하나 남은 모본단 저고리를 찾는 것도 아침거리를 장만하려 함이라.

---

1 모본단 : 비단의 하나. 정밀하게 짜였고 윤이 나며, 여러 가지 아름다운 무늬가 놓였다. 이불감이나 저고릿감으로 주로 쓰인다.

2 전당국 : 전당포. 물건을 잡고 돈을 빌려 주어 이익을 취하는 곳

나는 입맛을 쩍쩍 다시고 폈던 책을 덮으며 후— 한숨을 내쉬었다.

봄은 벌써 반이나 지났건마는 이슬을 실은 듯한 밤기운이 방구석으로부터 슬금슬금 기어 나와 사람에게 안기고 비가 오는 까닭인지 밤은 아직 깊지 않건만 인적조차 끊어지고 온 천지가 빈 듯이 고요한데 투닥투닥 떨어지는 빗소리가 한없는 구슬픈 생각을 자아낸다.

"빌어먹을 것 되는 대로 되어라."

나는 점점 견딜 수 없어 두 손으로 흐트러진 머리카락을 쓰다듬어 올리며 중얼거려 보았다. 이 말이 더욱 처량한 생각을 일으킨다. 나는 또 한 번, '후—' 한숨을 내쉬며 왼팔을 베고 책상에 쓰러지며 눈을 감았다.

이 순간에 오늘 지낸 일이 불현듯 생각이 난다.

늦게야 점심을 마치고 내가 막 궐련[卷煙]3 한 개를 피워 물 적에 한성은행(漢城銀行) 다니는 T가 공일4이라고 놀러 왔었다.

친척은 다 멀지 않게 살아도 가난한 꼴을 보이기도 싫고 찾아갈 적마다 무엇을 꿰어 내라고 조르지도 아니하였건만 행여나 무슨 구차한 소리를 할까 봐서 미리 방패막이를 하고 눈살을 찌푸리는 듯하여 나는 발을 끊고 따라서 찾아오는 이도 없었다. 다만 이 T는 촌수가 가까운 까닭인지 자주 우리를 방문하였다.

---

3 궐련 : 얇은 종이로 가늘고 길게 말아 놓은 담배
4 공일 : 일을 하지 않고 쉬는 날

그는 성실하고 공순하며 소소한 소사(小事)에 슬퍼하고 기뻐하는 인물이었다. 동년배(同年輩)인 우리 둘은 늘 친척 간에 비교(比較) 거리가 되었었다. 그리고 나의 평판이 항상 좋지 못했다.

"T는 돈을 알고 위인이 진실해서 그 애는 돈푼이나 모을 것이야! 그러나 K(내 이름)는 아무짝에도 못 쓸 놈이야. 그 잘난 언문(諺文)5 섞어서 무어라고 끄적거려 놓고 제 주제에 무슨 조선에 유명한 문학가가 된다니! 시러베아들6 놈!"

이것이 그네들의 평판이었다. 내가 문학인지 무엇인지 하는 소리가 까닭 없이 그네들의 비위에 틀린 것이다. 더군다나 나는 그네들의 생일이나 혹은 대사(大事) 때에 돈 한 푼 이렇다는 일이 없고 T는 소위 착실히 돈벌이를 하여 가지고 국수밥소래7나 보조를 하는 까닭이다.

"얼마 아니 되어 T는 잘살 것이고 K는 거지가 될 것이니 두고 보아!"

오촌 당숙은 이런 말씀까지 하였다 한다. 입 밖에는 아니 내어도 친부모 친형제까지라도 심중(心中)으로는 다 이렇게 생각할 것이다. 그래도 부모는 달라서 화가 나시면, "네가 그리하다가는 말경(末境)8에 비렁

---

5 언문 : 상말을 적는 문자라는 뜻으로, '한글'을 속되게 이르던 말

6 시러베아들 : 시러베자식. 실없는 사람을 낮잡아 이르는 말

7 밥소래 : 밥을 담는, 굽이 없는 접시 모양의 넓은 질그릇인 소래를 뜻한다. 여기서 '국수밥소래'란 이 소래에 담은 국수를 말한다. 예전에 생일이나 결혼 등의 잔치 때 친척이나 지인들이 돈 대신 음식으로 부조를 많이 했으며 국수가 그 대표적인 음식이었는데, 이를 가리키는 말이다.

8 말경 : 일생이 끝나 갈 무렵

뱅이가 되고 말 것이야."라고 꾸중은 하셔도, "사람이란 늦복[9] 모르느니라.", "그런 사람은 또 그렇게 되느니라." 하시는 것이 스스로 위로하는 말씀이고 또 며느리를 위로하는 말씀이었다. 이것을 보아도 하는 수 없는 놈이라고 단념(斷念)을 하시면서 그래도 잘되기를 바라시고 축원하시는 것을 알겠더라.

여하간 이만하면 T의 사람됨을 가히 알 수가 있다. 그러고 그가 우리 집에 올 것 같으면 지어서 쾌활하게 웃으며 힘써 자미스러운[10] 이야기를 하였다. 단둘이 고적(孤寂)하게[11] 그날그날을 보내는 우리에게는 더할 수 없이 반가웠었다.

오늘도 그가 활발하게 집에 쑥 들어오더니 신문지에 싼 기름한 것을 '이것 봐라' 하는 듯이 마루 위에 올려놓고 분주히 구두끈을 끄른다.

"이것은 무엇인가!"

나는 물어보았다.

"저— 제 처의 양산(洋傘)이야요. 쓰던 것이 벌써 다 낡았고 또 살이 부러졌다나요."

그는 구두를 벗고 마루에 올라서며 나오는 웃음을 참지 못하여 벙글벙글하면서 대답을 한다. 그는 나의 아내를 보며 돌연히,

---

9 늦복 : 나이가 꽤 들어서 누리게 되는 복
10 자미스럽다 : 재미스럽다. 아기자기하게 즐거운 기분이나 느낌이 있다.
11 고적하다 : 외롭고 쓸쓸하다.

"아주머니 좀 구경하시렵니까?"

하더니 싼 종이와 집을 벗기고 양산을 펴 보인다. 흰 비단 바탕에 두어 가지 매화를 수놓은 양산이었다.

 "검정이는 좋은 것이 많아도 너무 칙칙해 보이고…… 회색이나 누렁이는 하나도 그것이야 싫은 것이 없어서 이것을 산 걸요."

 그는 '이것보다 더 좋은 것을 살 수가 있나' 하는 뜻을 보이려고 애를 쓰며 이런 발명12까지 한다.

 "이것도 퍽 좋은데요."

 이런 칭찬을 하면서 양산을 펴 들고 이리저리 홀린 듯이 들여다보고 있는 아내의 눈에는, '나도 이런 것을 하나 가졌으면' 하는 생각이 역력(歷歷)히 보인다.

 나는 갑자기 불쾌한 생각이 와락 일어나서 방으로 들어오며 아내의 양산 보는 양을 빙그레 웃고 바라보고 있는 T에게,

 "여보게, 방에 들어오게그려. 우리 이야기나 하세."

 T는 따라 들어와 물가 폭등에 대한 이야기며 자기의 월급이 오른 이야기며 주권(株券)13을 몇 주 사두었더니 꽤 이익이 남았다든가 이번 각 은행 사무원 경기회(競技會)14에서 자기가 우월한 성적을 얻었다든가 이런

---

12 발명 : 죄나 잘못이 없음을 말하여 밝힘. 또는 그런 말
13 주권 : 주식. 주주의 출자에 대하여 내어주는 유가 증권
14 경기회 : 경기대회. 체육대회를 가리킨다.

것 저런 것 한참 이야기하다가 돌아갔었다.

　T를 보내고 책상을 향하여 짓던 소설의 결미(結尾)15를 생각하고 있을 즈음에,

　"여보!"

아내의 떠는 목소리가 바로 내 귀 곁에서 들린다. 핏기 없는 얼굴에 살짝 붉은빛이 돌며 어느 결에 내 곁에 바싹 다가앉았더라.

　"당신도 살 도리를 좀 하셔요."

　"……."

　나는 또 '시작하는구나' 하는 생각이 번개같이 머리에 번쩍이며 불쾌한 생각이 벌컥 일어난다. 그러나 무어라고 대답할 말이 없이 묵묵히 있었다.

　"우리도 남과 같이 살아 보아야지요!"

　아내가 T의 양산에 단단히 자극(刺戟)을 받은 것이다. 예술가의 처 노릇을 하려는 독특(獨特)한 결심이 있는 그는 좀처럼 이런 소리를 입 밖에 내지 아니하였다. 그러나 무엇에 상당한 자극만 받으면 참고 참았던 이런 소리를 하게 되는 것이다. 나도 이런 소리를 들을 적마다 '그럴 만도 하다'는 동정심이 없지 아니하나 심사가 어쩐지 좋지 못하였다. 이번에도 '그럴 만도 하다'는 동정심이 없지 아니하되 또한 불쾌한 생각을 억제키 어려웠다. 잠깐 있다가 불쾌한 빛을 드러내며,

　"급작스럽게 살 도리를 하라면 어찌할 수가 있소. 차차 될 때가 있겠지!"

---

15 결미 : 글이나 문서 따위의 끝부분

"아이구, 차차란 말씀 그만두구려, 어느 천 년에……."

아내의 얼굴에 붉은빛이 짙어지며 전에 없던 흥분한 어조로 이런 말까지 하였다. 자세히 보니 두 눈에 은은히 눈물이 괴었더라.

나는 잠시 멍멍하게 있었다. 성낸 불길이 치받쳐 올라온다. 나는 참을 수 없다.

"막벌이꾼한테 시집을 갈 것이지 누가 내게 시집을 오랬어! 저 따위가 예술가의 처가 다 뭐야!"

사나운 어조로 몰풍스럽게16 소리를 꽥 질렀다.

"에그……!"

살짝 얼굴빛이 변해지며 어이없이 나를 보더니 고개가 점점 수그러지며 한 방울 두 방울 방울방울 눈물이 장판 위에 떨어진다.

나는 이런 일을 가슴에 그리며 그래도 내일 아침거리를 장만하려고 옷을 찾는 아내의 심중을 생각해 보니, 말할 수 없는 슬픈 생각이 가을바람과 같이 설렁설렁 심골(心骨)17을 분지르는 것 같다.

쓸쓸한 빗소리는 굵었다 가늘었다 의연(依然)히 적적한 밤공기에 더욱 처량히 들리고 그을음 앉은 등피(燈皮)18 속에서 비추는 불빛은 구름에

---

16 몰풍스럽다 : 성격이나 태도가 정이 없고 냉랭하며 퉁명스러운 데가 있다.

17 심골 : 깊은 마음속

18 등피 : 등불이 꺼지지 않도록 바람을 막고 불빛을 밝게 하기 위하여 남포등에 씌우는 유리로 만든 물건. '남포등'이란 석유를 넣은 그릇의 심지에 불을 붙이고 유리로 만든 등피를 끼운 등을 말한다.

가린 달빛처럼 우는 듯 조는 듯 구차(苟且)히 얻어 산 몇 권 양책(洋冊)의 표제(表題) 금자[19]가 번쩍거린다.

2

장 앞에 초연히 서 있던 아내가 무엇이 생각났는지 고개를 끄덕끄덕하며 들릴 듯 말 듯 목 안의 소리로,

"으흐…… 옳지 참 그날……."

"찾었소!"

"아니야요, 벌써…… 저 인천(仁川) 사시는 형님이 오셨던 날……."

"……."

아내가 애써 찾던 그것도 벌써 전당포의 고운 먼지가 앉았구나! 종지 하나라도 차근차근 아랑곳하는 아내가 그것을 잡혔는지 아니 잡혔는지 모르는 것을 보면 빈곤(貧困)이 얼마나 그의 정신을 물어뜯었는지 가히 알겠다.

"……."

"……."

한참 동안 서로 아무 말이 없었다. 가슴이 어째 답답해지며 누구하고 싸움이나 좀 해보았으면 소리껏 고함이나 질러 보았으면 실컷 울어 보았으면 하는 일종 이상한 감정이 부글부글 피어오르며, 전신에 이가 스멀스멀 기어 다니는 듯 옷이 어째 몸에 끼여 견딜 수가 없다.

---

19 금자 : 금박을 올리거나 금빛 수실로 수를 놓거나 금물로 써서 금빛이 나는 글자

나는 이런 감정을 노골적으로 드러내며,

"점점 구차한 살림에 싫증이 나서 못 견디겠지?"

아내는 무엇을 생각하는지 모르게 정신을 잃고 섰다가 그 게슴츠레한 눈이 둥그레지며,

"네에? 어째서요?"

"무얼 그렇지!"

"싫은 생각은 조금도 없어요."

이렇게 말이 오락가락함을 따라 나는 흥분의 도(度)가 점점 짙어 간다. 그래서 아내가 떨리는 소리로,

"어째 그런 줄 아셔요?"

하고 반문할 적에,

"나를 숙맥(菽麥)으로 알우?"

라고, 격렬(激烈)하게 소리를 높였다.

아내는 살짝 분한 빛이 눈에 비치어 물끄러미 나를 들여다본다. 나는 괘씸하다는 듯이 흘겨보며,

"그러면 그것 모를까! 오늘날까지 잘 참아 오더니 인제는 점점 기색이 달라지는걸 뭐! 물론 그럴 만도 하지마는!"

이런 말을 하는 내 가슴에는 지난 일이 활동사진20 모양으로 얼른얼른 나타난다.

---

20 활동사진 : '영화'의 옛 용어

육 년 전에(그때 나는 십육 세이고 저는 십팔 세였다) 우리가 결혼한 지 얼마 아니 되어 지식에 목마른 나는 지식의 바닷물을 얻어 마시려고 표연히 집을 떠났었다. 광풍(狂風)에 나부끼는 버들잎 모양으로 오늘은 지나(支那)21, 내일은 일본으로 굴러다니다가 금전의 탓으로 지식의 바닷물도 흠씬 마셔 보지도 못하고 반거들충이22가 되어 집에 돌아오고 말았다. 내게 시집올 때에는 방글방글 피려는 꽃봉오리 같던 아내가 어느 결에 기울어 가는 꽃처럼 두 뺨에 선연(鮮妍)한23 빛이 스러지고 이마에는 벌써 두어 금 가는 줄이 그리어졌다.

처가 덕으로 집간24도 장만하고 세간25도 얻어 우리는 소위 살림을 하게 되었다. 처음에는 그럭저럭 지내었지마는 한 푼 나는 데 없는 살림이라 한 달 가고 두 달 갈수록 점점 곤란해질 따름이었다. 나는 보수(報酬) 없는 독서와 가치 없는 창작으로 해가 지고 날이 새며 쌀이 있는지 나무가 있는지 망연케 몰랐다. 그래도 때때로 맛있는 반찬이 상에 오르고 입은 옷이 과히 추하지 아니함은 전혀 아내의 힘이었다. 전들 무슨 벌이가 있으리요, 부끄럼을 무릅쓰고 친가에 가서 눈치를 보아 가며 구차한 소리를 하여 가지고 얻어 온 것이었다. 그것도 한 번 두 번

---

21 지나 : 중국의 다른 이름. 중국 왕조인 진(秦)에서 유래한 '차이나'의 음역어이다.
22 반거들충이 : 무엇을 배우다가 중도에 그만두어 다 이루지 못한 사람
23 선연하다 : 산뜻하고 아름답다.
24 집간 : 집칸. 칸수가 얼마 안 되거나 한두 칸의 칸살로 된 변변하지 못한 집
25 세간 : 집안 살림에 쓰는 온갖 물건

말이지 장구한 세월에 어찌 늘 그럴 수가 있으랴! 말경에는 아내가 가져온 세간과 의복에 손을 대는 수밖에 없었다. 잡히고 파는 것도 나는 알은체도 아니하였다. 그가 애를 쓰며 퉁명스러운 옆집 할멈에게 돈푼을 주고 시켰었다.

이런 고생을 하면서도 그는 나의 성공만 마음속으로 깊이깊이 믿고 빌었었다. 어느 때에는 내가 무엇을 짓다가 마음에 맞지 아니하여 쓰던 것을 집어 던지고 화를 낼 적에,

"왜 마음을 조급하게 잡수셔요! 저는 꼭 당신의 이름이 세상에 빛날 날이 있을 줄 믿어요. 우리가 이렇게 고생을 하는 것이 장래에 잘 될 근본이야요."

하고 그는 스스로 흥분되어 눈물을 흘리며 나를 위로한 적도 있었다.

내가 외국으로 돌아다닐 때에 소위 신풍조(新風潮)26에 띄어 까닭 없이 구식 여자가 싫어졌다. 그래서 나의 일찍이 장가든 것을 매우 후회하였다. 어떤 남학생과 어떤 여학생이 서로 연애를 주고받고 한다는 이야기를 들을 적마다 공연히 가슴이 뛰놀며 부럽기도 하고 비감(悲感)스럽기도27 하였었다.

그러나 낫살28이 들어갈수록 그런 생각도 없어지고 집에 돌아와 아

---

26 신풍조 : 새롭게 변하는 시대의 추세
27 비감스럽다 : 처량하고 슬픈 느낌이 있다.
28 낫살 : '나잇살'의 준말. 지긋한 나이를 낮잡아 이르는 말

내를 겪어 보니 의외에 그에게 따뜻한 맛과 순결한 맛을 발견하였다. 그의 사랑이야말로 이기적 사랑이 아니고 헌신적(獻身的) 사랑이었다. 이런 줄을 점점 깨닫게 될 때에 내 마음이 얼마나 행복스러웠으랴! 밤이 깊도록 다듬이를 하다가 그만 옷 입은 채로 쓰러져 곤하게 자는 그의 파리한 얼굴을 들여다보며,

"아아, 나에게 위안을 주고 원조를 주는 천사여!"

하고 감격이 극하여 눈물을 흘린 일도 있었다.

내가 알다시피 내가 별로 천품29은 없으나 어쨌든 무슨 저작가(著作家)30로 몸을 세워 보았으면 하여 나날이 창작과 독서에 전심력을 바쳤다. 물론 아직 남에게 인정(認定)될 가치는 없는 것이다. 그 영향으로 자연 일상생활이 말유(末由)하게31 되었다.

이런 곤란에 그는 근 이 년 견디어 왔건마는 나의 하는 일은 오히려 아무 보람이 없고 방 안에 놓였던 세간이 줄어 가고 장롱에 찼던 옷이 거의 다 없어졌을 뿐이다.

그 결과 그다지 견딜성 있던 저도 요사이 와서는 때때로 쓸데없는 탄식을 하게 되었다. 손잡이를 잡고 마루 끝에 우두커니 서서 하염없이 먼 산만 바라보기도 하며 바느질을 하다 말고 실심(失心)한32 사람 모양으

---

29 천품 : 타고난 기질과 성품

30 저작가 : 예술이나 학문에 관한 책이나 작품 따위를 짓는 일을 직업으로 삼는 사람

31 말유하다 : 가난해져 어려움을 겪는다는 뜻으로 이해됨.

32 실심하다 : 근심 걱정으로 맥이 빠지고 마음이 산란하여지다.

로 멍멍히 앉았기도 하였다. 창경(窓鏡)[33]으로 비치는 어스름한 햇빛에 나는 흔히 그의 눈물 머금은 근심 있는 눈을 발견하였다. 이럴 때에는 말할 수 없는 쓸쓸한 생각이 들며 일없이,

"마누라!"

하고 부르면 그는 몸을 흠칫하고 고개를 저리로 돌리어 치맛자락으로 눈물을 씻으며,

"네에?"

하고 울음에 떨리는 가는 대답을 한다. 나는 등에 찬물을 끼얹는 듯 몸이 으쓱해지며 처량한 생각이 싸늘하게 가슴에 흘렀었다. 그렇지 않아도 자비(自卑)[34]하기 쉬운 마음이 더욱 심해지며,

'내가 무자격한 탓이다.'

하고 스스로 멸시를 하고 나니 더욱 견딜 수 없다.

'그럴 만도 하다.'

는 동정심이 없지 아니하되 그래도 그만 불쾌한 생각이 일어나며,

'계집이란 할 수 없어.'

혼자 이런 불평을 중얼거리었다.

환등(幻燈)[35] 모양으로 하나씩 둘씩 이런 일이 가슴에 나타나니 무어

---

33 창경 : 창문에 단 유리
34 자비 : 스스로 자기 자신을 낮춤.
35 환등 : 그림이나 사진 또는 슬라이드 따위에 강한 빛을 비쳐 반사된 상을 렌즈로 확대하여 스크린에 비추는 장치

라고 말할 용기조차 없어졌다. 나의 유일의 신앙자(信仰者)36이고 위로자이던 저까지 인제는 나를 아니 믿게 되고 말았다.

그는 마음속으로,

'네가 육 년 동안 내 살을 깎고 저미었구나! 이 원수야!'

할 것이다. 이렇게 생각하매 그의 불같던 사랑까지 엷어져 가는 것 같았다. 아니 흔적도 없이 사라지고 만 것 같았다. 나는 감상적으로 허둥허둥하며,

"낸들 마누라를 고생시키고 싶어 시켰겠소! 비단옷도 해주고 싶고 좋은 양산도 사주고 싶어요! 그러길래 왼종일 쉬지 않고 공부를 아니 하우. 남 보기에는 편편히 노는 것 같아도 실상은 그렇지 안 해! 본들 모른단 말이요."

나는 점점 강한 가면(假面)을 벗고 약한 진상(眞相)을 드러내며 이와 같은 가소로운 변명까지 하였다.

"왼 세상 사람이 다 나를 비소(誹笑)37하고 모욕하여도 상관이 없지만 마누라까지 나를 아니 믿어 주면 어찌한단 말이요."

내 말에 스스로 자극이 되어 마침내,

"아아."

길이 탄식을 하고 그만 쓰러졌다. 이 순간에 고개를 숙이고 아마 하염없이 입술만 물어뜯고 있던 아내가 홀연,

---

36 신앙자 : 믿고 받드는 사람
37 비소 : 빈정거리거나 업신여기는 태도로 웃음.

"여보!"

울음소리를 떨면서 무너지는 듯이 내 얼굴에 쓰러진다.

"용서……."

하고는 북받쳐 나오는 울음에 말이 막히고 불덩이 같은 두 뺨이 내 얼굴을 누르며 흑흑 느끼어 운다. 그의 두 눈으로부터 샘솟듯 하는 눈물이 제 뺨과 내 뺨 사이를 따뜻하게 젖어 퍼진다.

내 눈에서도 눈물이 흘러내린다. 뒤숭숭하던 생각이 다 이 뜨거운 눈물에 봄눈 슬듯 스러지고 말았다.

한참 있다가 우리는 눈물을 씻었다. 내 속이 얼마큼 시원한 듯하였다.

"용서하여 주세요! 그렇게 생각하실 줄은 몰랐어요."

이런 말을 하는 아내는 눈물에 불어 오른 눈꺼풀을 아픈 듯이 꿈적거린다.

"암만 구차하기로니 싫증이야 날까요! 나는 한번 먹은 마음이 있는데……."

가만가만히 변명을 하는 아내의 눈물 흔적이 어룽어룽한 얼굴을 물끄러미 바라보며 겨우 심신이 가뜬하였다.

3

어제 일로 심신이 피곤하였던지 그 이튿날 늦게야 잠을 깨니 간밤에 오던 비는 어느 결에 그치었고 명랑한 햇발이 미닫이에 높았더라. 아내가 다시금 장문을 열고 잡힐 것을 찾을 즈음에 누가 중문을 열고 들어온다. 우리는 누군가 하고 귀를 기울일 적에 밖에서,

"아씨!"

하는 소리가 들렸다.

아내는 급히 방문을 열고 나갔다. 그는 처가에서 부리는 할멈이었다. 오늘이 장인 생신이라고 어서 오라는 말을 전한다.

"오늘이야! 참 옳지, 오늘이 이월 열엿새 날이지, 나는 깜빡 잊었어!"

"원 아씨는 딱도 하십니다. 어쩌면 아버님 생신을 잊으신단 말씀이요. 아무리 살림이 자미38가 나시더래도……."

시큰둥한 할멈은 선웃음39을 쳐가며 이런 소리를 한다.

가난한 살림에 골몰하느라고 자기 친부의 생신까지 잊었는가 하매 아내의 정지(情地)40가 더욱 측은하였다.

"오늘이 본가 아버님 생신이라요. 어서 오시라는데……."

"어서 가구려……."

"당신도 가셔야지요. 우리 같이 가셔요."

하고 아내는 하염없이 얼굴을 붉힌다.

나는 처가에 가기가 매우 싫었었다. 그러나 아니 가는 것도 내 도리가 아닐 듯하여 하는 수 없이 두루마기를 입었다.

아내는 머뭇머뭇하며 양미간을 보일 듯 말 듯 찡그리다가 곁눈으로

---

38 자미 : '재미'의 방언

39 선웃음 : 우습지도 않은데 억지로 꾸며 웃거나 남의 환심을 사려고 능청스럽게 웃는 웃음

40 정지 : 딱한 사정에 있는 불쌍한 처지

살짝 나를 엿보더니 돌아서서 급히 장문을 연다.

'흥, 입을 옷이 없어서 망설거리는구나.' 나도 슬쩍 돌아서며 생각하였다. 우리는 서로 등지고 섰건만 그래도 아내가 거의 다 빈 장 안을 들여다보며 입을 만한 옷이 없어 눈살을 찌푸린 양이 눈앞에 선연함을 어찌할 수가 없었다.

"자아, 가셔요."

무엇을 생각하는지 모르게 정신을 잃고 섰다가 아내의 부르는 소리를 듣고 나는 기계적으로 고개를 돌리었다. 아내는 당목옷41을 갈아입고 내 마음을 알았던지 나를 위로하는 듯이 방그레 웃는다. 나는 더욱 쓸쓸하였다.

우리 집은 천변 배다리42 곁에 있고 처가는 안국동에 있어 그 거리가 꽤 멀었다. 나는 천천히 가느라고 가고, 아내는 속히 오느라고 오건마는 그는 늘 뒤떨어졌었다. 내가 한참 가다가 뒤를 돌아보면 그는 늘 멀리 떨어져 나를 따라오려고 애를 쓰며 주춤주춤 걸어온다. 길가에 다니는 어느 여자를 보아도 거의 다 비단옷을 입고 고운 신을 신었는데 아내만 당목옷을 허술하게 차리고 청목당혜43로 타박타박 걸어오는 양이 나에

41 당목옷 : 두 가닥 이상의 가는 실을 되게 드려 한 가닥으로 꼬아 만든 무명실로 폭이 넓고 발이 곱게 짠 천으로 만든 옷
42 배다리 : 교각을 세우지 않고 널판을 걸쳐 놓은 나무다리. 여기서는 서울의 청계천에 놓여 있었던 배다리를 가리킨다.
43 청목당혜 : 예전에, 기름에 결은 가죽신의 하나. 흰 바탕이나 붉은 바탕에 푸른 무늬를 놓은 신으로, 주로 여자나 아이들이 신었다.

게 얼마나 애연(哀然)한44 생각을 일으켰는지!

한참 만에 나는 넓고 높은 처가 대문에 다다랐다. 내가 안으로 들어갈 적에 낯선 사람들이 나를 흘끔흘끔 본다. 그들의 눈에,

'이 사람이 누구인가. 아마 이 집 하인인가 보다.'

하는 경멸히 여기는 빛이 있는 것 같았다. 안 대청 가까이 들어오니 모두 내게 분분히 인사를 한다. 그 인사하는 소리가 내 귀에는 어째 비소하는 것 같기도 하고, 모욕하는 것 같기도 하여 공연히 가슴이 두근거리고 얼굴이 후끈거리었다.

그 중에 제일 내게 친숙하게 인사하는 사람이 있다. 그는 아내보다 삼년 맏이인 처형이었다. 내가 어려서 장가를 들었으므로 그때 그는 나를 못 견디게 시달렸다. 그때는 그가 싫기도 하고 밉기도 하더니 지금 와서는 그때 그러한 것이 도리어 우리를 무관하고45 정답게 만들었다. 그는 인천 사는데 자기 남편이 기미(期米)46를 하여 가지고 이번에 돈 십만 원이나 착실히 땄다 한다. 그는 자기의 잘사는 것을 자랑하고자 함인지 비단을 내리감고 치감고 얼굴에 부유한 태(態)가 질질 흐른다. 그러나 분으로 숨기려고 애쓴 보람도 없이 눈 위에 퍼렇게 멍든 것이 내 눈에 띄었다.

"왜 마누라는 어쩌고 혼자 오셔요!"

---

44 애연하다 : 슬픈 듯하다.

45 무관하다 : 무간하다. 서로 허물없이 가깝다.

46 기미 : 현물 없이 쌀을 팔고 사는 일. '미두'라고도 하는데, 실제 거래를 목적으로 하는 것이 아니고 쌀의 시세를 이용하여 약속으로만 거래하는 일종의 투기 행위이다.

그는 웃으며 이런 말을 하다가 중문편을 바라보더니,

"그러면 그렇지! 동부인 아니하고 오실라구!"

혼자 주고받고 한다.

나도 이 말을 듣고 슬쩍 돌아다보니 아내가 벌써 중문47 안에 들어섰더라. 그 수척한 얼굴이 더욱 수척해 보이며 눈물 괸 듯한 눈이 하염없이 웃는다. 나는 유심히 그와 아내를 번갈아 보았다. 처음 보는 사람은 분간을 못 하리만큼 그들의 얼굴은 혹사(酷似)하다48. 그런데 얼굴빛은 어쩌면 저렇게 틀리는지! 하나는 이글이글 만발한 꽃 같고, 하나는 시들시들 마른 낙엽 같다. 아내를 형이라 하고, 처형을 아우라 하였으면 아무라도 속을 것이다. 또 한 번 아내를 보며 말할 수 없는 쓸쓸한 생각이 다시금 가슴을 누른다.

딴 음식은 별로 먹지도 아니하고 못 먹는 술을 넉 잔이나 마시었다. 그래도 바늘방석에 앉은 것처럼 앉아 견딜 수가 없다. 집에 가려고 나는 몸을 일으켰다. 골치가 띵 하며 내가 선 방바닥이 마치 폭풍에 도도(滔滔)하는49 파도같이 높았다 낮았다 어질어질해서 곧 쓰러질 것 같다. 이 거동을 보고 장모가 황망(惶忙)히50 일어서며,

"술이 저렇게 취해 가지고 어데로 갈라구. 여기서 한잠 자고 가게."

나는 손을 내저으며,

---

47 중문 : 대문 안에 또 세운 문
48 혹사하다 : 아주 비슷하다.
49 도도하다 : 물이 그득 퍼져 흐르는 모양이 막힘이 없고 기운차다.
50 황망하다 : 마음이 몹시 급하여 당황하고 허둥지둥하는 면이 있다.

"아니에요. 집에 가겠어요."

취한 소리로 중얼거리었다.

"저를 어쩌나!"

장모는 걱정을 하시더니,

"할멈! 어서 인력거 한 채 불러 오게."

한다.

취중에도 인력거를 태우지 말고 그 인력거 삯을 나를 주었으면 책 한 권을 사보련만 하는 생각이 있었다. 인력거를 타고 얼마 아니 가서 그만 잠이 들고 말았다.

한참 자다가 잠을 깨어 보니 방 안에 벌써 남폿불[51]이 키었는데 아내 는 어느 결에 왔는지 외로이 앉아 바느질을 하고 화로에서는 무엇이 끓 는 소리가 보글보글하였다. 아내가 나의 잠 깬 것을 보더니 급히 화로에 얹은 것을 만져 보며,

"인제 그만 일어나 진지를 잡수셔요."

하고 부리나케 일어나 아랫목에 파묻어 둔 밥그릇을 꺼내어 미리 차려 둔 상에 얹어서 내 앞에 갖다 놓고 일변 화로를 당기어 더운 반찬을 집 어 얹으며,

"자아 어서 일어나셔요."

나는 마지못하여 하는 듯이 부시시 일어났다. 머리가 오히려 아프며 목

---

51 남폿불 : 남포등에 켜 놓은 불

이 몹시 말라서 국과 물을 연해 들이켰다.

"물만 잡수셔서 어째요. 진지를 좀 잡수셔야지."

아내는 이런 근심을 하며 밥상머리에 앉아서 고기도 뜯어 주고 생선 뼈도 추려 주었다. 이것은 다 오늘 처가에서 가져온 것이다. 나는 맛나게 밥 한 그릇을 다 먹었다. 내 밥상이 나매 아내가 밥을 먹기 시작한다. 그러면 지금껏 내 잠 깨기를 기다리고 밥을 먹지 아니하였구나 하고 오늘 처가에서 본 일을 생각하였다. 어제 일이 있은 후로 우리 사이에 무슨 벽이 생긴 듯하던 것이 그 벽이 점점 엷어져 가는 듯하며 가엾고 사랑스러운 생각이 일어났었다. 그래서 우리는 정답게 이런 이야기 저런 이야기를 하게 되었다. 우리의 이야기는 오늘 장인 생신 잔치로부터 처형 눈 위에 멍든 것에 옮겨 갔다.

처형의 남편이 이번 그 돈을 딴 뒤로는 주야 요리점과 기생집에 돌아다니더니 일전에 어떤 기생을 얻어 가지고 미쳐 날뛰며 집에만 들면 집안사람을 들볶고 걸핏하면 처형을 친다 한다. 이번에도 별로 대단치 않은 일에 처형에게 밥상으로 냅다 갈겨 바로 눈 위에 그렇게 멍이 들었다 한다.

"그것 보아. 돈푼이나 있으면 다 그런 것이야."

"정말 그래요. 없으면 없는 대로 살아도 의좋게 지내는 것이 행복이야요."

아내는 충심(衷心)으로 공명(共鳴)해[52] 주었다.

---

52 공명하다 : 남의 사상이나 감정, 행동 따위에 공감해 자기도 그와 같이 따르려 하다.

이 말을 들으매 내 마음은 말할 수 없이 만족해지며 무슨 승리자나 된 듯이 득의양양하였다.

그리고 마음속으로,

'옳다, 그렇다. 이렇게 지내는 것이 행복이다.'

하였다.

4

이틀 뒤 해 어스름에 처형은 우리 집에 놀러 왔었다. 마침 내가 정신없이 무엇을 생각하고 있을 즈음에 쓸쓸하게 닫혀 있는 중문이 찌긋둥하며 비단옷 소리가 사으락사으락 들리더니 아랫목은 내게 빼앗기고 윗목에 바느질을 하고 있던 아내가 문을 열고 나간다.

"아이고, 형님 오셔요."

아내의 인사하는 소리가 들리더니 처형이 계집 하인에게 무엇을 들리고 들어온다.

나도 반갑게 인사를 하였다.

"그날 매우 욕을 보셨지요. 못 잡숫는 술을 무슨 짝에 그렇게 잡수셔요."

그는 이런 인사를 하다가 급작스럽게 계집 하인이 든 것을 빼앗더니 그 속에서 신문지로 싼 것을 끄집어내어 아내를 주며,

"내 신 사는데 네 신도 한 켤레 샀다. 그날 청목당혜를⋯⋯."

말을 하려다가 나를 곁눈으로 흘끗 보고 그만 입을 닫친다.

"그것을 왜 또 사셨어요."

해쓱한 얼굴에 꽃물을 들이며 아내가 치사하는[53] 것도 들은 체 만 체하고 처형은 또 이야기를 시작한다.

"올 적에 사랑양반을 졸라서 돈 백 원을 얻었겠지. 그래서 오늘 종로에 나와서 옷감도 바꾸고 신도 사고……."

그는 자랑과 기쁨의 빛이 얼굴에 퍼지며 싼 보를 끌러,

"이런 것이야!"

하고 우리 앞에 펼쳐 놓는다.

자세히는 모르나 여하간 값 많은 품 좋은 비단일 듯하다. 무늬 없는 것, 무늬 있는 것, 회색, 옥색, 초록색, 분홍색이 갖가지로 윤이 흐르며 색색이 빛이 나서 나는 한참 황홀하였다. 무슨 칭찬을 해야 되겠다 싶어서,

"참 좋은 것인데요."

이런 말을 하다가 나는 또 쓸쓸한 생각이 일어난다. 저것을 보는 아내의 심중이 어떠할까? 하는 의문이 문득 일어남이라.

"모다 좋은 것만 골라 샀습니다그려."

아내는 인사를 차리느라고 이런 칭찬은 하나마 별로 부러워하는 기색이 없다.

나는 적이 의외의 감이 있었다.

처형은 자기 남편의 흉을 보기 시작하였다. 그 밉살스럽다는 둥 그 추

---

53 치사하다 : 고맙고 감사하다는 뜻을 표시하다.

근추근하다54는 둥 말끝마다 자기 남편의 불미한55 점을 들다가 문득 이야기를 끊고 일어선다.

"왜 벌써 가시려고 하셔요. 모처럼 오셨다가 반찬은 없어도 저녁이나 잡수셔요."

하고 아내가 만류를 하니,

"아니 곧 가야지. 오늘 저녁차로 떠날 것이니까 가서 짐을 매어야지. 아직 차 시간이 멀었어? 아니 그래도 정거장에 일찍이 나가야지 만일 기차를 놓치면 오죽 기다리실라구. 벌써 오늘 저녁차로 간다고 편지까지 했는데……."

재삼 만류함도 돌아보지 아니하고 그는 홀홀히 나간다. 우리는 그를 보내고 방에 들어왔다.

나는 웃으며 아내에게,

"그까짓 것이 기다리는데 그다지 급급히 갈 것이 무엇이야."

아내는 하염없이 웃을 뿐이었다.

"그래도 옷감 바꿀 돈을 주었으니 기다리는 것이 애처롭기는 하겠지."

밉살스러우니 추근추근하니 하여도 물질의 만족만 얻으면 그것으로 위로하고 기뻐하는 그의 생활이 참 가련하다 하였다.

"참, 그런가 보아요."

---

54 추근추근하다 : 귀찮을 정도로 몹시 질기거나 조르거나 괴롭히는 데가 있다.
55 불미하다 : 아름답지 못하고 추잡하다.

아내도 웃으며 내 말을 받는다. 이때에 처형이 사준 신이 그의 눈에 띄었는지 (혹은 나를 꺼려 보고 싶은 것을 참았는지 모르나) 그것을 집어 들고 조심조심 펴보려다가 말고 머뭇머뭇한다. 그 속에 그를 해케 할 무슨 위험품이나 든 것같이.

"어서 펴보구려."

아내가 하도 머뭇머뭇하기로 보다 못하여 내가 재촉[催促]을 하였다.

아내는 이 말을 듣더니,

'작히56 좋으랴.'

하는 듯이 활발하게 싼 신문지를 헤친다.

"퍽 이쁜 걸요."

그는 근일에 드문 기쁜 소리를 치며 방바닥 위에 사뿐 내려놓고 버선을 당기며 곱게 신어 본다.

"어쩌면 이렇게 맞어요!"

연해연방57 감탄사를 부르짖는 그의 얼굴에 흔연한58 희색59이 넘쳐흐른다.

"……."

묵묵히 아내의 기뻐하는 양을 보고 있는 나는 또다시,

---

56 작히 : 주로 감탄문이나 수사 의문문에 쓰여, 그 정도가 대단하다는 뜻을 나타내는 말
57 연해연방 : 끊임없이 잇달아서 자꾸
58 흔연하다 : 기쁘거나 반가워 기분이 좋다.
59 희색 : 기뻐하는 얼굴빛

'여자란 할 수 없어!'

하는 생각이 들며,

'조심하였을 따름이다!'

하매 밤빛 같은 검은 그림자가 가슴을 어둡게 하였다.

그러면 아까 처형의 옷감을 볼 적에도 물론 마음속으로는 부러워하였을 것이다. 다만 표면에 드러내지 않았을 따름이다. 겨우,

"어서 펴보구려."

하는 한마디에 가슴에 숨겼던 생각을 속임 없이 나타내는구나 하였다. 내가 무엇을 생각하고 있는지 저는 모르고 새 신 신은 발을 조금 쳐들며,

"신 모양이 어때요."

"매우 이뻐!"

겉으로는 좋은 듯이 대답을 하였으나 마음은 쓸쓸하였다. 내가 제게 신 한 켤레를 사주지 못하여 남에게 얻은 것으로 만족하고 기뻐하는도다…….

웬일인지 이번에는 그만 불쾌한 생각이 일어나지 아니하였다. 처형이 동서(同壻)를 밀다거니 무엇이니 하면서도 기차를 놓치면 남편이 기다릴까 염려하여 급히 가던 것이 생각난다. 그것을 미루어 아내의 심사도 알 수가 있다. 부득이한 경우라 하릴없이 정신적 행복에만 만족하려고 애를 쓰지마는 기실(其實)[60] 부족한 것이다. 다만 참을 따름

60 기실 : 실제에 있어서

이다. 그것은 내가 생각해야 된다. 이런 생각을 하니 전날 아내에게 그런 말을 한 것이 후회가 난다.

'어느 때라도 제 은공을 갚아 줄 날이 있겠지!'

나는 마음을 좀 너그럽게 먹고 이런 생각을 하며 아내를 보았다.

"나도 어서 출세를 하여 비단신 한 켤레쯤은 사주게 되었으면 좋으련만……."

아내가 이런 말을 듣기는 참 처음이다.

"네에?"

아내는 제 귀를 못 미더워하는 듯이 의아(疑訝)한 눈으로 나를 보더니 얼굴에 살짝 열기가 오르며,

"얼마 안 되어 그렇게 될 것이야요!"

라고 힘 있게 말하였다.

"정말 그럴 것 같소?"

나는 약간 흥분하여 반문하였다.

"그러문요, 그렇고말고요."

아직 아무도 인정해 주지 않은 무명작가인 나를 다만 저 하나가 깊이깊이 인정해 준다. 그러기에 그 강한 물질에 대한 본능적 요구도 참아가며 오늘날까지 몹시 눈살을 찌푸리지 아니하고 나를 도와준 것이다.

'아아, 나에게 위안을 주고 원조를 주는 천사여!'

마음속으로 이렇게 부르짖으며 두 팔로 덤썩 아내의 허리를 잡아 내 가슴에 바싹 안았다. 그다음 순간에는 뜨거운 두 입술이…….

그의 눈에도, 나의 눈에도 그렁그렁한 눈물이 물 끓듯 넘쳐흐른다.

선생님이 들려주는 그 시절 이야기

태환 : 안녕하세요, 선생님. 저희가 오늘은 현진건의 「빈처」를 읽고 왔
어요. 이 작품에 관한 얘기를 들려주세요.

선생님 : 알았어. 함께 이야기해 보자꾸나. 우선 작품을 읽은 소감부터 들
어볼까?

태환 : 가난한 소설가 부부 이야기인데, 경제적으로 빈곤해서 힘들어하
고 갈등하기도 하지만 결말이 해피엔딩이어서 좋았어요.

서연 : 저도요. 물질보다는 정신적인 행복을 추구하는 부부가 결국에는
서로 더 이해하고 사랑하는 결말로 끝나서 흐뭇했어요.

선생님 : 그래, 그렇게 느낄 만하겠구나. 현대소설에서는 비극적인 결말
이 많은데, 이 작품은 사랑과 화해의 결말을 보여주니까. 그렇
다고 이 부부의 현실적인 문제인 가난이 해결된 건 아니지만 말
이다. 그 밖에 또 어떤 점을 느꼈니?

서연 : 저는 작품 속 상황이나 인물들의 심리가 실감 나게 그려진 점이
기억에 남아요.

선생님 : 자세히 말해 보렴.

서연 : 작품 속 이야기가 심각한 사건들은 아니고 그냥 일상 속에서 일
어나는 작은 일들을 다루는데, 그 상황들이 친근하고 사실적으
로 다가왔어요.

그리고 인물들의 감정이나 심리도 자연스럽고 생생하게 느껴졌
어요. 가령 주인공이 아내의 불평에 대해 그럴 만하다고 생각
하면서도 발끈해서 화를 내는 거라든지, 처가에서 처형과 비교
되는 아내의 초라한 모습을 보며 스스로 쓸쓸한 감정에 젖는
것 등이 그랬어요.

또 결말 장면에서 서두의 양산 사건에서 역정을 낸 것과는 달
리, 새 신을 선물 받고 좋아하는 아내를 보며 진심으로 이해하
고 고마움과 사랑을 표현하는 장면도 그럴 듯하게 느껴지며 공
감이 됐어요.

선생님 : 작품을 공감하면서 꼼꼼히 잘 읽었구나. 인물들의 심리를 섬세
하게 묘사하면서 사실주의적 성격을 보여주는 것이 이 작품의
특징이라고 할 수 있지.

이런 점은 문학사적으로 큰 평가를 받는 부분이기도 하단다.
이 작품은 1921년에 발표되었는데, 이때는 낭만주의, 사실주의,
자연주의 등 서구의 여러 가지 문예사조가 들어오고 우리나라
의 근대문학이 본격적으로 정립되어 가던 시기였어.

소설 장르에서는 개화기의 신소설과 1910년대의 계몽주의 소설
의 흐름을 이어, 현대소설의 다양한 경향과 기법이 실험되며
발전해 가고 있었지. 특히 섬세한 묘사와 치밀한 구성을 기본
으로 하는 단편소설 양식이 정착되던 시기였는데, 이 소설은
그런 과정을 이끈 작품의 하나로 평가받는단다.

서연 : 네, 알겠습니다.

태환 : 그런데 저는 이 작품을 읽으면서 작가가 자기의 실제 체험을 옮긴 건 아닌가 하는 생각이 들었어요.

선생님: 왜 그렇게 느꼈니?

태환 : 소설가가 주인공이자 화자로 나와서 평범한 일상생활 속 자잘한 이야기를 하고 있는 점이 그랬어요. 심각하고 극적인 사건을 상상력으로 꾸며냈다기보다는 자기 이야기를 풀어놓는다는 느낌이 강했어요.

선생님: 그래, 네 말대로 이 소설은 작가의 직접 체험이 많이 반영된 작품이라 할 수 있어. 이런 소설을 '자전적 소설'이라고 부른단다.

태환 : 좀 더 자세히 설명해 주세요.

선생님: 자전적 소설은 작가가 자기 생애나 체험을 소재로 쓴 소설을 가리키는 말이다. 그런 만큼 작가 개인의 구체적인 경험이 들어 있는 경우가 많지.

이 작품의 경우, 주인공이 무명작가로 나오잖니? 이 작품을 지을 때 현진건 소설가의 처지가 그랬어. 그는 1920년 『개벽』에 첫 단편 「희생화」를 발표하면서 문단에 등장했지. 하지만 그 작품은 완성도가 다소 떨어지는 습작이어서 당시에 혹평을 듣고 주목받지 못했단다.

이 「빈처」라는 소설은 이듬해인 1921년 1월에 발표된 건데, 그의 두 번째 단편이지. 그는 이 작품으로 비로소 실력을 인정받고 소설가로서 입지를 굳혔어. 그러니까 이 작품은 작가가 실제로 아직 무명이던 시절에 자기 처지와 생활을 소재로 삼아 쓴 거라고 볼 수 있지.

서연 : 그랬군요. 그러면 또 어떤 내용이 작가의 체험을 담고 있나요?

선생님 : 작품 속에서 주인공이 중국과 일본으로 유학을 갔지만 경제적 문제로 학업을 마치지 못하고 돌아왔다는 내용이 있지? 작가의 생애를 살펴보면, 이것도 실제 체험과 일치하는 내용이라는 걸 알 수 있어.

태환 : 그러면 작품 속 이야기처럼 실제로 그렇게 가난했나요? 제목부터 '빈처'지만 주인공 부부는 정말 가난하다고 생각했어요. 아내가 시집 올 때 가지고 온 가구와 옷들을 전당포에 맡기면서 생활비를 마련하잖아요.

선생님 : 글쎄, 기록이 없어서 당시에 작가가 정말로 그렇게까지 가난했는지에 대해서는 확실히 알기 어렵구나. 하지만 당시 작가가 직업이 없는 상태에서 습작을 하고 있었으니까 가난했던 것은 사실이었을 거 같다.

그런데 이런 점을 덧붙여 이야기하고 싶구나. 자전적 소설이 작가의 체험을 소재로 삼기는 하지만, 그걸 그대로 옮기는 것은 아니라는 거야.

작가가 창작 의도와 목적에 따라 자기 경험의 일부분을 생략하거나 축소하고, 때로는 확대하거나 변형해서 작품을 창작하는 걸로 이해해야 한다.

가령 이 작품에서 주인공 부부와 대조적인 인물들이 나오지? 부부가 가난하면서도 정신적인 가치를 지향하는 데 비해 물질적인 것을 중시하는 인물들 말이야.

서연 : 은행에 다닌다는 친척 T와 아내의 언니인 처형 말씀이지요?

선생님 : 그래, 맞아. 둘 다 물질적 가치를 좇는다는 공통점을 보여주지. T는 평소 물가와 월급에 관심이 많으며 주식으로 이익을 보고, 처형은 남편이 쌀 투기로 큰돈을 번 걸로 나오잖니?

실제 이런 인물들이 작가 주변에 있었는지는 잘 모르겠다. 작품 속에서 주인공 부부와 뚜렷하게 대비되고 있어서 가공의 인물일 가능성이 더 클 거 같아.

그런데 어떤 경우든 사실 그건 전혀 문제가 아니란다. 이런 인물들이 작품 속에서 어떤 역할을 하고, 어떤 의미를 나타내는지가 중요한 거지.

서연 : 그러니까 작가는 이런 가치관의 대립을 통해 세속적인 삶보다는 정신적 가치를 추구하는 삶의 태도를 강조해서 보여주었다는 말씀이죠?

선생님 : 그래. 맞아. 그와 더불어 식민지 사회에서 현실에 영합하지 않으면 소외될 수밖에 없는 지식인과 예술가의 현실을 드러내려는 의도도 있었다고 할 수 있지. 그게 작가가 진정으로 다루고 싶었던 문제이고 주제 의식 아니겠니?

어쨌든 다시 말하지만 자전적 소설도 소설이니만치 일기나 수필과는 근본적으로 성격이 다른 거란다. 체험적 요소가 많이 반영된다고 해도, 그건 어디까지나 꾸며 낸 이야기인 허구라는 걸 이해해야 한다는 말이다.

반대의 관점에서 말하자면, 정도의 차이가 있지만 모든 소설은 자전적인 요소를 포함한다고도 할 수 있어. 소설가가 순전히 상상력만으로 작품을 창작하는 것은 아니기 때문이야. 어떤 식으로든 작가가 관찰하고 체험한 바를 변형하고 재구성해서 이야기를 꾸며내는 거지.

결국 자전적 소설이란 서사적 이야기를 구성하는 하나의 방식일 뿐이야. 그것 자체가 작품으로서의 가치를 결정하지는 않는단다.

태환 : 네, 알겠습니다. 선생님 말씀을 듣고 자전적 소설에 대해 잘 이해하게 됐어요.

서연 : 오늘도 좋은 말씀 감사합니다!

토속적이고 신비스러운
운명론적 세계

김동리 「무녀도」 / 김동리 「역마」

토속적인 소재를 통해 한국인의 전통적인 의식 세계를 그려낸
작품들이다. 재래의 무속 신앙과 운명관에 관한 이야기가 인상 깊게
펼쳐지며 운명론적 세계관을 보여주고 있다.

무녀도

김동리(1913~1995)

작가 소개

김동리는 경상북도 경주에서 태어났다. 경주 제일교회의 부설학교를 거쳐 대구 계성중학에서 2년간 공부한 후, 서울 경신중학교에 진학하였다. 그러나 가정 형편으로 4학년 때 중퇴하고, 이후에는 혼자 철학과 동양고전, 세계문학 등을 탐독하며 작가 수업을 하였다.

그는 1934년 등단하여 왕성한 작품 활동을 보였으나, 일제 말기에는 낙향해서 지냈다. 해방 후에는 조선청년문학가협회의 회장으로 활동했고, 서라벌예술대학의 교수와 중앙대학교 예술대학장을 지냈다. 이후 여러 문예 단체의 대표를 역임하며 창작과 문단 활동을 활발히 펼치다가 1995년 사망하였다.

김동리는 1934년 『조선일보』 신춘문예에 시 「백로」가 입선되어 시인으로 등단하였다. 그러나 이듬해에 단편소설 「화랑의 후예」가 『중앙일보』 신춘문예에 당선되고, 1936년에 다시 단편 「산화」가 『동아일보』 신춘문예에 당선된 후 소설가로서 본격적인 작가의 길을 걸었다.

그는 등단 직후부터 「무녀도」, 「바위」, 「황토기」 등의 문제작을 잇달아 발표하며, 1930년대 후반 가장 주목받는 신세대 작가로 떠올랐다. 이들 초기 대표작에서 그는 한국의 전통적인 토착 신앙과 설화를 제재로 초월적이고 운명론적인 의미를 탐구하는 작품 세계를 선보였다.

좌·우익이 대립하던 해방 직후에는 좌익 문단에 맞서는 우익 문학 단체인 조선청년문학가협회의 결성에 앞장서고 초대 회장을 역임하였다. 또 이 시기 「순수문학의 진의」, 「순수문학과 제3세계관」, 「민족문학론」 등의 평론을 발표하며 민족주의적 순수문학을 옹호하는 이론가로도 활약하였다.

해방에서 한국전쟁으로 이어지는 혼란기에는 시대 현실을 반영한 작품들을 다수 발표하였다. 해방 직후 주택난으로 방공호에서 생활하는 사람들을 그린 「혈거부족」, 전쟁 시기의 흥남 철수 사건이나 피난지 부산에서의 실향민과 문인들의 삶을 그린 「흥남철수」, 「실존무」, 「밀다원 시대」 등이 그것이다.

그러나 김동리 문학의 근간은 현실 문제를 천착하는 것보다는 종교적인 차원에서 삶의 근원적 의미를 탐구하는 데 있었다. 불교적인 내용으로 인간적 고뇌와 구원의 문제를 다룬 「등신불」이나 기독교적 소재를 통해 지상과 천상의 질서를 대립시키는 장편 『사반의 십자가』 등이 이를 잘 보여준다.

그의 작품 세계는 초기에는 한국의 토속적 세계를 주조로 하다가 후기로 가면서 보다 보편적이고 세계적인 것으로 확대되는 양상을 보인다. 그러나 그 밑바탕에는 근원적이고 종교적인 차원에서 인간 존재와 삶의 의미를 탐구하려는 지향이 일관되게 흐르고 있었다고 할 수 있다.

작품 해설

이 소설은 개화기를 배경으로 무녀와 그 아들이 신앙의 대립으로 파국에 이르는 이야기를 통해, 전통문화와 외래문화의 충돌이 빚어낸 비극을 그린 작품이다.

깊은 밤 강가의 모랫벌에서 춤을 추는 무녀를 그린 그림이 집안에 전해진다. 할아버지 생전에 한 나그네가 데리고 온 귀머거리 소녀가 그린 작품이라 한다. '내'가 전해 들은 사연은 이렇다.

모화는 세상 만물에 귀신이 있다고 믿는 무당이다. 그녀는 그림을 잘 그리는 귀머거리 딸 낭이와 함께 살아간다. 그러던 중 어린 시절 집을 떠나 소식이 없던 아들 욱이가 표연히 돌아온다.

모화는 눈물을 흘리며 반가워하지만, 그가 예수교를 믿는다는 말에 놀란다. 그녀는 아들에게 잡귀가 붙었다고 믿고, 욱이 역시 어머니가 사귀들렸다고 생각한다. 그들은 각자의 신앙대로 굿과 기도로 상대를 고치려 한다.

그러던 어느날 모화는 성경을 불태우다가 이를 막으려는 욱이를 칼로 찌른다. 상처 입은 욱이는 모화의 지극한 간호에도 불구하고 끝내 숨지고 만다. 그 후 모화는 물에 빠져 죽은 여인의 혼백을 건지는 굿을 벌이고, 그 굿판에서 물속으로 걸어 들어가 사라진다. 홀로 남겨진 낭이는 아버지를 따라 마을을 떠난다.

이 작품의 사건은 모화와 욱이의 갈등을 중심으로 전개된다. 이들은 서로 애틋한 육친의 정을 느끼면서도 융화될 수 없는 대립을 보인다. 개화기의 시대적 배경 속에서, 이들의 대립은 토착적인 샤머니즘과 서구적인 기독교의 충돌을 상징한다.

이러한 충돌에서 결국 승리하는 것은 서구적인 외래문화와 세계관이다. 물론 작품 속에서 모자 모두 비극적인 죽음에 이른다. 하지만 욱이의 죽음은 교회의 설립과 번성이라는 결과를 낳지만, 모화의 죽음은 그 자체로 토속신앙의 몰락을 나타낼 뿐이다.

그렇다고 이 작품이 변화의 와중에 전통문화가 몰락해 간 사실에 초점을 맞추고 있는 것은 아니다. 작가는 토착 문화의 상징인 모화의 범신론적 세계관을 상세히 묘사하고, 그녀가 소멸의 시대적 흐름 속에서도 자기 세계를 고수하며 죽음에 이르는 모습을 인상적으로 그려내고 있다.

하지만 여기서 더 중요한 것은 세계관의 충돌이나 대결의 승패를 떠나, 그 밑바탕에 작용하는 초월적인 힘으로 보인다. 모화가 혈육을 죽게 만들고 스스로도 죽음을 맞게 되는 것은 개인의 선택이나 의지를 넘어선 일로 그려지기 때문이다.

이런 점은 작가의 의도가 종교적 충돌의 과정을 현실적이고 역사적인 차원에서 조명하기보다는 초월적이고 운명론적인 관점에서 탐구하는 데 있음을 알게 해 준다. 작품 세계가 신비적이고 허무적인 색채를 띠는 것은 이 때문이라 할 수 있다.

무녀도

1.

뒤에 물러 누운 어둑어둑한 산, 앞으로 폭이 넓게 흐르는 검은 강물, 산마루로 들판으로 검은 강물 위로 모두 쏟아져 내릴 듯한 파아란 별들, 바야흐로 숨이 고비에 찬, 이슥한1 밤중이다. 강가 모랫벌2에 큰 차일3을 치고, 차일 속엔 마을 여인들이 자욱이 앉아 무당의 시나위4 가락에 취해 있다. 그녀들의 얼굴들은 분명히 슬픈 흥분과 새벽이 가까워 온 듯한 피곤에 젖어 있다. 무당은 바야흐로 청승에 자지러져 뼈도 살도 없는 혼령으로 화한 듯 가벼이 쾌자5자락을 날리며 돌아간다…….

이 그림이 그려진 것은 아버지가 장가를 들던 해라 하니, 나는 아직 세상에 태어나기도 이전의 일이다. 우리 집은 옛날의 소위 유서 있는 가문으로, 재산과 문벌6로도 떨쳤지만, 글 하는 선비란 것도 우글거렸고, 특히 진귀한 서화7와 골동품으로써는 나라 안에서 손꼽힐 만큼 높이 일

---

1 이슥하다 : 밤이 꽤 깊다.
2 모랫벌 : 모래벌판. 모래가 덮여 있는 벌판
3 차일 : 주로 햇볕을 가리기 위하여 치는 장막
4 시나위 : 굿거리, 살풀이 따위의 무속 음악
5 쾌자 : 깃과 소매, 앞섶이 없고 양옆 솔기의 끝과 뒤 솔기의 허리 아래가 터진 옷
6 문벌 : 대대로 이어 내려오는 가문의 사회적 신분이나 지위
7 서화 : 글씨와 그림을 아울러 이르는 말

컬어졌었다. 그리고 이 서화와 골동품을 즐기는 취미는 아버지에서 다시 손자로 대대 가산과 함께 물려져 내려오는 가풍이기도 했다.

우리 집 살림이 탁방난8 것은 아버지 때였으나, 그 즈음만 해도 아직 옛날과 다름없이 할아버지께서는 사랑에서 나그네를 겪으셨고, 그러자니 시인묵객(詩人墨客)9들이 끊일 새 없이 찾아들곤 하였다. 그 무렵이라한다. 온종일 흙바람이 불어 뜰 앞엔 살구꽃이 터져 나오는 어느 봄날어스름 때였다. 색다른 나그네가 대문 앞에 닿았다. 동저고리10 바람에패랭이11를 쓰고 그 위에 명주 수건을 잘라 맨, 나이 한 쉰 가까이 되어뵈는, 체수12도 조그만 사내가 나귀 고삐를 잡고서, 나귀에는 열예닐곱쯤 나 뵈는, 낯빛이 몹시 파리한 소녀 하나가 안장 위에 앉아 있었다.남자 하인과 그 상전의 따님 같아도 보였다.

그러나 이튿날 그 사내는,

"이 여아는 소인의 여식이옵는데, 그림 솜씨가 놀랍다 하기에 대감의문전13을 찾았삽내다."

소녀는 흰옷을 입었었고, 옷 빛보다 더 새하얀 그녀의 얼굴엔 깊이 모

---

8 탁방나다 : 일이 되고 안 되는 것이 드러나서 아주 끝나다.
9 시인묵객 : 시인과 묵객. '묵객'은 붓과 먹으로 글씨를 쓰거나 그림을 그리는 사람을 말한다.
10 동저고리 : 남자가 입는 저고리
11 패랭이 : 대를 쪼개서 가늘게 깎은 도막들을 엮어 만든 갓. 조선 시대에는 역졸, 보부상 같은 신분이 낮은 사람이나 부모의 상을 치르는 상제가 썼다.
12 체수 : 몸의 크기
13 문전 : 문의 앞

를 슬픔이 서리어 있었다.

"아기의 이름은?"

"……."

"나이는?"

"……."

주인이 소녀에게 말을 건네 보았었으나, 소녀는 굵은 두 눈으로 한 번 그를 바라보았을 뿐 입을 떼려고 하지는 않았다.

아비가 대신 입을 열어,

"여식의 이름은 낭이(琅伊), 나이는 열일곱 살이옵고……." 하더니, 목소리를 더 낮추며,

"여식은 가는귀14가 좀 먹었습니다." 했다.

주인도 이번에는 고개를 끄덕였다. 그러고는 사내를 보고, 며칠이든지 묵으며 소녀의 그림 솜씨를 보여 달라고 했다. 그들 아비, 딸은 달포15 동안이나 머물러 있으며, 그림도 그리고 자기네의 지난 이야기도 자세히 하소연했다고 한다. 할아버지께서는 그들이 떠나는 날에, 이 불행한 아비, 딸을 위하여 값진 비단과 충분한 노자16를 아끼지 않았으나, 나귀 위에 앉은 가련한 소녀의 얼굴에는 올 때와 조금도 다름없는 처절한 슬픔이 서리어

---

14 가는귀 : 작은 소리까지 듣는 귀. 또는 그런 귀의 능력
15 달포 : 한 달 조금 넘는 동안
16 노자 : 여행에 드는 비용

있었을 뿐이라고 한다.

……소녀가 남기고 간 그림─이것을 할아버지께서는 '무녀도'라 불렀지만─과 함께 내가 할아버지로부터 전해 들은 이야기는 다음과 같다.

2.

경주읍에서 성 밖으로 오 리쯤 나가서 조그만 마을이 있었다. 여민촌 혹은 잡성촌이라 불리는 마을이었다.

이 마을 한 구석에 모화(毛火)라는 무당이 살고 있었다. 모화서 들어온 사람이라 하여 모화라 부르는 것이었다. 그것은 한 머리 찌그러져 가는 묵은 기와집으로, 지붕 위에는 기와버섯17이 퍼렇게 뻗어 올라 역한 흙냄새를 풍기고, 집 주위는 앙상한 돌담이 군데군데 헐리인 채 옛 성처럼 꼬불꼬불 에워싸고 있었다. 이 돌담이 에워싼 안의 공지18같이 넓은 마당에는 수채19가 막힌 채, 빗물이 괴는 대로 일 년 내 시퍼런 물이끼가 뒤덮여 늘쟁이20, 명아주21, 강아지풀, 그리고 이름 모를 여러 가지 잡풀들이 사람의 키도 묻힐 만큼 거멓게 엉키어 있었다. 그 아래로 뱀같

---

17 기와버섯 : 오랫동안 돌보지 않은 기와 지붕에 돋아난 버섯
18 공지 : 집이나 밭 따위가 없는 빈 땅
19 수채 : 집 안에서 버린 물이 집 밖으로 흘러 나가도록 만든 시설
20 늘쟁이 : 습한 곳에 절로 나는 식물의 하나
21 명아주 : 명아줏과의 한해살이풀. 줄기는 높이가 1미터, 지름이 3cm 정도이며, 녹색 줄이 있다.

이 길게 늘어진 지렁이와 두꺼비같이 늙은 개구리들이 구물거리며 움칠 거리며, 항시 밤이 들기만 기다릴 뿐으로, 이미 수십 년 혹은 수백 년 전에 벌써 사람의 자취와는 인연이 끊어진 도깨비굴 같기만 했다.

이 도깨비굴같이 낡고 헐리인 집 속에 무녀 모화와 그 딸 낭이는 살고 있었다. 낭이의 아버지 되는 사람은 경주읍에서 칠십 리가량 떨어져 있 는 동해변 어느 길목에서 해물 가게를 보고 있는데, 풍문에 의하면 그는 낭이를 세상에 없이 끔찍이 생각하는 터이므로, 봄가을 철이면 분 잘 핀 다시마와 조촐한 꼭지미역22 같은 것을 가지고 다녀가곤 한다는 것 이었다. 나중 욱이(昱伊)가 돌연히 나타나지 않았다면, 이 도깨비굴 속에 그녀들을 찾는 사람이라야 모화에게 굿을 청하러 오는 사람들과 봄가을 에 한 번씩 낭이를 찾아 주는 그녀의 아버지 정도로, 세상 사람들과는 별로 왕래도 없이 살아가는 쓸쓸한 어미, 딸이었을 것이다.

간혹 원근 동네에서 모화에게 굿을 청하러 오는 사람이 있어도 아주 방문 앞까지 들어서며,

"여보게, 모화네 있는가?"

"여보게, 모화네."

하고, 두세 번 부르도록 대답이 없다가, 아주 사람이 없는 모양이라고 툇마루에 손을 짚고 방문을 열려고 하면 그때서야 안에서 방문을 먼저 열고 말없이 내다보는 계집애 하나ー 그녀의 이름이 낭이었다. 그럴

22 꼭지미역 : 한줌 안에 들어올 만큼 모아서 잡아맨 미역

때마다 낭이는 대개 혼자서 그림을 그리고 있다가 놀라 붓을 던지며 얼굴이 파랗게 질린 채 와들와들 떨곤 하는 것이었다.

이와 같이, 모화는 어느 하루를 집구석에서 살림이라고 살고 있는 날이 없었다. 날이 새기가 무섭게 성안으로 들어가면 언제나 해가 서쪽 산마루에 걸릴 무렵에야 돌아오곤 했다. 술이 얼근해서 수건엔 복숭아를 싸들고 춤을 추며,

"따님아, 따님아, 김씨 따님아,

수국 꽃님 낭이 따님아,

용궁이라 들어가니,

열두 대문이 다 잠겼다.

문 열으소, 문 열으소,

열두 대문 열어 주소."

청승 가락을 뽑으며 동구로 들어오는 것이었다.

"모화네, 오늘도 한잔했구나."

마을 사람들이 인사를 하면 모화는 수줍은 듯이 어깨를 비틀며,

"예에, 장에 갔다가요." 하고, 공손스레 절을 하곤 하였다.

모화는 굿을 할 때 이외에는 대개 주막에 가 있었다.

그만큼 모화는 술을 즐기었고 낭이는 또한 복숭아를 좋아하여 어미가 술이 취해 돌아올 때마다 여름 한철은 언제나 그녀의 손에 복숭아가 들려 있었다.

"따님, 따님, 우리 따님."

모화는 집 안에 들어서면서도 이렇게 가락을 붙여 낭이를 불렀다.

낭이는 어릴 때 나들이에서 돌아오는 어미의 품에 뛰어들어 젖을 빨 듯, 어미의 수건에 싸인 복숭아를 받아먹는 것이었다.

모화의 말을 들으면 낭이는 수국 꽃님의 화신(化神)으로, 그녀(모화)가 꿈에 용신(龍神)님을 만나 복숭아 하나를 얻어먹고 꿈꾼 지 이레 만에 낭이를 낳은 것이라 했다. 그녀의 말에 의하면 수국 용신님은 따님이 열두 형제였다. 첫째는 달님이요, 둘째는 물님이요, 셋째는 구름님이요…… 이렇게 열두째는 꽃님이었는데, 산신님의 열두 아드님과 혼인을 시키게 되어 달님은 햇님에게, 물님은 나무님에게, 구름님은 바람님에게, 각각 차례대로 배혼을 정해 나가려니까 막내따님인 꽃님은 본시 연애를 좋아하시는 성미라, 자기 차례가 돌아오기를 미처 기다릴 수 없어, 열한째 형인 열매님의 낭군님이 되실 새님을 가로채어 버렸더니 배필을 잃은 열매님과 나비님은 슬피 울며, 제각기 용신님과 산신님께 호소한 결과 용신님이 먼저 크게 노하고 벌을 내려 꽃님의 귀를 먹게 하시고, 수국을 추방하시니, 꽃님에서 그만 복사꽃이 되어 봄마다 강가로 산기슭으로 붉게 피지만 새님이 가지에 와 아무리 재잘거려도 지금까지 귀가 먹은 채 말 없는 벙어리가 되어 있는 것이라 한다.

모화는 주막에서 술을 먹다 말고, 화랑이23(박수24)들과 어울려서 춤을

---

23 화랑이 : 광대와 비슷한 놀이꾼의 패. 옷을 잘 꾸며 입고 가무와 행락을 주로 하던 무리로 대개 무당의 남편이었다.

24 박수 : 남자 무당

추다 말고, 별안간 미친 것처럼 일어나 달아나곤 했다. 물으면 집에서 따님이 자기를 부르노라고 했다.

그녀는 수국 용신님께서 낭이 따님을 잠깐 자기에게 맡겼으므로 자기는 그동안 맡아 있는 것뿐이라 했다.

그러므로 자기가 만약 이 따님을 정성껏 섬기지 않으면 큰어머님 되시는 용신님의 노염25을 살까 두렵노라 하였다.

낭이뿐 아니라, 모화는 보는 사람마다 너는 나무귀신의 화신이다, 너는 돌 귀신의 화신이다 하여, 걸핏하면 칠성26에 가 빌라는 둥 용왕에 가 빌라는 둥 했다.

모화는 사람을 볼 때마다 늘 수줍은 듯, 어깨를 비틀며 절을 했다. 어린애를 보고도 부들부들 떨며 두려워했다. 때로는 개나 돼지에게도 아양27을 부렸다.

그녀의 눈에는 때때로 모든 것이 귀신으로만 비친다는 것이었다. 그것은 사람뿐 아니라 돼지, 고양이, 개구리, 지렁이, 고기, 나비, 감나무, 살구나무, 부지깽이, 항아리, 섬돌28, 짚신, 대추나무 가지, 제비, 구름, 바람, 불, 밥, 연, 바가지, 다래끼29, 솥, 숟가락, 호롱불…… 이러한 모

---

25 노염 : '노여움'의 준말. 분하고 섭섭하여 화가 치미는 감정
26 칠성 : 북두칠성으로 상징되는 칠원성군을 모신 집
27 아양 : 다른 사람에게 귀염을 받으려고 알랑거리는 말이나 행동
28 섬돌 : 집채의 앞뒤에 오르내릴 수 있게 놓은 돌층계
29 다래끼 : 아가리가 좁고 바닥이 넓은 작은 바구니

든 것이 그녀와 서로 보고, 부르고, 말하고, 미워하고, 시기하고, 성내고 할 수 있는 이웃 사람같이 보여지곤 했다. 그리하여 그 모든 것을 '님'이라 불렀다.

3.

욱이가 돌아온 뒤부터 이 도깨비굴 속에는 조금씩 사람 냄새가 나기 시작했다. 부엌에 들어서기를 그렇게 싫어하던 낭이도 욱이를 위하여는 가끔 밥을 짓는 것이었다. 그리고 밤이면 오직 컴컴한 어둠과 별빛만이 차 있던 이 허물어져 가는 기와집 처마 끝에도 희부연30 종이 등불이 고요히 걸려지곤 했다.

욱이는 모화가 아직 모화 마을에 살 때, 귀신이 지피기 전, 어떤 남자와의 사이에서 생긴 사생아였다. 그는 어릴 적부터 무척 총명하여 신동이란 소문까지 났으나, 근본이 워낙 미천하여 마을에서는 순조롭게 공부를 시킬 수가 없어, 그가 아홉 살 되었을 때 아는 사람의 주선으로 어느 절간에 보낸 뒤, 그동안 한 십 년간 까맣게 소식조차 묘연하다가 얼마 전 표연히31 이 집에 나타난 것이었다. 낭이와는 말하자면 어미를 같이하는 오뉘32뻘이었다. 낭이가 대여섯 살 되었을 때 그때만

---

30 희부옇다 : 희끄무레하고 부옇다.
31 표연히 : 모든 것을 떨쳐 버려 얽매인 것 없이 매우 가볍게
32 오뉘 : '오누이'의 준말. 오라비와 누이를 아울러 이르는 말

해도 아직 병으로 귀가 멀기 전이라 '욱이', '욱이' 하고 몹시 그를 따르곤 했었다. 그러던 것이 욱이가 절간으로 떠난 지 얼마 되지 않아 낭이는 자리에 눕게 되어 꼭 삼 년 동안을 시름시름 앓고 나더니, 그 길로 귀가 멀어 버렸던 것이다. 그러나 귀가 어느 정도로 먹은 지는 아무도 아는 사람이 없었다. 한두 번 그의 어미를 향해 어눌하나마,

"우, 욱이 어디 가아서?"

이렇게 물은 적이 있었다.

"절에 공부하러 갔다."

"어어디, 절에?"

"지림사, 큰 절에……."

그러나 이것은 거짓말이었다. 모화 자신도 사실인즉 욱이가 어느 절에 가 있는지 통 모르고 있었고, 다만 모른다고 하기가 싫어서 이렇게 머리에 떠오르는 대로 대답했을 뿐이었다.

모화는 장에서 돌아와 처음 욱이를 보았을 때, 그 푸른 얼굴에 난데없는 공포의 빛이 서리며, 곧 어디로 달아날 것같이 한참 동안 어깨를 뒤틀고 허둥거리다가 말고 별안간 그 후리후리한[33] 키에 긴 두 팔을 벌려, 흡사 무슨 큰 새가 저희 새끼를 품듯 달려들어 욱이를 안았다.

"이게 누고, 이게 누고? 아이고…… 내 아들아, 내 아들아!"

모화는 갑자기 목을 놓고 울었다.

---

33 후리후리하다 : 가늘고 키가 매우 크다.

"내 아들아, 내 아들아! 늬가 왔나, 늬가 왔나?"

모화는 앞뒤도 살피지 않고 온 얼굴을 눈물로 씻었다.

"오마니, 오마니."

욱이도 어미의 한쪽 어깨에 볼을 대고 오래도록 울었다. 어미를 닮아 허리가 날씬하고 목이 가는 이 열아홉 살 난 청년은 그동안 절간으로 어디로 외롭게 유랑해 다닌 사람 같지도 않게, 품위가 있고 아름다운 얼굴이었다.

낭이도 그때에야 이 청년이 욱이인 것을 진정으로 깨닫는 모양이었다. 처음 혼자 방에 있는데, 어떤 낯선 청년이 와서 방문을 열기에 너무도 놀라고 간이 뛰어 말―표정으로도―한마디도 못 하고 방구석에 서서 오들오들 떨고만 있었던 것이다. 이제 낭이는 그 어머니가 욱이를 얼싸 안고 내 아들아, 내 아들아 하며 우는 것을 보고 어쩌면 저도 눈물이 날 것 같았다.

―낭이는 그 어머니에게도 이렇게 인정이 있다는 것을 보자 형언할34 수 없는 즐거움을 깨달았다.

그러나 욱이는 며칠을 가지 않아 모화와 낭이에게 알 수 없는 이상한 수수께끼와 같은 것이 되었다.

그는 음식을 받아 놓고나, 밤에 잠을 자려고 할 때나, 또 아침에 자리에서 일어났을 때 반드시 한참 동안씩 주문(呪文) 같은 것을 외는 것이

---

34 형언하다 : 말로 나타내다.

었다. 그러고는 틈틈이 품속에서 조그만 책 한 권을 꺼내어 읽곤 하는 것이었다. 낭이가 그것을 수상스레 보고 있으려니까 욱이는 그 아름다운 얼굴에 미소를 지으며,

"너도 이 책을 읽어라."

하고 그 조그만 책을 낭이 앞에 펴 보이곤 했다. 낭이는 지금까지 『심청전』이란 책을 여러 차례 두고 읽어서 국문쯤은 간신히 읽을 수 있었으므로, 욱이가 내놓은 그 조그만 책을 들여다보니, 맨 처음 껍데기에 큰 글자로 『신약 전서』란, 넉 자가 똑똑히 씌어져 있었다. 『신약 전서』란 생전 처음 보는 이름이다.

낭이가 알 수 없다는 듯이 욱이를 바라보자, 욱이는 또 만면에 미소를 띠며,

"너 사람을 누가 만들어 낸지 아니?"

하였다. 그러나 낭이에게는 이 말이 들리지도 않을뿐더러, 욱이의 손짓과 얼굴 표정을 통해 대강 짐작할 수 있었다 하더라도 이건 지금까지 생각도 해 보지 못한 어려운 말이었다.

"그럼 너 사람이 죽어서 어떻게 되는 줄은 아니?"

"……"

"이 책에는 그런 것들이 모두 씌어져 있다."

그러고는 손으로 몇 번이나 하늘을 가리켰다. 그리하여 낭이가 알아들은 말이라고는 겨우 한마디 '하나님'이었다.

"우리 사람을 만든 것은 하나님이다. 하나님은 우리 사람뿐 아니라 천지 만물을 다 만들어 내셨다. 우리가 죽어서 돌아가는 곳도 하나님 전이다."

이러한 욱이의 '하나님'은 며칠 지나지 않아 곧 모화의 의혹과 반발을 불러일으켰다. 욱이가 온 지 사흘째 되던 날, 아침밥을 받아 놓고 그가 기도를 드리려니까, 모화는,

　"너 불도35에도 그런 법이 있나?"

이렇게 물었다. 모화는 욱이가 그동안 절간에 가 있다 온 줄만 믿고 있었으므로, 그가 하는 짓은 모두 불도(佛道)에 관한 일인 줄로만 생각하는 모양이었다.

　"아니오 오마니, 난 불도가 아닙내다."

　"불도가 아니고, 그럼 무슨 도가 있어?"

　"오마니, 절간에서 불도가 보기 싫어 달아났댔쇠다."

　"불도가 보기 싫다니, 불도야 큰 도지……. 그럼 넌 뭐 신선도야?"

　"아니오, 오마니. 난 예수도올시다."

　"예수도?"

　"북선 지방에서는 예수교라고 합데다. 새로 난 교지요."

　"그럼, 너 동학당이로군!"

　"아니오, 오마니. 나는 동학당이 아닙내다. 나는 예수도올시다."

　"그래. 예수도온가 하는 데서는 밥 먹을 때마다 눈을 감고 주문을 외이나?"

　"오마니, 그건 주문이 아니외다. 하나님 앞에 기도드리는 것이외다."

---

35 불도 : 부처의 가르침

"하나님 앞에?"

모화는 눈을 둥그렇게 떴다.

"네, 하나님께서 우리 사람을 내셨으니깐요."

"야아, 너 잡귀가 들렸구나!"

모화의 얼굴빛은 순간 퍼렇게 질리었다. 그러고는 더 묻지 않았다.

다음 날, 모화가 그 마을에 객귀36 들린 사람이 있어 '물밥'37을 내주고 돌아오려니까 욱이가,

"오마니, 어디 갔다 오시나요?"

하고 물었다.

"저 박 급창38댁에 객귀를 물리어 주고 온다."

욱이는 한참 동안 무엇을 생각하는 모양이더니,

"그럼 오마니가 물리면 귀신이 물러나갑데까?"

한다.

"물러나갔기 사람이 살아났지."

모화는 별소리를 다 듣는다는 듯이 대답했다. 그는 지금까지 이 경주고을 일원을 중심으로 수백 번의 푸닥거리39와 굿을 하고 수백 수천 명

---

36 객귀 : 객지에서 죽은 사람의 혼

37 물밥 : 굿을 하거나 물릴 때, 귀신에게 준다고 물에 조금 말아 던지는 밥

38 급창 : 예전에, 고을의 수령이 사무를 보던 관아에서 부리는 사내종. 원의 명령을 받으면, 큰 소리로 전달하는 일을 맡았다.

39 푸닥거리 : 무당이 하는 굿의 하나. 간단하게 음식을 차려 놓고 부정이나 살 따위를 푼다.

의 병을 고쳐 왔지만, 아직 한 번도 자기의 하는 굿이나 푸닥거리에 신령님의 감응40을 의심한다든가 걱정해 본 적은 없었다. 더구나 누구의 객귀에 물밥을 내주는 것쯤은 목마른 사람에게 물 한 그릇을 떠 주는 것만큼이나 당연하고 손쉬운 일로만 여겨 왔다. 모화 자신만이 그렇게 생각할 뿐 아니라 굿을 청하는 사람, 객귀가 들린 사람 쪽에서도 그와 같이 믿고 있는 편이기도 했다. 그들은 무슨 병이 나면 먼저 의원에게 보이려는 생각보다 으레 모화에게 찾아갈 것으로 생각하는 것이었다. 그들의 생각에는 모화의 푸닥거리나 푸념41이 의원의 침이나 약보다 훨씬 반응이 빠르고 효험이 확실하고 준비가 손쉬웠던 것이다. ……한참 동안 고개를 수그리고 무엇을 생각하고 있던 욱이는, 고개를 들어 그 어머니의 얼굴을 똑바로 바라보며,

"오마니, 이것 보시오. 마태복음 제 구장 삼십오절이올시다. 저희가 나갈 때에 사귀42 들려 벙어리 된 자를 예수께 다려오매, 사귀가 쫓겨나니 벙어리가 말하거늘……."

그러나 이때 벌써 모화는 자리에서 일어나, 방구석에 언제나 차려 놓은 '신주상' 앞에 가서,

"신령님네, 신령님네, 동서남북 상하 천지,

---

40 감응 : 신이 어떤 사람의 마음이나 정성에 감동을 받음.
41 푸념 : 굿을 할 때, 무당이 귀신의 뜻을 받아 옮기어 정성 들이는 사람에게 꾸지람을 늘어 놓음. 또는 그런 말
42 사귀 : 요사스러운 귀신

날것은 날아가고, 길것은 기어가고

머리검하 초로인생43 실날 같안 이 목숨이,

신령님네 품이길래 품속에 품았길래,

대로44같이 가옵내다, 대로같이 가옵내다.

부정한 손 물리치고, 조촐한45 손 받으실새,

터주님이 터 주시고 조왕님이 요 주시고,

삼신님이 명 주시고 칠성님이 들르시고,

미륵님이 돌보셔서 실날 같안 이 목숨이,

대로같이 가옵내다. 탄탄대로같이 가옵내다."

모화의 두 눈은 보석같이 빛나고, 강렬한 발작과도 같이 등허리를 떨며
두 손을 비벼 댔다. 푸념이 끝나자 신주상 위의 냉수 그릇을 들어 물을
머금더니 욱이의 낯과 온몸에 확 뿜으며,

"엇쇠 귀신아, 물러서라,

여기는 영주 비루봉 상상봉혜,

깎아지른 돌 벼랑혜, 쉰 길 청수혜,

너희 올 곳이 아니니라.

바른손46혜 칼을 들고 왼손혜 불을 들고,

---

43 초로인생 : 잎에 맺힌 이슬과 같이 덧없는 인생을 비유적으로 이르는 말
44 대로 : 크고 넓은 길
45 조촐하다 : 행동, 행실 따위가 깔끔하고 얌전하다.
46 바른손 : 오른손

엇쇠 잡귀신아, 썩 물러서라. 툇툇!"

이렇게 외쳤다.

욱이는 처음 어리둥절해서 모화의 푸념하는 양을 바라보고 있다가, 이윽고 고개를 수그려 잠깐 기도를 올리고 나서 일어나 잠자코 밖으로 나가 버렸다.

모화는 욱이가 나간 뒤에도 한참 동안 푸념을 계속하며 방구석마다 물을 뿜고 주문을 외었다.

4.

욱이는 그 길로 이 지방의 예수교인들을 찾아보기로 했다. 그날 곧 돌아올 줄 알았던 욱이는 해가 지고 밤이 깊어도 돌아오지 않았다. 모화와 낭이. 어미, 딸은 방구석에 음울하게 웅크리고 앉아 욱이가 돌아오기만 기다리는 것이었다.

"예수귀신 책 거 없나?"

모화는 얼마 뒤에 낭이더러 이렇게 물었다. 낭이는 고개를 저었다. 그러자 갑자기 낭이도 욱이의 그 신약 전서란 책을 제가 맡아 두지 않았음을 후회했다. 모화는 분명히 욱이가 무슨 몹쓸 잡귀에 들린 것으로만 간주하는 모양이었다. 그것은 마치 욱이가 모화와 낭이를 으레 사귀 들린 사람들로 생각하는 것과도 같았다. 그는 모화뿐만 아니라 낭이까지도 어미의 사귀가 들어가서 벙어리가 된 것이라고 믿는 것이었다.

"예수 당시에도 사귀 들려 벙어리 된 자를 예수께서 몇 번이나 고쳐 주시지 않았나."

욱이는 이렇게 생각하는 것이었다. 그리고 그는 자기의 힘으로 자기가 하나님께 열심히 기도를 드림으로써, 그 어미와 누이동생의 병을 고쳐야 한다고 마음속으로 굳게 결심하는 것이었다.

'예수께서 무리들이 달려와서 모이는 것을 보시고 그 더러운 귀신을 꾸짖어 가라사대 벙어리와 귀머거리 귀신아, 내가 네게 명하노니 그 아이에게서 나오고 다시 들어가지 마라 하시니 사귀가 소리 지르며 아이를 심히 오그러뜨리고 나가니, 그 아이가 죽은 것같이 되매 여러 사람이 말하기를 죽었다 하거늘, 오직 예수 그 손을 잡아 일으키시니 드디어 일어서더라. 집에 들어가시매 제자들이 조용히 묻자와 가로되, 우리는 어찌하여 능히[47] 그 귀신을 쫓아내지 못하였나이까. 예수 가라사대 기도 아니하여서는 이런 유를 나가게 할 수 없나니라.'(마가복음 9장 25절-29절)

그리하여 욱이는 자기도 하나님께 기도만 간절히 드리면 그 어미와 누이동생에게 들어 있는 사귀도 내어 쫓을 수 있으리라 믿었다. 일방[48], 그는 그가 지금까지 배우고 있던 평양 현 목사와 이 장로에게도 편지를 띄웠다.

'목사님, 저는 하나님의 은혜로 무사히 오마니를 찾아왔습내다. 그러하오나 이 지방에는 오직 우리 주님의 복음[49]이 전파되지 않아서 사귀

---

47 능히 : 막히거나 서투른 데가 없이
48 일방 : 한편
49 복음 : 예수의 가르침. 또는 예수에 의한 인간 구원의 길

들린 자와 우상 섬기는 자가 매우 많은 것을 볼 때, 하루 바삐 주님의 복음을 이 지방에 전파하도록 교회를 지어야 하겠삽내다. 목사님께 말씀드리기는 매우 부끄러운 일이나 저의 오마니는 무당 사귀가 들려 있고, 저의 누이동생은 귀머거리와 벙어리귀신이 들려 있습내다. 저는 마가복음 제 구장 제 이십구절에 있는 우리 주님 예수 그리스도의 말씀대로 이 사귀들을 내어 쫓기 위하여 열심히 기도를 드립니다마는 교회가 없으므로 기도드릴 장소가 매우 힘드옵내다. 하루바삐 이 지방에 교회 되기를 하나님께 기도 올려 주소서.'

이 현 목사는 미국 선교사로서, 욱이가 지금까지 먹고 입고 공부를 하게 된 것이 모두 그의 도움이었다. 욱이가 열다섯 살까지 절간에서 중의 상좌50 노릇을 하고 있다가, 그해 여름에 혼자서 서울 구경을 간다고 나선 것이 이리저리 유랑하여 열여섯 되던 해 가을엔 평양까지 가게 되었고, 거기서 그해 겨울 이 장로의 소개로 현 목사의 도움을 받게 되었던 것이었다.

이번엔 욱이가 평양서 어머니를 보러 간다고 하니까, 현 목사는 욱이를 불러 놓고 이렇게 말했다.

"지금부터 삼 년 동안 이 사람 고국 갈 것이오. 그때, 만일 욱이가 함께 가기 원하면 이 사람 같이 미국 가게 될 것이오."

"목사님, 고맙습니다. 저는 목사님을 따라 미국 가기가 원입니다."

---

50 상좌 : 출가한 지 얼마 되지 않은 수습 기간 중의 예비 승려

"그러면 속히 모친 만나 보고 오시오."

그러나 욱이가 어머니의 집이라고 찾아온 곳은 지금까지 그가 살고 있는 현 목사나 이 장로의 집보다 너무나 딴 세상이었다. 그 명랑한 찬송가 소리와 풍금소리와 성경 읽는 소리와 모여 앉아 기도를 올리고 맛난 음식을 향해 즐겁게 웃음 웃는 얼굴들 대신 군데군데 헐어져 가는 돌담과 기와버섯이 퍼렇게 뻗어 오른 묵은 기와집과 엉킨 잡초 속에 꾸물거리는 개구리, 지렁이들과 그 속에서 무당귀신과 귀머거리귀신이 각각 들린 어미, 딸 두 여인을 보았을 때, 그는 흡사 자기 자신이 무서운 도깨비굴에 홀려든 것이 아닌가 하고 새삼 의심이 들 지경이었다.

욱이가 이 지방 예수교인들을 두루 만나 보고 집으로 돌아온 뒤부터 야릇하게 변해진 것은 낭이의 태도였다. 그 호리호리한 몸매와 종잇장 같이 희고 매끄러운 얼굴에 빛나는 굵은 두 눈으로 온종일 말 한마디, 웃음 한 번 웃는 일 없이 방구석에 틀어박혀 앉은 채 욱이의 하는 양만 바라보고 있다가, 밤이 되어 처마 끝에 희부연 종이 등불이 걸리고 하면, 피에 주린 싸늘한 손과 입술로 욱이의 목덜미나 가슴팍으로 뛰어들곤 했다. 욱이는 문득문득 목덜미로 가슴팍으로 낭이의 차디찬 손과 입술을 느낄 적마다 깜짝깜짝 놀라곤 하였으나, 그녀가 까무러칠 듯이 사지를 떨며 다시 뛰어들 제면 그도 당황히 낭이의 손을 쥐어 주며, 그 희부연 종이 등불이 걸려 있는 처마 밑으로 이끌곤 했다.

낭이의 태도가 미묘해진 뒤부터 욱이의 얼굴빛은 날로 창백해 갔다. 그렇게 한 보름 지난 뒤 그는 또 한 번 표연히 집을 나가고 말았다.

모화는 욱이가 집을 나간 지 이틀째 되던 날 밤, 문득 자리에서 일어

나 앉으며 긴 한숨을 내쉬었다. 그러고는 곁에 누워 있는 낭이를 흔들어 깨우더니 듣기에도 음울한 목소리로,

"욱이가 언제 온다더누?"

물었다. 낭이가 잠자코 있으려니까,

"왜 욱이 저녁 밥상은 보아 두라고 했는데 없노."

하고 낭이더러 화를 내었다. 모화는 날이 갈수록 점점 더 초조한 빛으로 밤중마다 부엌에다 들기름 불을 켜고 부뚜막 위에 욱이의 밥상을 차려 놓고는 기도를 드리는 것이었다.

"성주는 우리 성주, 칠성은 우리 칠성, 조왕은 우리 조왕,

비나이다, 비나이다. 신주님께 비나이다.

하늘에는 별, 바다에는 진주,

금은 같안 이내 장손, 관옥 같안 이내 방성,

산신혜 명을 빌하 삼신혜 수를 빌하,

칠성혜 복을 빌하 삼신혜 덕을 빌하,

조왕님전 요오51를 타고 터주님전 재주 타니

하늘에는 별, 바다에는 진주,

삼신 조왕 마다하고 아니 오지 못하리라.

예수 귀신하, 서역 십만 리 굶주리던 불귀신하,

탄다, 훨훨 불이 탄다. 불귀신이 훨훨 탄다.

---

51 요오 : 확실히 깨달음.

타고 나니 이내 방성 금은같이 앉았다가,

삼신 찾아오는구나, 조왕 찾아오는구나."

모화는 혼자서 손을 비비고 절을 하고 일어나 춤을 추고, 갖은 교태를 다 부리며 완연히 미친 것같이 날뛰었다. 낭이는 방에서 부엌으로 난 봉창52 구멍에 눈을 대고 숨소리를 죽여 오랫동안 어미의 날뛰는 양을 지켜보고 있다가, 별안간 몸에 한기가 들며 아래턱이 달달달 떨리기 시작하였다. 그는 미친 것처럼 뛰어 일어나며 저고리를 벗었다, 치마를 벗었다. 그리하여 어미는 부엌에서, 딸은 방 안에서 한 장단 한 가락에 놀듯 어우러져 춤을 추곤 했다. 그러한 어느 새벽, 낭이는 정신을 차리고 보니 발가벗은 알몸뚱이로 방바닥에 쓰러져 있는 그녀 자신을 발견한 일도 있었다.

두 번째 집을 나갔던 욱이는 다시 얼굴에 미소를 띠며 그녀들 어미, 딸 앞에 나타났다.

모화는 그때 마침 굿 나갈 때 신을 새 신발을 신어 보고 있었는데 욱이가 오는 것을 보자, 그 후리후리한 허리에 긴 팔을 벌려 새가 알을 품듯, 그의 상반신을 얼싸안고 울기 시작했다.

이번엔 아무런 푸념도 없이 오랫동안 욱이의 목을 안은 채 잠자코 울기만 하는 것이었다. 언제나 퍼런 그 얼굴에도 이때만은 붉은 기운이 돌며, 그 천연스런53 몸짓은 조금도 귀신 들린 사람 같지 않았다.

---

52 봉창 : 창호지로 바른 창
53 천연스럽다 : 본래 그대로 조금도 꾸밈이 없이 자연스러운 데가 있다.

"오마니, 나 방에 들어가 좀 쉬겠쇠다."

욱이는 어미의 포옹을 끄르고 일어나 방에 들어가 누웠다.

모화는 웬일인지 욱이가 방에 들어간 뒤에도 혼자 툇마루에 앉아 고개를 수그린 채 몹시 쓸쓸한 얼굴이었다. 그러더니 무슨 생각엔지 일어나 방에 들어가 낭이의 그림을 이것저것 뒤져보는 것이었다.

그날 밤이었다.

밤중이나 되어 욱이가 잠결에 그의 품속에 언제나 품고 있는 성경책을 더듬어 보았을 때 품속에 허전함을 느꼈다. 그와 동시에 웅얼웅얼하며 주문(呪文)을 외는 소리도 들려왔다. 자리에서 일어나 보았으나 품속에서 성경을 찾을 수는 없었다. 그리고 낭이와 욱이 사이에 누워 있을 그의 어머니는 보이지 않았다. 그는 어떤 불길하고 무서운 예감에 몸이 부르르 떨리었다. 바로 그때였다. 그의 귀에는 땅속에서 귀신이 우는 듯한, 웅얼웅얼하는 주문을 외는 듯한 소리가 좀 더 또렷이 들려왔다. 다음 순간, 그는 거의 무의식적으로 방에서 부엌으로 난 봉창 구멍에 눈을 갖다 대었다.

"서역 십만 리 굶주린 불귀신하,
한쪽 손에 불을 들고 한쪽 손에 칼을 들고,
이리 가니 산신님이 예 기신다.
저리 가시 용신님이 예 기신다.
칠성이라 돌아가니 칠성님이 예 기신다.
구름 속에 쌔어 간다, 바람 속에 묻혀 간다.
구름님이 예 기신다. 바람님이 제 기신다.

용궁이라 당도하니 열두 대문 잠겨 있다.

첫째 대문 두드리니 사천왕이 뛰어나와

종발눈54 부릅뜨고, 주석 철퇴 높이 든다.

둘째 대문 두드리니 불개 두 쌍 뛰어나와

꽃불은 수놈이 냘릉, 불씨는 암놈이 냘릉,

셋째 대문 두드리니 물개 두 쌍 뛰어나와

수놈이 공공 꽃불이 죽고

암놈이 공공 불씨가 죽고……."

모화는 소복단장55에 쾌자까지 두르고 온갖 몸짓, 갖은 교태를 다 부려 가며 손을 비비다, 절을 하다, 덩싯거리며 춤을 추다 하고 있다. 부뚜막 위에는 깨끗한 접싯불(들기름의)이 켜져 있고, 접싯불 아래 놓인 소반56 위에는 냉수 한 그릇과 흰 소금 한 접시가 놓여 있을 따름이다. 그리고 그 곁에는 지금 막 그 마지막 불꽃이 나불거리고 난 새빨간 파란 연기 한 오리가 오르는 '신약 전서'의 두꺼운 표지는 한 머리 이미 파리한 재가 되어 가고 있었다.

모화는 무엇에 도전이나 하는 것처럼 입가에 야릇한 냉소까지 띠며, 소

반에 얹힌 접시의 소금을 집어 연기마저 사라진 새까만 재 위에 뿌렸다.

"서역 십만 리 예수귀신이 돌아간다.

당산에 가 노자 얻고, 관묘에 가 신발 신고,

두 귀에 방울 달고 방울소리 발맞추어

재 넘고 개57 건너 잘도 간다.

인제 가면 언제 볼꼬, 발이 아파 못 오겠다.

춘삼월에 다시 오랴, 배가 고파 못 오겠다······."

모화의 음성은 마주(魔酒)58 같은 향기를 풍기며 온 피부에 스며들었다. 그 보석 같은 두 눈의 교태와 쾌자자락과 함께 나부끼는 손짓은, 이제 차마 더 엿볼 수 없게 욱이의 심장을 쥐어짜는 것이었다. 욱이는 가위눌린 사람처럼 간신히 긴 숨을 내쉬며 뛰어 일어났다. 다음 순간, 자기 자신도 모르게 방문을 뛰어나온 그는 부엌문을 박차고 들어가 소반 위에 차려 놓은 냉수 그릇을 집어 들려 하였다. 그러나 그가 냉수 그릇을 집어 들기 전에 모화의 손에는 식칼이 번득이고 있었고, 모화는 욱이와 물그릇 사이에 식칼을 두르며 조용히 춤을 추고 있는 것이었다.

"엇쇠 귀신하, 물러서라.

너 이제 보아하니 서역 십만 리 굶주리던 잡귀신하,

여기는 영주 비루봉 상상봉혜

---

57 개 : '개울'의 방언
58 마주 : 정신을 흐리게 하는 술

깎아지른 돌 벼랑혜, 쉰 길 청수혜, 엄나무 발에

너희 올 곳이 아니다.

바른손혜 칼을 들고 왼손혜 불을 들고,

엇쇠 서역 잡귀신하, 썩 물러서라."

이때, 모화는 분명히 식칼로 욱이의 면상을 겨누어 치려하였다. 순간, 욱이는 모화의 칼날을 왼쪽 귓전에 느끼며 그의 겨드랑이 밑을 돌아 소반 위에 차려 놓은 냉수 그릇을 들어서 모화의 낯에다 그릇째 끼얹었다. 이 서슬59에 불이 기울어져 봉창에 붙었다. 욱이는 봉창에서 방 안으로 붙어 들어가는 불길을 잡으려고 부뚜막 위로 뛰어올랐다. 그러자 물그릇을 뒤집어쓰고 분노에 타는 모화는 욱이의 뒤를 쫓아 칼을 두르며 부뚜막으로 뛰어올랐다. 봉창에서 방 안으로 붙어 들어가는 불길을 덮쳐 끄는 순간, 뒷등허리가 찌르르하여 획 몸을 돌이키려 할 때 이미 피투성이가 된 그의 몸은 허옇게 이를 악물고 웃음 웃는 모화의 품속에 안겨져 있었다.

5.

욱이의 몸은 머리와 목덜미와 등허리에 세 군데 상처를 입었다.

그러나 욱이의 병은 이 세 군데 칼로 맞은 상처만이 아니었다. 그는 날이 갈수록 갈비뼈가 앙상하게 드러나고 두 눈자위가 패어 들기 시작했다.

---

59 서슬 : 강하고 날카로운 기세

모화는 욱이의 병간호에 남은 힘을 다하여 그가 원하는 것이 있으면 낮과 밤을 헤아리지 않고 뛰어갔다. 가끔 욱이를 일으켜 앉히어서 자기의 품에 안아도 주었다. 물론, 약도 쓰고 굿도 하고 주문도 외웠다. 그러나 욱이의 병은 낫지 않았다.

모화는 욱이의 병간호에 열중한 뒤부터 굿에는 그만큼 신명60이 풀린 듯하였다. 누가 굿을 청하러 와도 아들의 병을 핑계로 대개 거절을 했다. 그러자 모화의 굿이나 푸념의 반응이 이전과 같이 신령하지 않다고들 하는 사람이 하나둘씩 생기기도 했다.

이러할 즈음, 이 고을에도 조그만 교회당이 서고 선교사가 들어왔다. 그리하여 그것은 바람에 불처럼 온 고을에 뻗쳤다. 읍내의 교회에서는 마을마다 전도대를 내보냈다. 그리하여 이 모화의 마을에까지 '복음'이 전파되었다.

"여러 부모 형제자매, 우리 서로 보게 된 것 하나님 앞에 감사드릴 것이오. 하나님 우리 만들었소. 매우 사랑했소. 우리 모두 죄인이올시다. 우리 마음속 매우 흉악한 것뿐이오. 그러나 예수 우리 위해 십자가에 못 박혔소. 그러므로 예수 그리스도 믿음으로 우리 구원받을 것이오. 우리 매우 반가운 뜻으로 찬송할 것이오. 하나님 앞에 기도드릴 것이오."

두 눈이 파랗고 콧대가 칼날 같은 미국 선교사를 보는 것은 원숭이 구

---

60 신명 : 흥겨운 신이나 멋

경보다도 재미나다고들 하였다.

"돈은 한 푼도 안 받는다. 가자."

마을 사람들은 떼를 지어 모여들었다.

이 마을 방 영감네 이종사촌 손자사위요, 선교사와 함께 온 양조사(楊助事) 부인은 집집마다 심방하여 가로되,

"무당과 판수61를 믿는 것은 거룩거룩하시고 절대적 하나밖에 없는 우리 하나님 아버지께 죄가 됩니다. 무당이 무슨 능력이 있습니까. 보십시오, 무당은 썩어 빠진 고목나무나, 들도 보도 못하는 돌미륵한테도 빌고 절을 하지 않습니까. 판수가 무슨 능력이 있습니까. 보십시오, 제 앞도 못 보아 지팽이로 더듬거리는 그가 어떻게 눈 밝은 사람을 구원할 수 있겠습니까. 우리 인생을 만든 것은 절대적 하나밖에 없는 하나님 아버지올시다. 그러므로 아버지께서는 말씀하셨습니다. 내 앞에 다른 신을 두지 말라……."

이리하여 하나님 아버지의 외아들 예수 그리스도가 온갖 사귀 들린 사람, 문둥병 든 사람, 앉은뱅이, 벙어리, 귀머거리 고친 이야기가 한정 없이 쏟아진다.

모화는 픽 웃곤 했다.

"그까짓 잡귀신들."

그러나 그들의 비방과 저주는 뼛골에 사무치는 듯 그녀는 징을 울리

---

61 판수 : 점치는 것을 직업으로 삼는 맹인

고 꽹과리를 치며 외쳤다.

"엇쇠 귀신아, 물러서라.

당대 고축년에 얻어먹던 잡귀신아,

늬 어이 모화를 모르나냐. 아니 가고 봐 하면 쉰 길 청수에 엄나무 발에, 무쇠 가마에, 백말 가죽에 늬 자자손손을 가두어 못 얻어 먹게 하고 다시는 세상 밖에 내주지 아니하여 햇빛도 못 보게 할란다. 엇쇠 귀신아, 썩 물러가거라.

서역 십만 리로 꽁무니에 불을 달고,

두 귀에 방울 달고 왈강달강 왈강달강

벼락같이 떠나거라."

그러나 '예수귀신'들은 결코 물러나지 않았을 뿐 아니라, 점점 늘어만 갔다. 게다가, 옛날 모화에게 굿과 푸념을 빌러 다니던 사람들까지 하나 둘씩 모두 예수귀신이 들기 시작하였다.

이러는 동안 서울서 또 부흥 목사가 내려왔다. 그는 기도를 드려서 병을 고치는 능력이 있다 하여 온 고을 사람들이 모여들기 시작하였다. 그가 병자의 머리 위에 손을 얹고,

"이 죄인은 저의 죄로 말미암아 심히 괴로워하고 있사옵니다."

하고 기도를 올리면, 여자들이 월수병[62] 대하증[63]쯤은 대개 '죄 씻음'을

---

62 월수병 : 월경병. 월경 장애와 관련되는 모든 병증
63 대하증 : 여자의 생식기에서 흰빛 또는 누른빛의 분비액이 흘러내리는 병

받을 수 있었다. 그 밖에도 소경64이 눈을 뜨고 앉은뱅이가 걷고, 귀머거리가 듣고, 벙어리가 말하고, 반신불수와 지랄병까지 저희 믿음 여하에 따라 모두 죄 씻음을 받을 수 있다는 것이었다. 여자들의 은가락지금반지가 나날이 수를 다투어 강단 위에 내걸리게 된다, 기부금이 쏟아진다, 이리되면, 모화의 굿 구경에 견줄 나위65가 아니라고들 하였다.

"양국 놈들이 요술단을 꾸며 왔어."

모화는 픽 웃고 이렇게 말했다. 굿과 푸념으로 사람 속에 든 사귀 잡귀신을 쫓는 것은 지금까지 신령님께서 자기에게만 허락하신 자기의 특수한 권능이었다. 그리고 그의 신령님은 오늘날 예수꾼들이 그렇게도 미워하고 시기하는 고목이기도 했고, 미륵돌이기도 했고, 산이기도 했고, 물이기도 했다.

"무당과 판수를 믿는 것은 절대적 한 분밖에 안 계시는 거룩거룩하신 하나님 아버지께 죄가 됩니다."

예수귀신들이 나발을 불고 북을 치며 비방을 하면, 모화는 혼자서 징을 울리고 꽹과리를 치며,

"꽁무니에 불을 달고, 두 귀에 방울 달고, 왈강달강 왈강달강, 서역 십만 리로 물러서라, 잡귀신아."

이렇게 응수하곤 했다.

---

64 소경 : 시각 장애인을 얕잡아 이르는 말
65 나위 : 여지 또는 필요, 까닭을 나타내는 말

6.

욱이의 병은 그해 가을 지나 겨울철에 들면서부터 표 나게 악화되어
갔다. 모화가 가끔 간장이 녹듯 떨리는 음성으로,

"이것아, 이것아. 늬가 이게 웬일이고? 머나먼 길에 에미라고 찾아와
서 늬가 이게 무슨 꼴고?"

손을 잡고 눈물 흘리면,

"오마니, 너무 걱정하지 마시오. 나는 죽어서 우리 아버지께로 갈 것
이오."

욱이는 조용히 이렇게 말했다. 그리고 무어 생각나는 게 없느냐고 물
으면 그는 조용히 고개를 돌렸다. 그러나 어미가 밖에 나가고 낭이가 혼
자 있을 때엔 이따금 낭이의 손을 잡고,

"나 성경 한 권 가졌으면……."

하는 것이었다.

이듬해 봄, 그가 세상을 떠나기 사흘 전에 그가 그렇게도 그리워하고
기다리던 현 목사가 평양에서 찾아왔다. 현 목사는 박 영감네 이종사촌
손자사위인 양 조사의 인도로 뜰 안에 들어서자, 그 황폐한 광경과 역한
흙냄새가 미간을 찌푸리며,

"이런 가운데서 욱이가 살고 있소?"

양 조사에게 이렇게 물었다.

욱이는 양 조사가 들어오는 것을 보자 두 눈에 광채를 띠며,

"목사님, 목사님."

이렇게 두 번 불렀다.

현 목사는 잠자코 욱이의 여윈 손을 쥐었다. 별안간 그의 온 얼굴은 물든 것처럼 붉어지며 무수한 주름살이 미간과 눈꼬리에 잡혔다. 그는 솟아오르는 감정을 누르려는 듯이 한참 동안 눈을 감고 있었다.

양 조사는 긴장된 침묵을 깨뜨리려는 듯이 입을 열었다.

"경주에 교회가 이렇게 속히 서게 된 것은 이분의 공로올시다."

그리하여 그의 말을 들으면, 욱이는 평양 현 목사에게 진정을 했고, 현 목사께서는 욱이의 편지에 의하여 대구 노회66에 간청을 했고, 일방 경주 교인들은 욱이의 힘으로 서로 합심하여 대구 노회와 연락한 결과, 의외로 속히 교회 공사가 진척되었던 것이라 하였다.

현 목사가 의사와 함께 다시 오기를 약속하고 일어나려 할 때 욱이는,

"목사님, 나 성경 한 권만 사 주시오."

했다.

현 목사는 손가방 속에서 자기의 성경책을 내주었다. 성경책을 받아 쥔 욱이는 그것을 가슴에 안고 눈을 감았다. 그의 감은 눈에서는 이슬방울이 맺히었다.

7.

모화 집 마당에는 예년과 다름없이 잡풀이 엉기고 늙은 개구리와 지

---

66 노회 : 장로교에서, 각 교구의 목사와 장로 대표들이 모이는 모임. 입법과 사법의 기능을 담당하는 중추적 기구이다.

렁이들이 그 속에 웅크리고 있었다. 그녀는 그동안 거의 굿을 나가지 않고, 매일 그 찌그러져 가는 묵은 기와집, 잡초 속에서 혼자서 징, 꽹과리만 울리고 있었다. 사람들은 모화가 인제 아주 미친 것이라 하였다. 모화는 부엌에다 오색 헝겊을 걸고, 낭이의 그림으로 기를 만들어 달고는, 사뭇 먹기조차 잊어버린 채 입술은 먹같이 검어지고 두 눈엔 날로 이상한 광채가 짙어 갔다.

"서역 십만 리 예수귀신 돌아간다.

꽁무니에 불을 달고, 두 귀에 방울 달고 왈강달강 왈강달강,

엇쇠 귀신아 썩 물러거가라.

늬 아니 가고 봐 하면, 쉰 길 청수에, 엄나무 바알에, 무쇠 가마에, 흰 말 가죽에, 너이 자자손손을 다 가두어 죽일란다. 엇쇠! 귀신아!"

그녀는 날마다 같은 푸념으로 징, 꽹과리를 울렸다. 혹 술잔이나 가지고 이웃사람이 찾아가,

"모화네, 아들 죽고 섭섭해서 어쩌나?"

하면 그녀는 다만,

"우리 아들은 예수귀신이 잡아갔소."

하고 한숨을 내쉬곤 했다.

"아까운 모화 굿을 언제 또 볼꼬?"

사람들은 모화를 아주 실신한 사람으로 치고 이렇게 아까워하곤 했다. 이러할 즈음에 모화의 마지막 굿이 열린다는 소문이 났다. 읍내 어느 부잣집 며느리가 '예기소'에 몸을 던진 것이었다. 그래 모화는 비단옷 두 벌을 받고 특별히 굿을 응낙했다는 말도 났다. 그리고 이와 동시에 모화

가 이번 굿에서 딸 낭이의 입을 열게 할 계획이라는 소문이 났다.

"흥, 예수귀신이 진짠가 신령님이 진짠가 두고 보지."

이렇게 장담했다는 것이다. 사람들은 기대와 호기심에 들끓었다. 그들은 놀랍고 아쉬운 마음으로 산을 넘고 물을 건너 모여들었다.

굿이 열린 백사장 서북쪽으로는 검푸른 소[67] 물이 깊은 비밀과 원한을 품은 채 조용히 굽이돌아 흘러내리고 있었다.(명주구리 하나 들어간다는 이 깊은 소에는 해마다 사람이 하나씩 빠져 죽기 마련이라는 전설이 있다.)

백사장 위에는 수많은 엿장수, 떡장수, 술가게, 밥 가게 들이 포장을 치고, 혹은 거적을 두르고 득실거렸고, 그 한복판 큰 차일 속에서 굿은 벌어져 있었다. 청사, 홍사, 녹사, 백사, 황사의 오색사 초롱이 꽃송이같이 여기저기 차일 아래 달리고 그 초롱불 밑에서 떡시루, 탁주 동이, 돼지 통새미[68] 들이 온 시루, 온 동이, 온 마리째 놓인 대감상, 무더기 쌀과 타래실과 곶감 꼬치, 두부를 놓은 제석상과, 삼색 실과에 백설기와 소채[69] 소탕[70]에 자반, 유과 들을 차려 놓은 미륵상과, 열두 가지 산채로 된 산신상과, 열두 가지 해물을 차린 용신상과, 음식이란 음식마다 한 접시씩 놓은 골목상과, 냉수 한 그릇만 놓은 모화상과 이 밖에도 여

---

67 소 : 계곡 같은 데서 흘러 내려오던 물이 낙차로 인해서 위에서 아래로 떨어지며 패어 고여 있게 된 물웅덩이
68 통새미 : 자르거나 쪼개지 아니한 생긴 그대로의 상태
69 소채 : 심어 가꾸는 온갖 푸성귀와 나물을 통틀어 이르는 말
70 소탕 : 고기나 생선을 넣지 않고 야채로만 끓인 국

러 가지 크고 작은 전물상71들이 쭉 늘어놓아져 있었다.

　이날 밤 모화의 얼굴에는 평소에 볼 수 없던 정숙하고 침착한 빛이 서려 있었다. 어제같이 아들을 잃고 또 새로 들어온 예수교도들로부터 가지각색 비방과 구박을 받아 오던 그녀로서는 의아스러우리만큼 새침하게 가라앉아 있어, 전날 달밤으로 산에 기도를 다닐 적의 얼굴을 연상케 했다. 그녀는 전날과 같이 여러 사람 앞에서 아양을 부리거나 수선을 떨지도 않았다. 그러나 그녀는 그 호화스러운 전물상들을 둘러보고도 만족한 빛 한번 띠지 않고, 도리어 비웃듯이 입을 비쭉거렸다.

　"더러운 년들, 전물상만 차리면 그만인가."

　입 밖에 내어 놓고 빈정거리기까지 하였다. 그러자 자리에서는 모화가 오늘 밤 새로운 귀신이 지핀다고들 수군거리기 시작했다. 그 가운데 한 여자가 돌연히,

　"아 죽은 김씨 혼신이 덮였군."

하자 다른 여자들도,

　"바로 그 김씨가 들렸다. 저 청승맞도록 정숙하고 새침한 얼굴 좀 봐라. 그리고 모화네가 본디 어디 저렇게 이뻤나, 아주 김씨를 덮어썼구먼."

이렇게들 수군댔다. 이와 동시, 한쪽에서는 오늘 밤 굿으로 어쩌면 정말 낭이가 말을 하게 될 게라는 얘기도 퍼졌고, 또 한쪽에서는 낭이가, 누

---

71 전물상 : 부처나 신에게 올리는 음식이나 재물을 차려 놓은 상. 주로 무당이 굿할 때에 차리는 음식상을 이른다.

구 아이인지는 모르지만 배가 불러 있다는 풍설도 돌았다. ……하여간 이 여러 가지 소문들이 오늘 밤 굿으로 해결이 날 것이라고 막연히 그녀들은 믿고 있는 것이었다.

모화는 김씨 부인이 처음 태어났을 때부터 물에 빠져 죽을 때까지의 사연을 한참씩 넋두리하다가는 전악들의 젓대[72], 피리, 해금에 맞추어 춤을 덩실거렸다. 그녀의 음성은 언제보다도 더 구슬펐고 몸뚱이는 뼈도 살도 없는 율동(律動)으로 화한 듯 너울거렸고…… 취한 양, 얼이 빠진 양 구경하는 여인들의 숨결은 모화의 쾌자자락만 따라 오르내렸다. 모화의 쾌자자락은 모화의 숨결을 따라 나부끼는 듯했고, 모화의 숨결은 한 많은 김씨 부인의 혼령을 받아 청승에 자지러진 채 비밀을 품고 조용히 굽이돌아 흐르는 강물(예기소의)과 함께 자리를 옮겨 가는 하늘의 별들을 삼킨 듯했다.

밤중이나 되어서였다.

혼백이 건져지지 않는다는 것이었다. 화랑이들과 작은 무당들이 몇 번이나 초망자(招亡者)[73] 줄에 밥그릇을 달아 물속에 던져도 밥그릇 속에 죽은 사람의 머리카락이 들어오지 않는 것으로 보아 김씨가 초혼[74]에 응하질 않는 모양이라 하였다.

---

72 젓대 : '저'를 일상적으로 이르는 말. '저'는 가로로 불게 되어 있는 관악기를 통틀어 이르는 말이다.
73 초망자 : 죽은 사람을 극락으로 가게 하는 굿에서, 죽은 사람의 혼을 불러들이는 것
74 초혼 : 죽은 사람의 혼을 부름.

작은 무당 하나가 초조한 낯빛으로 모화의 귀에 입을 바짝 대며,

"여태 혼백을 못 건져서 어떡해?"

하였다.

모화는 조금도 서둘지 않고 오히려 당연하다는 듯이 손수 넋대[75]를 잡고 물가로 들어섰다.

초망자 줄을 잡은 화랑이는 넋대가 가리키는 방향으로 이리저리 초혼 그릇을 물속에 굴렸다.

"일어나소, 일어나소.

서른세 살 월성 김씨 대주부인,

방성으로 태어날 때 칠성에 복을 빌어."

모화는 넋대로 물을 휘저으며 진정 목이 멘 소리로 혼백을 불렀다.

"꽃같이 피난 몸이 옥같이 자란 몸이,

양친 부모도 생존이요, 어린 자식 뉘어 두고,

검은 물에 뛰어들 제 용신님도 외면이라,

치마폭이 봉긋 떠서 연화대를 타단 말가,

삼단머리 흐트러져 물귀신이 되단 말가."

모화는 넋대를 따라 점점 깊은 물속으로 들어갔다. 옷이 물에 젖어 한 자락 몸에 휘감기고, 한 자락 물에 떠서 나부꼈다. 검은 물은 그녀의 허리를 잠그고, 가슴을 잠그고, 점점 부풀어 오른다……

---

75 넋대 : 무당이 물에 빠져 죽은 사람의 넋을 건지는 데 쓰는 장대

그녀는 차츰 목소리가 멀어지며 넋두리도 허황해지기 시작했다.

"가자시라, 가자시라 이수중분 백로주로,

불러 주소, 불러 주소 우리 성님 불러 주소,

봄철이라 이 강변에 복숭아꽃이 피그덜랑,

소복단장 낭이 따님 이내 소식 물어 주소,

첫 가지에 안부 묻고, 둘째 가……."

할 즈음, 모화의 몸은 그 넋두리와 함께 물속에 아주 잠겨 버렸다.

처음엔 쾌자자락이 보이더니 그것마저 잠겨 버리고, 넋대만 물 위에 빙빙 돌다가 흘러내렸다.

열흘쯤 지난 뒤다.

동해변 어느 길목에서 해물 가게를 보고 있다던 체수 조그만 사내가 나귀 한 마리를 몰고 왔을 때, 그때까지 아직 몸이 완쾌하지 못한 낭이가 퀭한 눈으로 자리에 누워 있었다.

사내는 낭이에게 흰죽을 먹이기 시작했다.

"아버으이."

낭이는 그 아버지를 보자 이렇게 소리를 내어 불렀다. 모화의 마지막 굿이(떠돌던 예언대로) 영검76을 나타냈는지 그녀의 말소리는 전에 없이 알아들을 만도 했다.

---

76 영검 : 사람이 바라는 바를 들어주는 신령한 힘

다시 열흘이 지났다.

"여기 타라."

사내는 손으로 나귀를 가리켰다.

"……."

낭이는 잠자코 그 아버지가 시키는 대로 나귀 위에 올라앉았다.

그네들이 떠난 뒤엔 아무도 그 집을 찾아오는 사람이 없었고, 밤이면 그 무성한 잡풀 속에서 모기들만이 떼를 지어 울었다.

선생님이 들려주는 그 시절 이야기

태환 : 안녕하세요, 선생님. 오늘은 김동리의 「무녀도」에 대한 얘기를 들려주세요. 저희가 방금 그 소설을 읽고 왔거든요.

선생님 : 그래, 알았어. 너희들의 소감부터 들어 보자. 이 작품은 어떤 점이 인상적이었니?

태환 : 저는 우선 액자식 구성이 눈에 띄었어요. 지난번에 황순원의 「목넘이 마을의 개」를 읽었을 때, 선생님이 액자식 구성에 대해 설명해 주셨잖아요?

그때 소설 창작에서 자주 쓰이는 구성법이어서 다른 작품에서도 많이 보게 될 거라고 하셨는데, 이 소설의 구성법이 바로 그랬어요.

선생님 : 아주 잘 기억하고 있구나. 그러면 액자식 구성의 장점은 무엇인지, 이 작품에서도 그런 점이 발휘되고 있는지 생각해 봤니?

태환 : 네, 작가들이 액자식 구성을 즐겨 쓰는 이유는 신뢰성을 높이기 위한 거잖아요? 허구의 이야기를 그냥 풀어놓는 거보다 다른 사람에게 전해 들었다고 해서 정말로 있었던 일처럼 느끼게 하려는 거죠.

이 소설도 마찬가지였어요. 서술자인 '나'가 할아버지로부터 전해 들은 이야기라고 하면서 중심 이야기를 서술해서 사실감과 신뢰성을 높이고 있어요.

서연 : 저도 그렇게 생각했어요. 이 작품의 경우에는 특히 '무녀도'라는 그림이 마치 물증처럼 제시되고 있어서 더 효과가 뛰어났던 거 같아요.

그림 속 장면과 분위기에 대한 묘사가 아주 생생해서 진짜처럼 느껴졌고, 그것에 얽힌 사연이 궁금해지기도 했어요.

선생님 : 그래, 둘 다 액자식 구성과 특징에 대해 잘 이해하고 있구나.

서연 : 그런데 선생님, 이 작품의 시대적 배경은 언제죠? 공간적으로는 경주 인근의 작은 마을이라고 나오는데, 어느 시대 이야기인지 잘 알 수가 없어서요.

선생님 : 작품 속에서 시대 배경이 정확하게 언급되고 있지는 않은데, 대략적으로 개화기라고 볼 수 있겠구나. 우선 모화가 기도하는 욱이를 보고 동학당이냐고 묻는 장면이 나오지? 동학이 번성했던 시기는 19세기 후반으로 바로 개화기였지.

그리고 작품 내용을 보면 기독교가 처음으로 우리나라 농촌에 까지 전파되며 무속 신앙과 충돌하는데, 그것도 개화기의 일이 었지.

서연 : 그러니까 이 작품은 외래문화가 쏟아져 들어오던 개화기를 배경으로, 우리나라의 무속 신앙이 서구의 기독교에 의해 밀려나던 현상을 그린 거군요?

선생님 : 그래, 맞아.

태환 : 그렇긴 한데, 이 작품에서 그런 일이 역사적 사건으로서 부각되

는 거 같지는 않아요. 시대적 배경이 언제인지도 분명하게 서술되지 않잖아요?

그보다 저는 작가가 모화로 상징되는 전통적인 무속의 세계를 묘사하는 데 힘을 기울이고 있는 걸로 보여요.

선생님 : 자세히 말해 볼래?

태환 : 저는 작가가 토속적인 무속 신앙에 대해 애정을 가지고 있다는 느낌을 받았어요. 작품을 읽어 보면, 무당인 모화의 세계관이나 사고방식이 상세히 그려지고 있어요.

가령 모화가 딸 낭이를 수국 꽃님의 화신으로 여기거나 세상 만물에 귀신이 깃들어 있다고 생각하는 것, 그리고 그들과 교감하며 하찮은 대상까지도 모두 '님'이라고 부르는 일 같은 거 말이에요.

또 무당이 굿을 할 때 늘어놓는 말이나 부르는 노래도 여러 차례 반복되며 서술되고 있어요.

선생님 : 작품을 꼼꼼히 읽었구나. 우선 세상 만물에 초월적 존재가 있다고 믿는 사고방식을 범신론적 사고라고 해. 세계의 여러 종교에서 찾아볼 수 있는 종교관인데, 샤머니즘도 범신론이라고 할 수 있지.

또 무당이 굿을 할 때 부르는 노래는 '무가'라고 하고, 늘어놓는 말은 '푸념'이라고 한단다. 요즘에는 푸념이란 말을 불평을 늘어놓는다는 뜻으로 사용하는데, 원래 무속 신앙에서 온 말이야.

어쨌든 다시 작품 이야기를 하자면, 네 말대로 이 소설에는 전통적인 세계에 대한 우호적인 태도가 바탕에 깔려 있다고 할 수 있지.

이런 경향은 이 작가의 다른 소설들에서도 자주 보이는 특징이야. 「바위」, 「황토기」, 「역마」 등의 대표작을 보면, 우리 고유의 전통문화나 민간신앙 등을 다루면서 한국인의 삶과 정서를 깊이 있고 인상적으로 그려 내고 있지.

그렇지만 이 작품에서 작가가 무속 신앙과 기독교의 종교적 충돌을 다루면서 어느 한편을 일방적으로 옹호하고 있지는 않아. 가령 욱이와 기독교에 대해서도 부정적으로 묘사하는 건 아니지 않니?

서연 : 그런데 선생님 말씀대로 무속 신앙 자체를 옹호하지는 않지만, 그런 초자연적이고 신비스러운 분위기가 중요한 요소로 나타나는 거 같아요.

선생님 : 어떤 점에서 그렇다고 생각했니?

서연 : 우선 작품 속에서 제시된 무속 신앙의 세계관 자체가 전반적으로 그런 분위기를 느끼게 했고, 또 굉장히 비극적인 종말로 이어지는 사건들도 그랬어요.

어머니가 아들을 칼로 찔러 죽게 만들고, 스스로도 마지막 굿을 하면서 강물 속으로 걸어 들어가잖아요? 이런 것들은 상식적인 관점에서는 말도 안 되는 끔찍한 사건들인데, 작품 속에서는 자연스러운 일로 그려져요.

그건 모화가 무당이어서 그런 거 같아요. 무당은 세상 만물에서 귀신을 보고, 또 죽은 이의 혼령과도 교감하는 존재니까요. 그러니까 작품 속의 극단적인 사건들도 어떤 초월적인 힘에 의해 발생하는 걸로 보였어요.

선생님 : 그래, 그렇게 볼 수 있지. 어쨌든 무속 신앙의 신비스러운 색채가 강하게 드러나는 것은 이 작품의 특징적인 면이지.

태환 : 그럼 작가는 이런 무속 신앙의 신비적 요소를 통해서 어떤 생각을 표현하고 싶었던 건가요?

선생님 : 작품을 읽어 보면, 서연이 말대로 비극적인 사건에 어떤 초월적인 힘이 작용한 걸로 볼 수 있어. 설령 그렇게 보지 않는다 해도, 모화와 욱이의 죽음이 누구의 잘못이라거나 사회 현실의 모순으로 인해 발생한 사건으로 묘사되지는 않아. 그런 것보다는 개인의 힘으로는 어쩔 수 없는 운명적인 일로 생각하게 만들지.

이런 관점에서 보면, 이 작품은 운명론적 세계관을 보여준다고 할 수 있어. 다시 말해 이 작품은 무속 신앙과 기독교의 충돌로 빚어진 비극을 다루면서도, 그걸 역사적인 차원이 아니라 인간의 근원적인 운명의 관점에서 형상화하고 있다고 말할 수 있어.

서연 : 그렇군요. 그래서 그런지 작품 세계가 조금 특이하면서도 인상적인 거 같아요. 토속적이면서 신비스럽고, 허무적인 느낌도 강하고요.

선생님: 네가 잘 이해하고 있구나. 그게 이 작가가 보여주는 작품 세계의 주요 특징 중 하나란다. 다른 많은 소설들에서도 그런 걸 느낄 수 있지.

서연 : 네, 알겠습니다. 그렇게 말씀하시니까 다른 작품도 읽어보고 싶네요.

태환 : 오늘도 좋은 말씀 감사합니다!

역마

김동리(1913~1995)

작품 해설

　이 소설은 전라·경상 접경의 화개장터를 배경으로, 역마살을 타고난 인물이 운명을 극복하려 노력하지만 결국 이에 순응하는 이야기를 통해 한국적인 운명관을 그려 낸 작품이다.

　화개장터에서 주막을 하는 옥화는 아들 성기와 단둘이 살아간다. 성기의 할머니가 남사당과의 하룻밤 인연으로 옥화를 낳고, 옥화는 떠돌이 중과의 인연으로 성기를 낳았다. 그렇게 태어난 성기는 역마살을 타고난다. 옥화는 이를 없애기 위해 성기를 절에 보내고 책장사도 시켜보지만 소용이 없다.

　어느 날 체장수 영감이 딸 계연을 데리고 와서 주막에 잠시 맡기고 간다. 계연이 마음에 들었던 옥화는 아들과 결혼시켜 역마살을 막으려 하고, 그녀의 바람대로 둘은 서로 사랑하게 된다. 그러다가 옥화는 우연히 계연의 귀에 자신의 것과 똑같은 사마귀가 있는 걸 발견하고 불길한 예감이 든다. 그녀는 악양의 명도까지 찾아가 계연이 자신의 이복동생임을 확인한다.

　이에 옥화는 다시 돌아온 체장수와 함께 계연을 떠나보낸다. 그들이 떠난 후 성기는 중병이 들었다가 옥화가 들려준 사연을 듣고 자리에서 일어난다. 그는 병이 낫자, 엿판을 메고 유랑의 길을 떠난다.

　이 소설의 갈등은 사람과 운명 사이에 일어난다. 즉 등장인물이 다른 인물들과 대립하는 것이 아니라 자신의 타고난 운명에 맞서는 것이다. 작품은 전편에 걸쳐 이러한 운명과의 대결 과정을 그려 보인다.

옥화는 아들 성기의 역마살을 막고자, 절에 보내고 책장사를 시키는 등 온갖 노력을 다한다. 그러나 성기의 액운은 삼 대에 걸친 집안 내력이 암시하듯 쉽게 벗어나기 힘든 것이었다.

그런 중에 계연과의 사랑은 운명의 힘을 다시 절감하는 계기가 된다. 옥화가 성기와 계연을 맺어주려 했던 것도 역마살을 막기 위함이었다. 그러나 그러한 노력 역시 둘이 이모와 조카라는 혈연관계임이 밝혀짐으로써 좌절되고 만다.

이후 성기는 중병을 얻어 죽음의 위기에 이른다. 그가 자리에서 일어난 것은 옥화로부터 계연과 헤어질 수밖에 없는 이유를 듣고서였다. 그가 운명이란 인간의 의지나 노력으로 벗어날 수 없는 것임을 깨닫고 받아들였음을 암시하는 장면이다.

그리하여 이제 성기는 타고난 운명을 좇아 엿 목판을 메고 유랑의 길을 떠난다. 그런데 마음은 가볍고 콧노래까지 흥얼거리는 모습을 보인다. 이런 결말은 운명에 순응함으로써 오히려 참다운 삶을 찾을 수 있다는 주제 의식을 드러낸다.

이 같은 작품 내용은 토속적인 소재를 통해 한국인의 전통적인 의식 세계를 인상 깊게 형상화하며 작가 특유의 운명론적 세계관을 드러낸 것이라 할 수 있다.

역마

'화개장터'의 냇물은 길과 함께 흘러서 세 갈래로 나 있었다. 한 줄기는 전라도 구례(求禮) 쪽에서 오고, 한 줄기는 경상도 쪽 화개협(花開峽)에서 흘러내려, 여기서 합쳐서 푸른 산과 검은 고목 그림자를 거꾸로 비치인 채, 호수같이 조용히 돌아, 경상 전라 양도의 경계를 그어 주며, 다시 남으로 남으로 흘러내리는 것이 섬진강(蟾津江) 본류(本流)였다.

하동(河東), 구례, 쌍계사(雙磎寺)의 세 갈래 길목이라 오고 가는 나그네로 하여, '화개장터'엔 장날이 아니라도 언제나 흥성거리는[1] 날이 많았다. 지리산(智異山) 들어가는 길이 고래로 허다하지만, 쌍계사 세이암(洗耳岩)의 화개협 시오 리를 끼고 앉은 '화개장터'의 이름이 높았다. 경상 전라 양 도 접경[2]이 한두 군데일 리 없지만 또한 이 '화개장터'를 두고 일렀다. 장날이면 지리산 화전민(火田民)[3]들의 더덕, 도라지, 두릅, 고사리들이 화갯골에서 내려오고 전라도 황아장수[4]들의 실,

---

1 흥성거리다 : 여러 사람이 활기차게 떠들며 계속 흥겹고 번성한 분위기를 이루다.
2 접경 : 두 지역의 경계가 서로 맞닿음.
3 화전민 : 산이나 들에 불을 지르고 그 자리를 일구어 농사를 지어 먹고 사는 사람
4 황아장수 : 예전에, 집집을 찾아다니며 끈, 담배 주머니, 바늘, 실 등의 자질구레한 일용품을 파는 사람을 이르던 말

바늘, 면경5, 가위, 허리끈, 주머니 끈, 족집게, 골백분 들이 또한 구롓 길에서 넘어오고, 하동길에서는 섬진강 하류의 해물 장수들의 김, 미 역, 청각, 명태, 자반조기, 자반고등어들이 올라오곤 하여 산협(山峽)6 치고는 꽤 성한 장이 서는 것이기도 했으나, 그러나 '화개장터'의 이름 은 장으로 하여서만 있는 것이 아니었다.

장이 서지 않는 날일지라도 인근(隣近) 고을 사람들에게 그곳이 그렇게 언제나 그리운 것은, 장터 위에서 화갯골로 뻗쳐 앉은 주막마다 유달리 맑고 시원한 막걸리와 펄펄 살아 뛰는 물고기의 회를 먹을 수 있기 때문 인지도 몰랐다. 주막 앞에 늘어선 능수버들 가지 사이사이로 사철 흘러나 오는 그 한(恨) 많고 멋들어진 춘향가 판소리 육자배기7들이 있기 때문인 지도 몰랐다. 게다가 가끔 전라도 지방에서 꾸며 나오는 남사당8 여사당9 협률(協律)10 창극11 광대들이 마지막 연습 겸 첫 공연으로 여기서 으레 재주와 신명을 떨고서야 경상도로 넘어간다는 한갓 관습과 전례(前例)가 '화개장터'의 이름을 더욱 높이고 그립게 하는 것인지도 몰랐다.

가운데도 옥화(玉花)네 주막은 술맛이 유달리 좋고 값이 싸고 안주인 —

---

5 면경 : 얼굴을 비추어 보는 작은 거울
6 산협 : 산속에 있는 골짜기
7 육자배기 : 전라도 지방을 중심으로 대중들이 즐겨 부르던 노래를 통틀어 이르는 말
8 남사당 : 무리를 지어 떠돌아다니면서 소리나 춤을 팔던 남자 예인
9 여사당 : 조선 시대에, 무리를 지어 떠돌아다니면서 노래와 춤을 파는 여자
10 협률 : 고대 중국에서, 시를 음악적 반주에 맞추던 일
11 창극 : 판소리의 형식을 빌려 연기와 함께 창을 들려주는 한국 고유의 음악극

즉 옥화—의 인심이 후하다 하여 화개장터에서는 가장 이름이 들난12 주막이었다. 얼마 전에 그 어머니가 죽고 총각 아들 하나와 단 두 식구만으로 안주인 옥화가 돌아올 길 망연한13 남편을 기다리며 살아간다는 것이라 하여 그들은 더욱 호의와 동정을 기울이는 것인지도 몰랐다. 혹 노자14가 딸린다거나 행장15이 불비16할 때 그들은 으레 옥화네 주막을 찾았다.

"나 이번에 경상도서 돌아올 때 함께 회계17하지라오."

그들은 예사18로 이렇게들 말하곤 하였다.

늘어진 버드가지가 강물에 씻기우고, 저녁놀에 은어가 번득이고 하는 여름철 석양 무렵이었다.

나이 예순도 훨씬 더 넘어 뵈는 늙은 체장수 하나가, 쳇바퀴19와 바닥감20들을 어깨에 걸머진 채 손에는 지팡이와 부채를 들고 옥화네 주막을 찾아왔다. 바로 그 뒤에는 나이 열대여섯 살쯤 나 뵈는 몸매가 호리호리한 소녀 하나가 조그만 보따리를 옆에 끼고 서 있었다. 그들은 무척

---

12 들나다 : '드러나다'의 경남 방언
13 망연하다 : 떠오르지 않아 막막하다.
14 노자 : 여행에 드는 비용
15 행장 : 길을 떠나거나 여행할 때에 사용하는 물건과 차림
16 불비 : 제대로 정리되거나 갖추어 있지 않음.
17 회계 : 빚이나 물건의 값 따위를 셈하여 치름.
18 예사 : 보통으로 있는 일
19 쳇바퀴 : 체의 몸이 되는 부분. 얇은 나무나 널빤지를 둥글게 휘어 만든 테로, 이 테에 쳇불을 메워 체를 만든다.
20 바닥감 : 바닥의 재료. 여기서는 체의 바닥을 만드는 데 쓰는 재료를 말한다.

피곤해 보였다.

"저 큰애기까지 두 분입니까?"

옥화는 노인보다 '큰애기'의 얼굴을 바라보며 이렇게 물었다. 노인은 조용히 고개를 끄덕였다.

그날 밤 저녁상을 물린 뒤 노인은 옥화에게 인사를 청했다. 살기는 구례에 사는데 이번엔 경상도 쪽으로 벌이를 떠나온 길이라 하였다. 본시 여수(麗水)가 고향인데 젊어서 친구를 따라 한때 구례에 와서도 살다가, 그 뒤 목포로 광주로 전전하였고, 나중 진도(珍島)로 건너가 거기서 열여덟 해 사는 동안 그만 머리털까지 세어져서는, 그래 몇 해 전부터 도로 구례에 돌아와 사는 것이라 하였다. 그렇지만 저런 큰애기를 데리고 어떻게 다니느냐고 옥화가 묻는 말에 그렇잖아도 이번에는 죽을 때까지 아무 데도 떠나지 않으려고 했던 것인데, 떠나지 않고는 두 식구가 가만히 굶을 판이라 할 수 없었던 것이라 하겠다.

"그럼, 저 큰애기는 하라부지 딸입니까?"

옥화는 '남포불21' 그림자가 반쯤 비낀 바람벽22 구석에 붙어 앉아 가끔 그 환한 두 눈으로 이쪽을 바라보곤 하는 소녀의 동그스름한 어깨를 바라보며 이렇게 물었다.

---

21 남포불 : 남폿불. 남포등에 켠 불. '남포등'은 석유를 넣은 그릇의 심지에 불을 붙이고 유리로 만든 등피를 끼운 등이다.
22 바람벽 : 방이나 칸살의 옆을 둘러막은 둘레의 벽

노인은 또 고개를 끄덕였다. 그리 평생 객지로만 돌아다니고 나니 이제 고향 삼아 돌아온 곳[求禮]이래야 또한 객지라 그들 아비, 딸이 어디다 힘을 입고 살아가야 할는지 아무 데도 의탁할 곳이 없다고 그들의 외로운 신세를 한탄도 했다.

"나도 젊었을 때는 노는 것을 좋아했지라오. 동무들과 광대도 꾸며 갖고 댕겨 봤는듸 젊어서 한 번 바람 들어 놓게 평생 못 가기 마련이랑게…… 그것이 스물네 살 때 정초닝게 꼭 서른여섯 해 전일 것이여, 바로 이 장터에서도 하룻밤 논 일이 있었지라오."

노인은 조용히 추억의 실마리를 더듬는 듯, 방 안을 두리번거리며 살펴보곤 하는 것이었다.

"어이유! 참 오래전일세!"

옥화는 자뭇 놀라운 시늉이었다.

이튿날은 비가 왔다.

화개장날만 책전23을 펴는 성기(性騏)는 내일 장 볼 준비도 할 겸 하루를 앞두고 절에서 마을로 내려오고 있었다.

쌍계사에서 화개장터까지는 시오 리가 좋은 길이라 해도, 굽이굽이 벌어진 물과 돌과 산협의 장려한24 풍경이 언제보다 그에게 길멀미25를

---

23 책전 : 책을 사고팔았던 가게
24 장려하다 : 웅장하고 화려하다.
25 길멀미 : 길을 걸으며 느끼는 싫증

내지 않게 하였다.

처음엔 글을 배우러 간다고 할머니에게 손목을 끌리다시피 하여 간 곳이 절이었고, 그다음엔 손위 동무들의 사랑에 끌려다니다시피쯤 하여 왔지만 이즘 와서는 매일같이 듣는 북소리, 목탁 소리, 그리고 그 경을 치게 희맑은26 은행나무, 염주나무〔菩提樹〕, 이런 것까지 모두 싫증이 났다.

당초27부터 어디로 훨훨 가 보고나 싶던 것이 소망이었지만, 그러나 어디로 간다는 건 말만 들어도 당장에 두 눈이 시뻘개져서 역정을 내는 어머니였다.

"서방이 있나, 일가친척이 있나. 너 하나만 믿고 사는 이년의 팔자에 너조차 밤낮 어디로 간다고만 하니 난 누굴 믿고 사냐?"

어머니의 넋두리는 인제 귀에 못이 박일 정도였다.

이러한 어머니보다도 차라리, 열 살 때부터 절에 보내어 중질을 시켰으니, 인제 역마살(驛馬煞)28도 거진 다 풀려 갈 것이라고 은근히 마음을 느꾸시는29 편이던 할머니는, 그러나 갑자기 세상을 떠나 버렸다. 당사주(唐四柱)30라면 다시는 더 사족을 못 쓰던 할머니는, 성기가 세 살

---

26 희맑다 : 희고 맑다.

27 당초 : 일의 맨 처음

28 역마살 : 한곳에 머물지 못하고 늘 이리저리 떠돌아다녀야만 하는 액운

29 느꾸다 : '늦추다'의 방언. 바싹 다그치던 기세나 긴장을 조금 풀다.

30 당사주 : 중국에서 들어온, 그림으로 보는 사주. '사주'란 사람이 태어난 연월일시의 네 가지 간지를 말하는데, 이에 근거하여 사람의 길흉화복을 알아보는 점을 가리키기도 한다.

낳을 때 보인 그의 사주에 시천역(時天驛)31이 들었다 하여 한때는 얼마나 낙담을 했던 것인지 모른다. 하동 산다는 그 키가 나지막한 명주 치마저고리를 입은 할머니가 혹시 갑자을축32을 잘못 짚지나 않았나 하여, 큰절(쌍계사를 가리킴)에 있는 어느 노장33에게도 가 물어보고 지리산 속에서 도를 닦아 나오던 어떤 키 큰 영감에게도 다시 뵈어 봤지만 시천역엔 조금도 요동이 없었다.

"천성 제 애비 팔자를 따라가려는 게지."

할머니가 어머니를 좀 비꼬아 하는 말이었으나 거기 깊은 원망이 든 것도 아니었다. 그러나 이런 말엔 각별나게 신경을 쓰는 옥화는,

"부모 안 닮는 자식 없단다. 근본은 다 엄마 탓이지."

도리어 어머니에게 오금34을 박고 들었다.

"이년아, 에미한테 너무 오금 박지 마라. 남사당을 붙었음, 너를 버리고 내가 그놈을 찾아갔냐, 너더러 찾아 달라 성화를 댔냐?"

그러나 서른여섯 해 전에 꼭 하룻밤 놀다 갔다는 젊은 남사당의 진양조 가락에 반하여 옥화를 배게 된 할머니나, 구름같이 떠돌아다니는 중

---

31 시천역 : 사주와 관련된 용어로 '역마살(驛馬煞)'과 유사한 뜻을 나타낸다.

32 갑자을축 : 육십갑자의 첫째와 둘째로, 육십갑자를 달리 이르는 말. 천간에 속하는 10글자와 지지에 속하는 12글자를 차례로 결합하여 만든 60개의 간지이다. 예전에 연대를 표시하는 일에 썼으나, 여기서는 사람이 태어난 연월일시를 나타내는 사주를 가리킨다.

33 노장 : 나이가 많고 덕행이 높은 승려

34 오금 : 무릎의 구부러지는 오목한 안쪽 부분. '오금 박다'는 큰소리치며 장담하던 사람이 그와 반대되는 말이나 행동을 할 때에, 장담하던 말을 빌미로 삼아 몹시 논박한다는 뜻이다.

과 인연을 맺어 성기를 가지게 된 옥화나 다같이 '화개장터' 주막에 태어났던 그녀들로서는 별로 누구를 원망할 턱도 없는 어미, 딸이었다. 성기에게 역마살이 든 것은 어머니가 중 서방을 정한 탓이요, 어머니가 중 서방을 정한 것은 할머니가 남사당에게 반했던 때문이라면 성기의 역마운도 결국은 할머니가 장본35이라, 이에 할머니는 성기에게 중질을 시켜서 살36을 때우려고도 서둘러 보았던 것이고, 중질에서 못다 푼 살을, 이번에는 옥화가 그에게 책장사라도 시켜서 풀어 보려는 속셈인 것이었다. 성기로서도 불경(佛經)보다는 암만해도 이야기책에 끌리는 눈치요, 중질보다는 차라리 장사라도 해보고 싶다는 소청37이기도 하여, 그러나 옥화는 꼭 화개장만 보기로 다짐까지 받은 뒤, 그에게 책전을 내어주기로 했던 것이었다.

성기가 마루 앞 축대 위에 올라서는 것을 보자 옥화는 놀란 듯이 자리에서 일어나 앉으며,

"더운데 왜 인저사 내려오냐?"

곁에 있던 수건과 부채를 집어 그에게 주었다.

지금까지 옥화에게 이야기책을 읽어 들려주고 있은 듯한 낯선 계집애는, 책 읽던 것을 멈추고 얼굴을 들어 성기를 바라보았다. 갸름한 얼굴

---

35 장본 : 장본인. 어떤 일을 빚어낸 바로 그 사람
36 살 : 사람이나 물건을 해치는 모질고 독한 귀신의 기운
37 소청 : 남에게 청하거나 바라는 일

에 흰자위 검은자위가 꽃같이 선연한 두 눈이었다. 순간, 성기는 가슴이 찌르르하며 갑자기 생기 띠어진 눈으로 집 앞에 늘어선 버들가지를 바라보았다.

얼마 뒤 계집애는 안으로 들어가고, 옥화는 성기의 점심상을 차려 들고 나와서,

"체장수 딸이다."

하였다. 어머니도 즐거운 얼굴이었다.

"체장수라니?"

성기는 밥상을 받은 채, 그러나 얼른 숟가락을 들지도 않고, 그의 어머니의 얼굴을 쳐다보았다.

"구례 산다더라. 이번에 어쩌면 하동으로 해서 진주 쪽으로 나가 볼 참이라는데 어제저녁에 화갯골로 들어갔다."

그리고 저 딸아이는 그 체장수의 무남독녀인데 영감이 화갯골 쪽으로 들어갔다 나와서, 하동 쪽으로 나갈 때 데리고 가겠다고, 하도 간청을 하기에 그동안 좀 맡아 있어 주기로 했다면서, 옥화는 성기의 눈치를 살피듯 그의 얼굴을 물끄러미 바라보았다.

"화갯골에서는 며칠이나 있겠다던고?"

"들어가 보고 재미나면 지리산 쪽으로 깊이 들어가 볼 눈치더라."

그리고 나서, 옥화는 또,

"그래도 그런 사람의 딸 같지는 안 뵈지?"

하였다. 계연(契妍)이란 이름이었다.

성기는 잠자코 밥숟가락을 들었다. 그러나 밥은 반도 먹지 않고, 상을

물려 버렸다.

　이튿날 성기가 책전에 있으려니까, 그 체장수 딸이 그의 점심을 이고 왔다. 집에서 장터까지래야 소리 지르면 들릴 만한 거리였지만, 그래도 전날 늘 이고 다니던 '상돌 엄마'가 있을 터인데 이렇게 벌써 처녀티가 나는 남의 큰애기더러 이런 사환38을 시켜 미안하단 생각이 들었다. 그러나 정작 그녀 쪽에서는 그러한 빛도 없이, 그 꽃송이같이 화안한 두 눈에 웃음까지 담은 채, 그의 앞에 밥함지39를 공손스레 놓고는, 떡과 엿과 참외들을 팔고 있는 음식전 쪽으로 곧장 눈을 팔고 있었다.

　"상돌 엄만 어디 갔는듸?"

　성기는 계연의 그 아리따운 두 눈에서 흥건한 즐거움을 가슴으로 깨달으며, 그러나 고개는 엉뚱한 방향으로 돌린 채, 차라리 거칠은 음성으로 이렇게 물었다.

　"손님이 마루에 가뜩 찼는듸 상돌 엄마가 혼자사 바삐 서두닝께 어머니가 지더러 갖고 가라 했어요."

　그동안 거의 입을 열어 말하는 일이 없었던 계연은, 성기가 묻는 말에 의외로 생경한 전라도 쪽 토음(土音)40으로 이렇게 말했다. 그 가냘프고 갸름한 어깨와 목하며, 어디서 그렇게 힘차고 괄괄한 음성이 울려 나오

---

38 사환 : 심부름을 함.
39 밥함지 : 밥을 담은 네모난 나무 그릇
40 토음 : 사투리

는 것인지 알 수가 없었다. 한 줌이나 될 듯한 가느다란 허리와 호리호리한 몸매에 비하여 발달된 팔다리와 토실토실한 두 손등과 조그맣게 도톰한 입술을 가진 탓인지도 몰랐다.

"계연아, 오빠 세숫물 놔드려라."

이튿날 아침에도 옥화는 상돌 엄마를 부엌에 둔 채 역시 계연에게 성기의 시중을 들게 하였다. 세숫물을 놓는 일뿐 아니라 숭늉 그릇을 들고 다니는 것이나 밥상을 차려 오는 것이나 수건을 찾아 주는 것이나 성기에 따른 시중은 모조리 그녀로 하여금 들게 하였다. 그러고는,

"아이가 맘이 컴컴치 않고, 인정이 있고, 얄미운 데가 없어."

옥화는 자랑 삼아 이런 말도 하였다.

"저의 아버지는 웬일인지 반 억지 비슷하게 거저 곧장 나만 믿겠다고, 아주 양딸처럼 나한테다 맡기구 싶은 눈치더라만……."

옥화는 잠깐 말을 끊어 성기의 낯빛을 살피고 나서 다시, "그래 너한테도 말을 들어 봐야겠고 해서 거저 대강 들을 만하고 있었잖냐……. 언제 한번 데리고 가서 칠불(七佛)[41] 구경이나 시켜 줘라."

하는 것이, 흡사 성기의 동의를 구하는 모양 같기도 하였다.

그러고 나서 옥화는 계연의 말을 옮겨, 구례 있는 저의 집이래야 구례읍에서 외따로 떨어진 무슨 산기슭 밑에 이웃도 없이 있는 오막살인가 보더라고도 하였다.

---

41 칠불 : 일곱 부처. 여기서는 경상남도 하동군에 있는 쌍계사의 '칠불암'을 가리킨다.

"그럼 살림은 어쩌고 나왔을까?"

"살림이래야 그까진 거 머 방문에 자물쇠 채워 두었으면 그만 아냐. 허지만 그보다도 나그넷길에 데리고 나선 계연이가 걱정이지."

이러한 옥화의 말투로 보아서는 체장수 영감이 화갯골에서 나오는 대로 계연을 아주 양딸로 정해 둘 생각인 듯이도 보였다. 다만 성기가 꺼릴까 보아 이것만을 저어하는[42] 눈치 같았다. 지금까지 몇 번이나 옥화는 성기더러 장가를 들라고 권했으나 그는 응치 않았고, 집에 술파는 색시를 몇 차례나 두어도 보았지만 색시 쪽에서 간혹 성기에게 말썽을 내인 적은 있어도 성기가 색시에게 그러한 마음을 두는 일은 한 번도 있은 적이 없어, 이러한 일들로 해서, 이번에도 옥화는 그녀로 하여금 성기의 미움이나 받지 않게 할 양으로 그녀의 좋은 점만 이야기하는 듯한 눈치 같기도 하였다.

아랫집 실과 가게에서 성기가 짚신 한 켤레를 사들고 오려니까 옥화는 비죽이 웃는 얼굴로 막걸리 한 사발을 그에게 떠 주며,

"오늘 날씨가 너무 덥잖냐?"

고 하였다. 술 거를 때 누구에게나 맛뵈기 떠 주기를 잘하는 옥화였다. 계연이는 방에서 옷을 갈아입고 있었다.

"계연아, 너도 빨리 나와, 목마를 텐데 미리 좀 마시고 가거라."

옥화는 방을 향해서도 이렇게 소리를 질렀다.

---

42 저어하다 : 염려하거나 두려워하다.

항라43 적삼44에 가는 삼베 치마를 갈아입고 나오는 계연은 그 선연한 두 눈의 흰자위 검은자위로 인하여 물에 어리인 한 송이 연꽃이 떠오는 듯하였다.

"꼭 스무 해 전에 내가 입었던 거다."

옥화는 유감(有感)한45 듯이 계연의 옷맵시를 살펴 주며 말했다.

"어제 꺼내서 품을 좀 줄여 놨더니만 청승스리46 맞는고나, 보기보단 품을 여간 많이 입잖는다, 이앤…… 자, 얼른 마셔라, 오빠 있음 무슨 내외할47 사이냐?"

그러자 계연은 웃는 얼굴로 술잔을 받아 들고 방으로 들어가 마시고 나오는 모양이었다.

성기는 먼저 수양버드나무 밑에 와서 새 신발에 물을 축이었다. 계연이도 곧 뒤를 따라 나섰다. 어저께 성기가 칠불암(七佛庵)까지 책값 수금48 관계로 좀 다녀올 일이 있다고 했더니, 옥화가 그러면 계연이도 며칠 전부터 산나물을 캐러 간다고 벼르는 중이고, 또 칠불암 구경은 어차피 한 번 시켜 주어야 할게고 하니, 이왕이면 좀 데리고 가잖겠느냐고 하였다.

---

43 항라 : 명주나 모시, 무명실 따위로 짠 천의 하나
44 적삼 : 윗도리에 입는 홑옷
45 유감하다 : 느끼는 바가 있다.
46 청승스럽다 : 궁상스럽고 처량한 데가 있다.
47 내외하다 : 남의 남녀 사이에 서로 얼굴을 마주 대하지 않고 피하다.
48 수금 : 받을 돈을 거두어들임.

성기는 가슴도 좀 뛰고 그래서, 나물을 내가 어떻게 아느냐고, 싫다고
했더니 너더러 누가 나물까지 캐라느냐고, 앞에서 길만 끌어 주면 되잖
느냐고 우기어, 기승한49 어머니에게 성기는 더 항변을 못 하고 말았던
것이다.

성기는 처음부터 큰길을 버리고, 사람이 잘 다니지 않는, 수풀 속 산
길을 돌아가기로 하였다. 원체가 지리산 밑이요, 또 나뭇길도 본디부터
똑똑히 나 있지 않는 곳이라, 어려서부터 자라난 고장이라곤 하지만 울
울한50 수풀 속에서 성기는 몇 번이나 길을 잃은 채 헤매곤 하였다.

쳐다보면 위로는 하늘을 찌를 듯한 높은 산봉우리요, 내려다보면 발아
래는 바다같이 뿌우연 수풀뿐, 그 위에 흰 햇살만 물줄기처럼 내리 퍼붓
고 있었다. 머루, 다래, 으름51은 이제 겨우 파랗게 메아리져 있고, 가지
마다 새빨간 복분자(나무딸기), 오디(산뽕나무의 열매)는 오히려 철이 겨운
듯, 한 머리52 까맣게 먹물이 돌았다.

성기는 제 손으로 다듬은 퍼런 아가위나무 가지로 앞에서 칡덩굴을
헤쳐 가며 가고 있는데, 계연은 뒤에서, 두릅을 꺾는다, 딸기를 딴다,
하며 자꾸 혼자 처지곤 하였다.

"빨리 오잖고 뭘 하나?"

49 기승하다 : 기세가 누그러지지 않을 만큼 굳세다.
50 울울하다 : 나무가 빽빽하게 들어서 매우 무성하다.
51 으름 : 으름덩굴의 타원형의 열매. 익으면 껍질이 벌어져 씨가 튀어나오는데 맛이 좋다.
52 머리 : 한쪽 옆이나 가장자리

성기가 걸음을 멈추고 서서 나무라면 계연은 딸기를 따다 말고, 두릅을 꺾다 말고, 그 조그맣고 도톰한 입술을 꼭 다물고는 뛰어오는 것인데, 한참만 가다 보면 또 뒤에 떨어지곤 하였다.

"아이고머니 어쩔 거나!"

갑자기 뒤에서 계연이가 소리를 질렀다. 돌아다보니 떡갈나무 위에서, 가지에 치맛자락이 걸려 있다. 하필 떡갈나무에는 뭣하러 올라갔을까고, 곁에 가 쳐다보니, 계연의 손이 닿을 만한 위치에 그 아래쪽 딸기나무 가지가 넘어와 있다. 딸기나무에는 가시가 있고 또 비탈에 서 있어 올라갈 수가 없으니까, 그 딸기나무와 가지가 서로 얽힌 떡갈나무 쪽으로 올라간 모양이었다. 몸을 구부려 손으로 치맛자락을 벗기려면 간신히 잡고 서 있는 윗가지에서 손을 놓아야 하겠고, 손을 놓았다가는 당장 나무에서 떨어질 형편이다. 나무 아래서 쳐다보니 활짝 걷어 올려진 베치마 속에, 정강마루⁵³까지를 채 가리지 못한 짤막한 베고의⁵⁴가 훤한 햇살을 받아 그 안의 뽀오얀 것을 그대로 보여 주고 있었다.

성기는 짚고 있던 생나무 지팡이로 치맛자락을 벗겨 주려 하였으나, 지팡이가 짧아서 그렇겠지만 제 자신도 모르게, 지팡이 끝은 계연의 그 발가스레하고 매초롬한 종아리만을 자꾸 건드리고 있었다.

"아이 싫어! 나무에서 떨어진당게!"

53 정강마루 : 정강이뼈 위 거죽에 마루가 진 곳
54 고의 : 속곳. 예전에 여자들이 입던 속옷

계연은 소리를 질렀다. 게다가 마침 다람쥐란 놈까지 한 마리 다래 넌 줄[55] 위로 타고 와서, 지금 막 계연이가 잡고 서 있는 떡갈나무 가지 위로 건너뛰려 하고 있다.

"아, 곧 떨어진당게! 그 막대로 저 다램이나 때려 줬음 쓰겠는듸."

계연은 배 아래를 거진 햇살에 훤히 드러내인 채 있으면서도 다래 넌 줄 위에서 이쪽을 건너다보고 그 요망스런 턱주가리를 쫑긋거리고 있는 다람쥐가 더 안타까운 모양으로 또 이렇게 소리를 질렀다.

"요놈의 다램이가……."

성기는 같은 나무 밑둥치에까지 올라가서야 겨우 계연의 치맛자락을 벗겨 주고, 그러고는 막대로 다시 조금 전에 다람쥐가 앉아 있던 다래 넌줄도 한번 툭 쳤다. 이 소리에 놀랐는지 산비둘기 몇 마리가 푸드득하고 아래쪽 머루 넌줄 위로 날아갔다.

"샘물이 있어야 쓰겠는듸."

계연은 치맛자락을 걷어 올려 이마의 땀을 씻으며 이렇게 말했다.

모롱이[56]를 돌아 새로운 산줄기를 탈 때마다 연방 더 우악스런 멧부리[57]요, 어두운 수풀을 지나 환하게 열린 하늘을 내다볼 때마다 바다같이 질펀한 골짜기에 차 있으니 머루, 다래 넌줄이오, 딸기, 칡의 햇덩굴이

---

55 넌줄 : 뻗어 나가 길게 늘어진 식물의 줄기
56 모롱이 : 산모퉁이의 휘어 돌아간 곳
57 멧부리 : 산등성이나 산봉우리에서 가장 높은 꼭대기

다. 산속으로 들어갈수록 여기저기서 난장판으로 뻐꾸기들은 울고, 이따금씩 낄낄거리고 골을 건너 날아가는 꿩 울음소리마저 야지[58]의 가을벌레 소리 듣는 듯 신산[59]을 더했다.

해는 거진 하늘 한가운데를 돌아 바야흐로 머리에 불을 끼얹고, 어두운 숲 그늘 속에는 해삼 같은 시꺼먼 달팽이들이 허연 진물을 토한 채 땅에 붙어 늘어졌다.

햇살이 따갑고, 땀이 흐르고, 목이 마를수록 성기들은 자꾸 넌출 속으로만 들짐승들처럼 파묻히었다. 나무딸기, 덤불 딸기, 산 복숭아, 아가위, 오디, 손에 닿는 대로 따서 연방 입에 가져가지만 입에 넣으면 눈 녹듯 녹아질 뿐, 떨적지근한 침을 삼키면 그만이었다. 간혹 이에 걸린다는 것이 아직 익지 않은 산 복숭아, 아가위 따위인데, 딸기 녹은 침물로는 그 쓰고 떫은 것마저 사양 없이 씹어 넘겨졌다. 처음엔 입술이 먼저 거멓게 열매 물이 들었고 나중엔 온 볼에까지 묻었다. 먹을수록 목이 마른 딸기를 계연은 그 새파란 산 복숭아서껀, 둥그런 칡잎으로 하나 가득 따서 성기에게 주었다. 성기는 두 손바닥 위에다 그것을 받아서는 고개를 수그려 물을 먹듯 입을 대어 먹었다. 먹고 난 칡잎은 아무렇게나 넌출 위로 던져 버린 채 칡 넌출이 담뿍 감겨 있는 다래 덩굴 위에 비스

58 야지 : 산이 적고 들이 많은 지방
59 신산 : 음식의 맛이 맵고 신 것처럼 살아가는 일이 힘들고 고생스러움을 비유적으로 이르는 말

듬히 등을 대이고 누웠다.

계연은 두 번째 또 칡잎의 것을 성기에게 주었다. 성기는 성가신 듯이 그냥 비스듬히 누운 채 그것을 그대로 입에 들이부어 한입 가득 물고는 나머지를 그냥 넌출 위로 던졌다. 그러고는 곧 코를 골기 시작하였다.

세 번째 칡잎에다 딸기 알, 머루 알을 골라 놓은 계연은 그러나 성기가 어느덧 잠이 들어 있음을 보자 아까 성기가 하듯 하여 이번엔 제가 먹어 치웠다.

"참 잘도 잔당게."

계연은 혼잣말로 중얼거리며 자기도 다래 덩굴에 등을 대이고 비스듬히 드러누워 보았으나 곧 재채기가 났다. 목이 몹시 말랐다. 배도 고팠다.

갑자기 뻐꾸기 소리가 무서웠다.

"덩굴 속에는 샘물이 없는가?"

계연은 덩굴을 헤치고 한참 들어가다 문득 모과나무 가지에 이리저리 얽히고 주렁주렁 열린 으름덩굴을 발견하였다.

"이것이 익어 있음 쓰겄는듸."

계연은 이렇게 중얼거리며 아직도 파아란 오이를 만지듯 딴딴하고 우들우들한 으름을 제일 큰 놈으로만 세 개를 골라 따 쥐었다. 그리하여 한나절 동안 무슨 열매든지 손에 닿는 대로 마구 따 입에 넣곤 하던 버릇으로 부지중 입에 가져가 한 번 덥석 물어 떼었더니 이내 비릿하고 떫직스레한 풀 같은 것이 입에 하나 가득 끼었다.

"아, 풋내 나!"

계연은 입안의 것을 뱉고 나서 성기 곁으로 갔다. 해는 벌써 점심때도 겨운 듯 갈증과 함께 시장기도 들었다.

"일어나 샘물 찾아 가장게."

계연은 성기의 어깨를 흔들었다.

성기는 눈을 떴다.

계연은 당황하여, 쥐고 있던 새파란 으름 두 개를 성기의 코끝에 내어 밀었다. 성기는 몸을 일으켜 그녀의 둥그스름한 어깨와 목덜미를 껴안았다. 그러고는 입술이 포개졌다.

그녀의 조그맣고 도톰한 입술에서는 한나절 먹은 딸기, 오디, 산 복숭아, 으름 들의 달짝지근한 풋내와 함께, 황토 흙을 찌는 듯한 향긋하고 고수한 고기(肉) 냄새가 느껴졌다.

까악까악 하고 난데없는 까마귀 한 마리가 그들의 머리 위로 울며 날아갔다.

"칠불은 아직 멀지라?"

계연은 다래 덩굴에 걸어 두었던 점심을 벗겨 들었다.

화갯골로 들어간 체장수 영감은 보름이 넘도록 돌아오지 않았다. 떠날 때 한 말도 있고 하니 지리산 속으로 아주 들어간 모양이라고, 옥화와 계연은 생각하고 있었다.

"산중에서 아주 여름을 내시는 갑네."

옥화는 가끔 이런 말도 하였다. 그리고 그들은 끈기 있게 이야기책을 들고 앉곤 하였다. 계연의 약간 구성진 전라도 지방 토음은 날이 갈수록 점점 더 맑고 처량한 노래조를 띠어 왔다.

그동안 옥화와 계연의 사이에 생긴 새로운 사실이 있다면, 옥화가 계연의 왼쪽 귓바퀴 위에 있는 조그만 사마귀 한 개를 발견한 것쯤이었다.

어느 날 아침, 그녀의 머리를 빗어 땋아 주고 있던 옥화는 갑자기 정신을 잃은 사람처럼 참빗 쥔 손을 부들부들 떨고 있었다.

"어머니 왜 그리여?"

계연이 놀라 물었으나 옥화는 그녀의 두 눈만 멀거니 바라보고 있을 따름 말이 없었다.

"어머니 왜 그러시여."

계연이 또 한 번 물었을 때, 옥화는 겨우 정신이 돌아오는 듯, 긴 한숨을 내쉬며,

"아무것도 아니다."

하고, 다시 빗질을 시작하는 것이었다.

계연은 속으로 이상한 생각이 들었으나 아무것도 아니라는 옥화에게 다시 더 캐어물을 도리도 없었다.

이튿날 옥화는 악양(岳陽)에 볼일이 좀 있어 다녀오겠노라면서 아침 일찍이 머리를 빗고 떠났다. 성기는 큰방에서 낮잠을 자고 있었다. 소나기가 왔다. 계연이가 밖에서 빨래를 걷어 안고 들어오면서,

"어쩔 거나, 어머니 비 만나시겠는듸!"

하였다. 그녀의 치맛자락은 바깥의 신선한 비바람을 묻혀다 성기의 자는 낯을 스쳐 주었다. 성기는 눈을 뜨는 결로 손을 뻗쳐 그녀의 치맛자락을 거머잡았다. 그녀는 빨래를 안은 채 고개를 홱 돌이켜 성기의 얼굴을 가만히 바라보았다. 그녀의 두 볼에 바야흐로 조그만 보조개가 패이

려 할 때, 밖에서 인기척이 났다.

"어머니 옷 다 젖겠는듸!"

또 한 번 이렇게 말하며, 계연은 마루로 나갔다. 성기는 어느덧 또 코를 골기 시작하였다.

성기가 다시 잠이 깨었을 때는, 손님들이 마루에서 막걸리를 마시고 있었다. 계연은 그들의 치다꺼리[60]를 해주고 있는 모양으로 부엌에서,

"명태랑 풋고추밖엔 안주가 없는듸!"

하고 소리가 났다.

나중 손님들이 돌아간 뒤, 성기는 그녀더러,

"어머니 없을 땐 손님 받지 말라고."

약간 볼멘소리로 이런 말을 하였다.

"허지만 오늘 해 넘김, 이 술은 시어질 것인듸, 그냥두면 어머니 오셔서 화내시지 않을 것이오?"

계연은 성기에게 타이르듯이 이렇게 말했다. 조금 뒤 그녀는 다시 웃는 낯으로 성기 곁에 다가서며,

"오빠, 날 면경 하나만 사 주시오. 똥그란 놈이 꼭 한 개만 있었음 쓰겠는듸."

하였다. 이튿날이 마침 장날이라 성기는 점심을 가지고 온 그녀에게 미리 사 두었던 조그만 면경 하나와 찰떡을 꺼내 주었다.

---

60 치다꺼리 : 남의 자잘한 일을 보살펴서 도와주는 일

"아이고머니!"

면경과 찰떡을 보자, 계연은 놀란 듯이 소리를 질렀다. 그녀는 그 꽃 같은 두 눈에 웃음을 담북 담은 채 몇 번이나 면경을 들여다보곤 하더니, 그것을 품속에 넣고는 성기가 점심을 먹고 있는 곁에 돌아앉아 어느덧 짝짝 소리까지 내며 찰떡을 먹고 있었다.

성기는 남이 보지 않게 전 앞에 사람 그림자가 얼씬할 때마다 자기의 몸을 이리저리 움직여서 그것을 가리워 주었다. 딴은 떡뿐 아니라 참외고 복숭아고 엿이고 유과고 일체 군것을 유달리 좋아하는 그녀의 성미인 듯하였다. 집 앞으로 혹 참외 장수나 엿장수가 지나가는 것을 보면 계연은 골무를 깁거나 바늘겨레61를 붙이다 말고, 튀어 일어나 그것들이 시야에서 사라질 때까지 멀거니 바라보며 섰곤 하였다.

한번은 성기가 절에서 내려오려니까, 어머니는 어디 갔는지 눈에 띄지 않고, 그녀만이 마루 끝에 걸터앉은 채 이웃 주막의 놈팡이62 하나와 더불어 참외를 함께 먹고 있었다. 성기를 보자 좀 무안스러운 듯이 얼굴을 약간 붉히며 곧 일어나 반가운 표정을 지어 보였다.

"아, 오빠!"

"……"

---

61 바늘겨레 : 예전에, 부녀자들이 바늘을 꽂아 둘 목적으로 헝겊 속에 솜이나 머리카락을 넣어 만든 수공예품
62 놈팡이 : '사내'를 낮잡아 이르는 말

그러나 성기는 그러한 그녀를 거들떠도 보지 않고 그대로 자기의 방으로만 들어가 버렸다. 계연은 먹던 참외도 마루 끝에 놓은 채 두 눈이 휘둥그레져서 성기의 뒤를 따라왔다.

"오빠 왜?"

"……."

"응, 왜 그리여?"

"……."

그러나 성기는 아무런 대꾸도 없었다. 그녀가 두 팔을 성기의 어깨 위에 얹어, 그의 목을 껴안으려 했을 때, 성기는 맹렬히 몸을 뒤틀어 그녀의 팔을 뿌리치고는 돌연히 미친 것처럼 뛰어들어 따귀를 때리기 시작하였다.

처음 그녀는,

"오빠, 오빠!"

하고 찡그린 얼굴로 성기를 쳐다보며 두 손을 내어 밀어 그의 매질을 막으려 하였으나, 두 차례 세 차례 철썩철썩하고, 그의 손이 그녀의 얼굴에 와 닿자 방구석에 가 얼굴을 쿡 처박은 채 얼마든지 그의 매질에 몸을 맡기듯이 하고 있었다.

이튿날 장에 점심을 가지고 온 계연은 그 작고 도톰한 입술을 꼭 다문 채 말이 없었으나, 그의 꽃같이 선연한 두 눈엔 어저께의 일에 깊은 적의도 원한도 품어 있지 않는 듯하였다.

그날 밤 그녀가 혼자 강가에 나와 있는 것을 보고, 성기는 그녀의 뒤를 쫓아 나갔다. 하늘엔 별이 파랗게 빛나고 있었으나 나무 그늘은 강가를 칠야63같이 뒤덮어 있었다.

"오빠."

계연은 성기가 바로 그녀의 곁에까지 왔을 때 일어나 성기의 턱 앞으로 바싹 다가들어서며 낮은 목소리로 이렇게 불렀다.

"오빠, 요즘은 어쩌자고 만날 절에만 노 있는 것이여?"

그 몹시도 굴곡이 강렬한 전라도 지방 토음이 이렇게 속삭이었다.

그즈음 성기는 장을 보러 오는 날 이외에는 절에서 일체 내려오지를 않았다. 옥화가 악양 명도64에게 갔다 소나기에 젖어 돌아온 뒤부터는, 어쩐지 그와 그녀의 사이를 전과 달리 경계하는 듯한 눈치라, 본래 심장이 약하고 남의 미움 받기를 유달리 싫어하는 그는, 그러한 어머니에 대한 노여움도 있고 하여 기어코 절에서 배겨내려 했던 것이었다.

이날 밤만 해도 계연의 물음에, 성기가 무어라고 대답도 채 하기 전에, '계연아, 계연아!' 하는, 옥화의 목소리가 또 어느덧 들려오고 있었다. 성기는 콧잔등을 찌푸리며 말을 하려다 말고 입을 다물어 버렸다.

'아, 어머니도 어쩌면 저다지 야속할까?'

성기는 갑자기 목이 뿌듯해졌다.

반딧불이 지나갔다. 계연은 돌 위에 걸터앉아 손으로 여뀌 풀을 움켜

---

63 칠야 : 아주 캄캄한 밤

64 명도 : 마마를 앓다가 죽은 어린 여자아이의 귀신. 다른 여자에게 신이 내려서 길흉화복을 말하고 온갖 것을 잘 알아맞힌다고 한다. 여기서는 그 귀신이 지핀 사람, 즉 점쟁이를 가리킨다.

잡으며, 혼잣말같이 또 무어라 속삭이는 것이었으나 냇물 소리에 가리어 잘 들리지 않았다.

이튿날 아침 일찍이 성기가 방 안으로, 부엌으로 누구를 찾으려는 듯 기웃기웃하다가 좀 실망한 듯한 낯으로 그냥 절로 올라가고 말았을 때, 그녀는 역시 이 여뀌 풀 있는 냇물 가에서 걸레를 빨고 있었던 것이다.

사흘 뒤에 성기가 다시 절에서 내려오니까, 체장수 영감은 마루 위에서 막걸리를 마시고 있고, 계연은 고개를 떨어뜨린 채 마루 끝에 걸터앉아 있었다. 머리를 감아 빗고 새 옷—새 옷이래야 전날의 그 항라 적삼을 다시 빨아 다린 것—을 갈아입고, 조그만 보따리 하나를 곁에 두고, 슬픔에 잠겨 있던 계연은, 성기를 보자 그 꽃같이 선연한 두 눈에 갑자기 기쁨을 띠며 허리를 일으켰다. 그러나 바로 그다음 순간, 그 노기를 띤 듯한 도톰한 입술은 분명히 그들 사이에 일어난 어떤 절박하고 불행한 사실을 전하고 있었다.

막걸리 사발을 들어 영감에게 권하고 있던 옥화는 성기를 보자,

"계연이가 시방 떠난단다."

대번에 이렇게 말했다.

옥화의 말을 들으면, 영감은 그날, 성기가 절로 올라가던 날 저녁때에 돌아왔더라는 것이었다. 그 이튿날이니까, 즉 어저께, 영감은 그녀를 데리고 떠나려고 하는 것을 하루 더 쉬어 가라고 만류를 해서, 그래 오늘 아침엔 일찍이 떠난다고 이렇게 막 행장을 차려서 나서는 길이라 하였다.

그러나 이것은 실상 모두 나중 다시 들어서 알게 된 것이었고, 처음은

그저 쇠뭉치로 돌연히 머리를 얻어맞은 것같이 골치가 떵하며, 전신의 피가 어느 한곳으로 쫙 모이는 듯한, 양쪽 귀가 머리 위로 쫑긋이 당기어 올라가는 듯한, 혀가 목구멍 속으로 말려 들어가는 듯한, 눈언저리에 퍼어런 불이 번쩍번쩍 일어나는 듯한, 어지러움과 노여움과 조마로움이 한데 뭉치어 발끝에서 머리끝까지의 그의 전신을 어디로 휩쓸어 가는 듯만 하였다. 그는 지금껏 이렇게까지 그녀에게 마음이 가 있어 떨어질 수 없게 되었으리라고는 너무도 뜻밖이었다. 그것이 이제 영원히 헤어지려는 이 순간에 와서야 갑자기 심지에 불을 켜듯 확 타오를 마련이던가, 하는 것이 자꾸만 꿈과 같았다. 자칫하면 체면도 염치도 다 놓고 엉엉 울음이 터질 것만 같이 목이 징징 우는 것을, 그러는 중에서도 이 얼굴을 어머니에게 보여서는 아니 된다는 의식에서 떨리는 입술을 깨물며, 마루 끝에 궁둥이를 찧듯 털썩 앉아 버렸다.

"아들이 참 잘생겼소."

영감은 분명히 성기를 두고 하는 말인 모양이었다. 그러나 성기는 그쪽으로 고개를 돌려보지 않은 채, 그들에게 무슨 적의나 품은 듯이 앉아 있었다.

옥화는 그동안 또 성기에게 역시 그 체장수 영감의 이야기를 전해 들려주고 있는 모양이었다. 지리산 속에서 우연히 옛날 고향 친구의 아들이 된다는 낯선 젊은이 하나를 만났다. 그는 영감의 고향인 여수에서 큰 공장을 경영하는 실업가로, 지리산 유람을 들어왔다가 이야기 끝에 우연히 서로 알게 되었다. 그는 영감에게 함께 고향으로 돌아가 살자고 했다. 영감은 문득 고향 생각도 날 겸 그 청년의 도움으로 어떻게 형편이 좀 펠65 것같이도 생각되어 그를 따라 여수로 돌아가기로 결정을 하고 나오는 길이라……. 옥화가 무어라고 한참 하는 이야기는 대개 이러한 의미인 듯하였으나, 조마롭고66 어지럽고 노여움으로 이미 두 귀가 멍멍하여진 그에게는 다만 벌떼처럼 무엇이 왕왕거릴 뿐 아무것도 분명히 들리지 않았다.

"막걸리 맛이 어찌나 좋은지 배가 부르당게."

그동안 마지막 술잔을 들이켜고 난 영감은 부채와 지팡이를 집어 들며 이렇게 말했다.

"여수 쪽으로 가시게 되면 영영 못 보게 되겠구만요."

옥화도 영감을 따라 일어서며 이렇게 말했다.

"사람 일을 누가 알간듸, 인연 있음 또 볼 터이지."

영감은 커다란 미투리67에 발을 끼며 말했다.

"아가, 잘 가거라."

옥화는 계연의 조그만 보따리에다 돈이 든 꽃주머니 하나를 정표로 넣어 주며 하직68을 하였다.

계연은 애걸하듯 호소하듯한 붉은 두 눈으로 한참 동안 옥화의 얼굴을 쳐다보고만 있었다.

---

65 펠다 : '피다'의 방언. 가정의 수입이 늘어 형편이 나아지다.
66 조마롭다 : 매우 조마조마하거나 조마조마한 데가 있다.
67 미투리 : 삼이나 노 따위로 짚신처럼 삼은 신
68 하직 : 먼 길을 떠날 때 웃어른에게 작별을 아룀.

"또 오너라."

옥화는 계연의 머리를 쓸어 주며 다만 이렇게 말하였고, 그러자 계연은 옥화의 가슴에다 얼굴을 묻으며 엉엉 소리를 내어 울기 시작하였다.

옥화가 그녀의 그 물결같이 흔들리는 둥그스름한 어깨를 쓸어 주며,

"그만 울어, 아버지가 저기 기다리고 계신다."

하는 음성도 이젠 아주 풀이 죽어 있었다.

"그럼 편히 계시요."

영감은 옥화에게 하직을 하였다.

"하라부지 거기 가 보시고 살기 여의찮거든 여기 와서 우리하고 같이 삽시다."

옥화는 또 한 번 이렇게 당부하는 것이었다.

"오빠, 편히 사시오."

계연은 이미 시뻘겋게 된 두 눈으로 성기의 마지막 시선을 찾으며 하직 인사를 했다.

성기는 계연의 이 말에 꿈을 깬 듯 마루에서 벌떡 일어나, 계연의 앞으로 당황히 몇 걸음 어뜩어뜩 걸어오다간, 돌연히 다시 정신이 나는 듯 그 자리에 화석처럼 발이 굳어 버린 채, 한참 동안 장승같이 계연의 얼굴만 멍하게 바라보고 있었다.

"오빠, 편히 사시오."

이렇게 두 번째 하직을 하는 순간까지도, 계연의 그 시뻘건 두 눈은 역시 성기의 얼굴에서 그 어떤 기적과도 같은 구원만을 기다리는 것이었고, 그러나 성기는 그 자리에 그냥 주저앉아 버릴 뻔하던 것을 겨우 버드나

무 가지를 움켜잡을 수 있었을 뿐이었다.

계연의 시뻘겋게 상기된 얼굴은, 옥화와 그녀의 아버지가 그녀들을 지켜보고 있다는 것도 잊은 듯이 성기의 얼굴만 뚫어지게 바라보고 있었으나, 버드나무에 몸을 기대인 성기의 두 눈엔 다만 불꽃이 활활 타오를 뿐, 아무런 새로운 명령도 기적도 나타나지 않았다.

"오빠, 편히 사시오."

하고, 거의 울음이 다 된 마지막 목소리를 남기고 돌아선 계연의 저만치 가고 있는 항라 적삼을, 고운 햇빛과 늘어진 버들가지와 산울림처럼 울려오는 뻐꾸기 울음 속에, 성기는 우두커니 지켜보고 있을 뿐이었다.

성기가 다시 자리에서 일어나게 된 것은 이듬해 우수(雨水)[69] 경칩(驚蟄)[70]도 다 지나, 청명(淸明)[71] 무렵의 비가 질금거릴 즈음이었다. 주막 앞에 늘어선 버들가지는 다시 실같이 푸르러지고 살구, 복숭아, 진달래들이 골목 사이로 산기슭으로 울긋불긋 피고 지고 하는 날이었다.

아들의 미음상을 차려 들고 들어온 옥화는 성기가 미음 그릇을 비우는 것을 보자, 이렇게 물었다.

"아직도 너, 강원도 쪽으로 가 보고 싶냐?"

---

69 우수 : 이십사절기의 하나. 겨울이 지나 비가 오고 얼음이 녹는다는 날로 양력 2월 18일 경이다.

70 경칩 : 이십사절기의 하나. 개구리가 겨울잠에서 깨어날 정도로 날씨가 풀린다는 날로 양력 3월 5일 무렵이다.

71 청명 : 이십사절기의 하나. 일 년 중 날이 가장 맑다는 때로 양력 4월 5일경이다.

"……."

성기는 조용히 고개를 돌렸다.

"여기서 장가들어 나랑 같이 살겠냐?"

"……."

성기는 역시 고개를 돌렸다.

…… 그해 아직 봄이 오기 전, 보는 사람마다 성기의 회춘을 거의 다 단념하곤 하였을 때, 옥화는 이왕 죽고 말 것이라면, 어미의 맘속이나 알고 가라고 그래, 그 체장수 영감은, 서른여섯 해 전 남사당을 꾸며 와 이 '화개장터'에 하룻밤을 놀고 갔다는 자기의 아버지임에 틀림이 없었다는 것과, 계연은 그 왼쪽 귓바퀴 위의 사마귀로 보아 자기의 동생임이 분명하더라는 것을 통정하노라면서[72], 자기의 왼쪽 귓바퀴 위의 같은 검정 사마귀까지를 그에게 보여 주었다.

"나도 처음부터 영감이 '서른여섯 해 전'이라고 했을 때 가슴이 섬짓하긴 했다. 그렇지만 설마 했지, 그렇게 남의 간을 뒤집어 놀 줄이야 알았나. 하도 아슬해서 이튿날 악양으로 가 명도까지 불러 봤더니 요것도 남의 속을 빤히 디려다나 보는 듯이 재줄 대는구나, 차라리 망신을 했지."

옥화는 잠깐 말을 그쳤다. 성기는 두 눈에 불을 켜듯 형형한 광채를 띠고, 그 어머니의 얼굴을 쳐다보고 있었다.

---

72 통정하다 : 알아주기를 바라면서 간곡히 알리다.

"차라리 몰랐으면 또 모르지만 한번 알고 나서야 인륜이 있는듸 어찌 겠냐."

그리고 부디 에미 야속타고나 생각지 말라고 옥화는 아들의 뼈만 남은 손을 눈물로 씻었다. 옥화의 이 마지막 하직같이 하는 통정 이야기에 의외로도 성기는 도로 힘을 얻은 모양이었다. 그 불타는 듯한 형형한 두 눈으로 천장을 한참 바라보고 있던 성기는 무슨 새로운 결심이나 하듯 입술을 지그시 깨물고 있었다.

아버지를 찾아 강원도 쪽으로 가 볼 생각도 없다. 집에서 장가들어 살림을 할 생각도 없다, 하는 아들에게, 그러나 옥화는 이제 전과 같이 고지식한 미련을 두는 것도 아니었다.

"그럼 어쩔라냐? 너 좋을 대로 해라."

"……."

성기는 아무런 말도 없이 도로 자리에 드러누워 버렸다.

그러고 나서 한 달포73나 넘어 지난 뒤였다.

성기가 좋아하는 여러 가지 산나물이 화갯골에서 연달아 자꾸 내려오는 이른 여름의 어느 장날 아침이었다. 두릅회에 막걸리 한 사발을 쭉 들이켜고 난 성기는 옥화더러,

"어머니 나 엿판 하나만 마춰 주."

하였다.

---

73 달포 : 한 달 조금 넘는 동안

"......."

옥화는 갑자기 무엇으로 머리를 얻어맞은 듯이 성기의 얼굴을 멍하니 바라보고 있었다.

그런 지도 다시 한 보름이나 지나, 뻐꾸기는 또다시 산울림처럼 건드러지게 울고, 늘어진 버들가지엔 햇빛이 젖어 흐르는 아침이었다. 새벽녘에 잠깐 가는 비가 지나가고, 날은 다시 유달리 맑게 개인 '화개장터' 삼거리 위에서, 성기는 그 어머니와 하직을 하고 있었다. 갈아입은 옥양목 고의적삼74에, 명주 수건까지 머리에 질끈 동여매고 난 성기는, 새로 마춘 새하얀 나무 엿판을 걸빵해서75 느직하게 엉덩이 즈음에다 걸었다. 위 목판에는 새하얀 가락엿이 반 넘어 들어 있었고, 아래 목판에는 팔다 남은 이야기책 몇 권과 간단한 방물76이 좀 들어 있었다.

그의 발 앞에는, 물과 함께 갈리어 길도 세 갈래로 나 있었으나, 화갯골 쪽엔 처음부터 등을 지고 있었고, 동남으로 난 길은 하동, 서남으로 난 길이 구례, 작년 이맘때도 지나 그녀가 울음 섞인 하직을 남기고 체장수 영감과 함께 넘어간 산모퉁이 고갯질77은 퍼붓는 햇빛 속에 지금도 하동 장터 위를 굽이돌아 구례 쪽을 향했으나, 성기는 한참 뒤 몸을

---

74 고의적삼 : 여름에 입는 홑바지와 저고리
75 걸빵하다 : 질빵을 매다. '걸빵'은 '질빵'의 방언으로, 짐 따위를 질 수 있도록 어떤 물건 따위에 연결한 줄을 말한다.
76 방물 : 여자가 쓰는 화장품, 바느질 기구, 패물 따위의 물건
77 고갯질 : '고갯길'의 방언

돌렸다. 그리하여 그의 발은 구례 쪽을 등지고 하동 쪽을 향해 천천히 옮겨졌다.

한 걸음, 한 걸음, 이 발을 옮겨 놓을수록 그의 마음은 한결 가벼워지어 멀리 버드나무 사이에서 그의 뒷모양을 바라보고 서 있을 어머니의 주막이 그의 시야에서 완전히 사라져 갈 무렵 하여서는, 육자배기 가락으로 제법 콧노래까지 흥얼거리며 가고 있는 것이었다.

선생님이 들려주는 그 시절 이야기

서연 : 안녕하세요, 선생님. 이번에는 저희가 김동리의 「역마」를 읽고 왔어요. 오늘도 작품 얘기 부탁드려요!

선생님 : 그래, 알았다. 오늘도 너희들의 소감부터 들어보자. 그게 제일 중요하니까. 작품을 읽고 어떤 생각이 들었니?

서연 : 저는 이 작품을 보면서 얼마 전에 읽었던 「무녀도」가 바로 떠올랐어요. 여러 가지로 유사한 게 느껴져서요. 같은 작가의 작품이니까 어쩌면 당연한 일인지도 모르겠지만요.

선생님 : 어떤 점이 그런지 좀 더 자세히 말해 볼래?

서연 : 「무녀도」가 토속신앙을 소재로 무당 모자의 비극적인 사건을 신비스러우면서도 운명적으로 그렸잖아요? 이 작품도 전통적인 운명관을 가지고 운명에 대한 이야기를 펼치고 있었어요.

태환 : 네, 저도 그런 생각을 했어요. 그리고 선생님이 「무녀도」에 대해 얘기하면서, 운명론적 세계관이 작가의 작품 세계에 나타나는 중요한 특징이라고 하신 게 기억났어요. 다른 작품에서도 발견할 수 있을 거란 말씀도요.

선생님 : 그래 너희들이 기억하는 대로, 민간신앙이나 전통문화를 제재로 토속적이면서도 운명론적인 세계를 그려 낸 점은 작가의 특징 중 하나이지. 특히 이 작품을 비롯해서 「무녀도」와 「바위」, 「황

토기」 등의 초기작에서 두드러진단다.

태환 : 네, 알겠습니다. 그런데 선생님, 이 작품의 운명 이야기에서 나오는 역마살에 대해 설명해 주세요.

사전을 찾아봐서, 그게 떠돌이의 운명을 나타낸다는 건 알겠어요. 그런데 사주에 그런 게 나와 있다고 하는데, 사주는 또 뭔가요? 점 보는 걸 가리키는 것 같기는 한데, 정확히는 모르겠어요.

선생님 : 우선 역마살에서 '역마'는 역참에 갖추어 둔 말을 가리키는 거야. 역참이란 관원들이 이용하도록 전국 곳곳에 설치한 숙소 같은 건데, 조선시대에 관원들이 공무로 지방을 다닐 때면 각 지역 역참에서 관리하는 말들을 갈아타면서 이동했고, 급한 소식을 전하기도 했단다.

그리고 '살'이란 사람이나 물건을 해치는 모질고 독한 귀신의 기운을 이르는 거야. 그러니까 역마살이란 역마의 귀신이 씐 운명이란 뜻으로, 한곳에 정착해서 안정적으로 살지 못하고 역마처럼 늘 이리저리 떠돌아다니는 운명을 나타내지.

태환 : 그런 말뜻을 지녔군요. 그럼 사주는 무슨 뜻이에요?

선생님 : '팔자'라는 말은 들어 봤니?

서연 : 네, 사람의 운수라는 뜻 아닌가요? '팔자가 좋다, 나쁘다'라고 하면서 사람의 타고난 운명을 나타내잖아요?

선생님 : 맞아, 그런 뜻이지. 그런데 이 팔자란 말은 '사주팔자'에서 유래한 거야. 여기서 '사주'는 '네 기둥'이란 뜻의 한자어인데, 사람

이 태어난 해와 달, 날과 시의 네 가지 요소를 가리켜.

그리고 '팔자'는 '여덟 글자'란 뜻의 단어인데, 이 사주를 간지로 표현한 걸 말해. 간지는 두 글자로 이루어진 조합이어서, 네 기둥을 나타내려면 모두 여덟 글자가 된단다. 그걸 합쳐서 '사주팔자'라고 하는 거다.

서연 : 그럼 간지는 뭐예요? 선생님 말씀을 들으면 연도나 시간 등을 나타내는 단위로 보이는데…….

선생님 : 그래, 맞아. 설명을 하자면, 우선 '간지'란 천간과 지지를 합쳐서 부르는 말이야. 천간과 지지는 각각 10개와 12개의 요소로 이루어져 있는데, 이 요소들을 하나씩 차례로 연결시켜 결합하면 60개의 조합이 생겨. '갑자, 을축, 병인, 정묘……' 이렇게 두 글자로 이루어진 60개의 단위가 나오지. 그걸 '육십갑자'라고 해.

오늘날과 같은 서양식 연도 표기가 들어오기 전에는 이 육십갑자를 이용해 연도를 표시했단다. 가령 임진왜란이나 병자호란이라고 할 때, '임진'과 '병자' 등이 바로 그 사건이 발생한 연도를 나타내는 거지.

서연 : 그러니까 사주는 사람이 태어난 '연월일시'의 네 요소이고, 팔자란 그것을 옛날식 연도 표시 단위인 육십갑자로 표현한 여덟 개의 글자라는 거네요.

선생님 : 그래 조금 복잡하게 들릴 수 있는데, 잘 정리해서 이해했구나.

태환 : 그런데 왜 사주가 점 보는 걸 뜻하게 되었나요?

선생님 : 사람의 운명은 저마다 다른데, 그걸 사주를 통해 알 수 있다고 믿

은 거지. 다시 말해 어떤 이의 생년월일시를 들여다보면, 그 사람의 운수와 길흉화복을 미리 예측할 수 있다고 생각한 거란다. 그래서 사주를 본다는 표현이 점을 본다는 의미로 사용되는 거다.

태환 : 네, 알겠습니다. 그런데 선생님, 무속신앙이나 사주 같은 것을 믿어야 하나요? 작가는 어떤 의도로 이런 운명론적인 세계를 그려 내는 거죠?

선생님 : 하하! 물론 작가가 샤머니즘이나 사주와 같은 운명론을 믿으라고 하는 건 아닐 거다. 이와 관련해서는 이렇게 이야기해 볼 수 있겠구나.

먼저 이 작품에서 보이는 토속신앙이나 운명론의 세계는 오랜 기간 이어져온 한국적인 정서나 정신세계를 잘 보여준다는 의미가 있어.

이제는 사라져가고 있는 것들이지만 우리의 선조들이 가져왔던 전통적인 세계관이며, 아직도 알게 모르게 우리의 의식 세계에 영향을 미친다고 할 수 있지.

실제로 요즘도 새해가 되면 토정비결을 보고, 중대사나 결혼을 앞두고는 점이나 궁합을 보지 않니? 이사할 때도 손 없는 날을 찾고 말이지…….

어쨌든 이런 걸 믿고 안 믿고를 떠나서, 한국인의 전통적인 심성과 의식 세계의 특질을 날카롭게 포착해서 인상적으로 그려 낸 것은 그 자체로 가치가 있다고 할 수 있지.

그리고 다른 관점에서도 작가의 이 같은 작품 세계를 이해해 볼 수 있을 거다. 과학적 사고로 무장해 있는 너희들에게 초월적인 힘이나 운명이라고 하면 납득하기 어렵거나 심하면 거부감이 들 수도 있을 거야.

하지만 이 세상에는 과학이나 이성적인 설명으로 해명되지 않는 일도 많단다. 뭐 특별히 신비하고 기이한 일이 아니더라도, 어떤 우연에 의해 사람의 삶이 영향을 받는 일이 흔하지 않니? 때로는 사소한 우연이 인생의 방향을 크게 바꿔 놓거나 삶을 송두리째 흔들어 놓기도 하지.

그런 삶의 모습에 관심을 가지고 깊이 있게 생각해보는 것도 자연스러운 일이라고 할 수 있겠지. 현대사회에 존재하는 종교도 결국 신이나 어떤 초자연적인 힘에 대한 믿음으로 인간 생활의 고뇌를 해결하고 삶의 궁극적인 의미를 추구하는 거 아니니?

마찬가지로 소설가는 작품을 통해 종교적이고 근원적인 차원에서 우리의 삶을 관찰하고 그 궁극적인 의미를 탐구하기도 한단다. 어떤 뚜렷한 해결책이나 방향을 제시하지 못하더라도 말이다. 이 작가의 작품 세계도 그렇게 이해할 수 있을 거다.

태환 : 네, 선생님 말씀을 들으니 이해가 되는 거 같아요.

서연 : 오늘도 좋은 말씀 감사합니다!